btb

SARAH NISI

HALTLOS

PSYCHOTHRILLER

btb

Das Zitat auf S. 5 stammt mit freundlicher Genehmigung aus:
George Saunders, *A Swim in a Pond in the Rain*.
© Bloomsbury Publishing Plc, 2021, S. 281.

MIX
Papier | Fördert gute Waldnutzung
FSC® C083411

Penguin Random House Verlagsgruppe FSC® N001967

1. Auflage
Originalausgabe Januar 2025
Vermittelt durch die Literarische Agentur Kossack, Hamburg

Covergestaltung: Semper Smile, München
Covermotiv: © Shutterstock/Tapui, Ensuper
Satz: GGP Media GmbH, Pößneck
Druck und Einband: CPI books GmbH, Leck
MA · Herstellung: han
Printed in the EU
ISBN 978-3-442-77313-8

www.btb-verlag.de
www.facebook.com/penguinbuecher

There is no world save the one
we make with our minds,
and the mind's predisposition determines
the type of world we see.

George Saunders,
A Swim in a Pond in the Rain

Sie stand ganz still. Die Lautsprecherdurchsage in der Station kündigte die nächste U-Bahn der Piccadilly Line an. Die Passagiere auf dem Bahnsteig machten sich bereit, griffen nach ihren Taschen – nur noch wenige Sekunden Wartezeit.

Sie spürte, wie die feinen Härchen auf ihren Armen sich aufrichteten. Das erste Anzeichen, dass ein Zug sich näherte, war nicht die dumpfe Stimme aus dem Lautsprecher oder der Hinweis auf der Anzeigetafel, sondern ein sanfter Luftzug, der durch die Station zog. Ein Hauch, ganz leicht; ein Kitzeln auf der Haut, eine Haarsträhne, die zur Seite wehte. Eine Liebkosung für die Passagiere. *Ein falsches Versprechen.*

Nur Sekunden später begann die Luft zu wirbeln. Turbulenzen fegten durch die schmale Röhre, über den Bahnsteig. Der Wind riss jetzt mit Gewalt an der Kleidung der Wartenden, Haare flogen in die Luft, während die U-Bahn sich in der Finsternis wie eine angriffslustige Schlange durch den Untergrund wand. Unaufhaltsam raste sie mit maximaler Geschwindigkeit auf die Station zu. Es gab kein Zurück hier unten, nur ein Vorwärts, weiter, immer weiter.

»Please stay behind the yellow line.« Die Stimme aus dem Lautsprecher war unnachgiebig. Sie duldete keinen Widerspruch. Geh nicht zu nah an den Abgrund, bleib hinter der gelben Linie. Ein falscher Schritt, und …

In ein paar Sekunden würde die Piccadilly Line Richtung Heathrow durch den Tunnel geschossen kommen. Lautlos und unsichtbar für die Menschen oben auf der Straße, ohrenbetäubend, brachial und mit zerstörerischer Kraft für die Passagiere unter Tage.

Emilys Blick glitt zu der Kamera unter der Decke. Sie stand immer noch ganz still. *Please stay behind the yellow line.*

Ein Meter, der zwischen Leben und Tod entscheiden konnte. Zwischen Sicherheit und Zerstörung.

Fünf Sekunden. Sie konnte den Schein der Frontlichter hinter der Kurve auftauchen sehen.

Plötzlich spürte sie die Wärme einer Person in ihrem Rücken. Ganz nah. *Zu nah.* Ihr Atem stockte.

Vier Sekunden.

Emily fuhr herum. Doch es war zu spät. Sie sah den Arm. Spürte einen Stoß.

Dann war alles schwarz.

Eine Woche zuvor

EMILY

London verschluckte die Menschen. Die Großstadt bot einen Luxus, den man in einer Kleinstadt oder gar auf dem Dorf vergebens suchte: Anonymität.

Das Chaos, die Menschen, die Architektur, der Verkehr – dies alles formte ein riesiges, eigenständiges Konstrukt, ein Universum, eine Welt in der Welt – und jeder, der darin eintauchte, sich treiben ließ, wurde mit einem Schlag Teil dieses Ganzen. Man brauchte nicht einmal viel Energie aufzubringen, um mitzumachen. In dem Moment, in dem man einen Schritt auf den Gehweg setzte, mit der Tube fuhr oder in einer Bar ein Getränk bestellte, gehörte man dazu. Jeder Mensch in dieser Stadt war einer unter neun Millionen, ein Sandkorn am Strand, und nur das eigene Ego gaukelte einem vor, irgendwie wichtig zu sein.

Die Central Line fuhr jetzt durch eine Kurve, bremste ab und beschleunigte kurz darauf erneut. Eine Mischung aus Signalstörungen, Reparaturarbeiten und Teilsperrungen konnte die Fahrtzeit auf einigen Streckenabschnitten unkalkulierbar machen.

Heute lief alles nach Plan, es gab keine Verspätung: Bis

St. Paul's waren es noch zwei Minuten, bis Bank noch vier Minuten und bis zur Liverpool Street Station noch sechs Minuten Fahrzeit.

Emily wusste das alles auswendig, denn diese Dinge gaben ihr Struktur, und Struktur war gut. Das hatte ihr Arzt auch gesagt.

Die Stationen wurden stets in derselben Reihenfolge angefahren, die Entfernungen immer in derselben Zeit zurückgelegt – es sei denn, es kam zu Verzögerungen. Neben defekten Zügen und belegten Gleisen gehörten dazu auch Katastrophen und Unfälle, die man als Unbeteiligter in der Regel mit einem Schulterzucken abtat, weil es das eigene Leben nicht betraf und deren einzige Konsequenz eine Verspätung war in einer Stadt, in der ohnehin jeder ständig zu spät kam.

Katastrophen und Unfälle. Emily musste schlucken. Es gab davon nicht viele Variationen im Londoner Untergrund, der Ausgang war fast immer derselbe: tödlich. Ein menschlicher Körper hatte einem Zug nichts entgegenzusetzen. Die Masse und Energie, die bei einem Zusammenstoß auf einen Menschen traf, war unvorstellbar hoch. Der Aufprall konnte so stark sein, dass dem Opfer dabei die Kleidung vom Leib gerissen wurde.

Im Schnitt gab es im Londoner U-Bahn-Netz dreißig bis vierzig Todesfälle pro Jahr. Zwei bis drei Tote im Monat. *Jeden* Monat.

Emily lehnte ihren Kopf gegen die Scheibe und versuchte den Gedanken an tote Menschen zu verdrängen. Ihr Blick fiel auf die Handtasche, die zwischen ihren Beinen stand. Ihre Finger krallten sich an dem Lederriemen fest, als müsse sie fürchten, dass jemand ihr diesen kostbaren Schatz aus den Händen reißen könnte.

In der Handtasche befand sich die Tüte aus der Apotheke. In der Tüte aus der Apotheke lag die Pappschachtel, und in dieser Pappschachtel befand sich die Flasche. Wie die russischen Matrjoschka-Puppen, dachte sie. Die kleinste Figur war die wichtigste, mit ihr wurde bei der Produktion gestartet. Das Herzstück. Genau wie der Inhalt der Flasche. Amitriptylin. Endlich hatte sie ihr neues Rezept eingelöst, ihr Vorrat hatte sich bereits dem Ende zugeneigt.

Nur noch ein paar Stunden, dann würde das Medikament sie in einen tiefen, hoffentlich traumlosen Schlaf katapultieren. Das war das Ziel – denn die Träume waren das Schlimmste.

Emily versuchte sich von den Hintergrundgeräuschen, einer Mischung aus Gesprächen, Musik, die aus Kopfhörern klang, und dem Quietschen der U-Bahn in einen Dämmerzustand versetzen zu lassen. Ein Mädchen, vielleicht dreizehn Jahre alt, in einer Schuluniform, Rock und Kniestrümpfen, erzählte ihrer Mutter gerade von einem Streit mit einer Freundin. »Ich hasse Gemma!«

Emily lächelte traurig. Immerhin hatte das Mädchen eine Freundin, auf die es böse sein konnte.

Sie schloss die Augen. Spürte die Vibration der Scheibe an ihrer Schläfe, als der Zug jetzt das Tempo erhöhte.

Seit drei Monaten war ihre Existenz nur noch die billige Kopie eines Lebens. Sie ertrug weder das Alleinsein noch Gesellschaft. Die Stunden in der Londoner U-Bahn waren eine

Möglichkeit, dieser Qual für eine Weile zu entkommen. Die Parallelwelt unter Tage war der einzige Ort, der ihr Geborgenheit gab – trotz oder gerade wegen der stickigen Luft und des mangelnden Sauerstoffs. Jeder funktionierte hier unten, ergab sich dieser Welt aus künstlichem Licht und alten Tunneln, im Schnitt fünf Millionen Menschen am Tag, die sich transportieren ließen.

Sie war hier Mitglied einer Gruppe aus Fremden, ohne durch irgendein Handeln an dieser Gemeinschaft teilnehmen zu müssen.

In dieser Parallelwelt unter der Stadt war sie eine Version von Emily, die alles unter Kontrolle hatte. Solange sie nur die Holborn Station vermied. Bahnsteig 3.

Der einzige Nachteil war das Risiko, durch eine Unachtsamkeit in ein Gespräch verwickelt zu werden. Touristen, die nach dem Weg fragten; Obdachlose, die Geld erbettelten. Jedes Wort war eines zu viel und konnte die Mauer, die Emily um sich herum aufgebaut hatte, zum Einsturz bringen.

Sie musste sich von anderen Menschen fernhalten. Doch sie hatte gelernt, mit diesem Risiko zu leben. Die meisten Leute gingen ihr freiwillig aus dem Weg.

Ihre Finger zitterten vor Kälte, als sie den Schlüssel in das Schloss der Wohnungstür steckte. *Die Wohnung einer Toten.*

Das Barbican war eine Stadt in der Stadt, eine Orgie aus Beton, die größte Wohnsiedlung der City of London; eine Mischung aus Wohnungen, Maisonettes und Einfamilienhäusern, verteilt auf dreizehn Gebäude und drei Hochhäuser, die die illustren Namen Shakespeare, Cromwell und Lauderdale Tower trugen und jeweils über vierzig Stockwerke hatten.

Gleichzeitig war das Barbican das größte Kulturzentrum Londons. Mehrere Konzert- und Kinosäle, eine Bibliothek, Restaurants, Veranstaltungsräume, ein Gewächshaus und eine Galerie gehörten dazu, genau wie seine über viertausend Bewohner jeder Altersklasse und Bevölkerungsschicht; eine Mischung aus Bankern, Normalverdienern, Künstlern, Alteingesessenen, Hipstern und schlicht allen, die sich ein Leben in einem grauen Wohnbunker aus den Siebzigerjahren mit Brutalismus-Architektur vorstellen und leisten konnten.

Das Licht in dem engen, langen Hausflur, dessen Ende man nur erahnen konnte, flackerte. Zwei Neonröhren waren defekt und verwandelten den Gang in die Tanzfläche eines Nachtclubs. Stroboskopeffekt. Lichtblitze. Nur die Musik fehlte. Und tanzende Menschen.

Emily brauchte zwei Anläufe, den Schlüssel im Schloss herumzudrehen, doch schließlich sprang die Wohnungstür auf.

Wieder einen Tag rumgekriegt, dachte sie, als sei dieser Zustand nur temporär, und ein Blick auf den Kalender würde ihr verraten, wie viel Zeit noch verstreichen musste, bevor das Ganze ein Ende hatte. Doch genau aus diesem Grund befand sie sich in diesem Appartement, in der sechsten Etage des Gilbert House, ein auf Säulen erbautes Mehrfamilienhaus, das über dem See im Innenhof des Barbican stand. Eben *weil* es kein Ende geben würde, denn ein Ende war für diese Art Situationen nicht vorgesehen. Sie musste das akzeptieren. Und sie brauchte eine Aufgabe. Darin waren sich alle einig gewesen.

Es dämmerte bereits, die Sonne war vor wenigen Minuten untergegangen, doch Emily ließ das Licht in der Wohnung ausgeschaltet. Sie mochte das Zwielicht, die Schatten in diesem fremden Appartement, in denen sie sich verstecken konnte. Die Dunkelheit hüllte sie ein, gab ihr Schutz vor den Blicken der unzähligen Nachbarn. Sie war dann unsichtbar. Das war natürlich nur eine naive Vorstellung, fast wie ein Kind, das sich die Hände vor die Augen hält und glaubt, niemand könne es sehen. Trotzdem gab sie sich einen Moment dieser Fantasie hin.

»Milo«, rief sie dann. Sie konnte den Kater nirgendwo entdecken, vermutlich versteckte er sich unter dem Sofa.

Der Kater musste sich noch an sie gewöhnen, hatte das Hin und Her zwischen dieser Wohnung und dem Appartement einer Nachbarin in der dreiundzwanzigsten Etage des Cromwell Tower, die sich vorübergehend um ihn gekümmert hatte, noch nicht verdaut. Drei Tage war Emily erst in dieser Wohnung. Vertrauen brauchte Zeit.

»Milo!« Emily ging in die Küche und holte das Katzenfutter aus dem Schrank neben der Spüle. Sie wusste, wie sie den Kater überzeugen konnte.

Und tatsächlich, kaum hatte sie den Napf mit dem Futter gefüllt und frisches Wasser in eine Schale gegossen, kam Milo aus dem Wohnzimmer geschossen. Er würdigte sie keines Blickes, aber immerhin streifte er ihr Bein und verharrte für eine Sekunde an ihrer Wade, bevor er dann, betont lässig, zum Futter schlenderte. »Na, siehst du, geht doch«, flüsterte sie. »Wir werden schon noch Freunde.«

Milo machte einen Buckel. Er schien sich dieser Sache nicht so sicher zu sein.

Während der Kater sich dem Rind in Gelee widmete, ging Emily zu ihrer Tasche und holte das Medikament heraus. Die kleine Flasche lag kalt in ihrer Hand.

»Unternehmen Sie in der nächsten Zeit nur Dinge, die Ihnen guttun«, hatte der Arzt vor einigen Wochen in der Notaufnahme zu ihr gesagt.

Emily hatte ihn angestarrt, denn sie verstand nicht, wovon er sprach. Was ihr guttat? Es gab keine Aktivität in ihrem Leben mehr, die in diese Kategorie fiel.

»Wann ist der Unfall Ihrer Freundin passiert?«, fragte er. Seine Augen scannten die Aktennotiz einer Krankenschwester, der Emily im Wartezimmer von Liv erzählt hatte.

»Vor fast drei Monaten.«

»Sie waren am Bahnsteig?«

»Ich stand direkt daneben.« Sie hielt dem Arzt ohne eine Erklärung den Zeitungsartikel hin, den sie in ihrem Portemonnaie aufbewahrte. Nüchtern geschrieben, eine schmucklose Meldung. Auf diese Weise musste sie den Leuten nicht selbst von der Katastrophe erzählen, die ihr Leben zum Stillstand gebracht hatte. Es rechtfertigte ihren Zustand, machte das Ganze offiziell. Zweimal gefaltet, steckte der Artikel zwischen den Kreditkarten.

Evening Standard

London. In der Holborn Station kam es gestern um 09:56 Uhr zu einem Unfall mit Todesfolge. Die 27-jährige Angestellte Liv Wakefield stürzte aus ungeklärter Ursache auf die Gleise und wurde von einem Zug der Piccadilly Line erfasst. Für die Frau kam jede Hilfe zu spät.

Die British Transport Police sucht nach Zeugen, die den Sturz beobachtet haben.

Sachdienliche Hinweise melden Sie bitte an Ihre nächstgelegene Polizeidienststelle, unter der Rufnummer 0800 300 200 400 oder online unter: www.btp.police.uk

»Ihr Körper reagiert auf den psychischen Stress. Drei Monate sind keine lange Zeit, um ein Trauma zu verarbeiten«, sagte der Arzt, während er den Artikel sorgfältig wieder faltete und ihr zurückgab. »Sie haben den Tod einer Freundin miterlebt.« Er nahm sich Zeit, mit ihr zu sprechen, nachdem das EKG keine Auffälligkeiten gezeigt hatte. Ihr Herz war in Ordnung. Sie starb heute nicht.

»Schlafen Sie?«, fragte er.

Sie schlief nicht. Und wenn sie doch schlief, hatte sie Albträume, im Speziellen einen Albtraum, der sie schweißgebadet aufwachen ließ und davon abhielt, die Augen für den Rest der Nacht wieder zu schließen, aus Furcht, er würde sie erneut heimsuchen. Doch sie konnte dem Arzt nicht von dem Albtraum erzählen. Sie konnte niemandem davon erzählen. Dieser Traum musste ihr Geheimnis bleiben.

Emily hatte ihrem Therapeuten ein paar Tage später von dem Besuch in der Notaufnahme berichtet. »Ich dachte, ich hätte einen Herzinfarkt.«

»Das ist bei einer Panikattacke nichts Ungewöhnliches.«

Panikattacke also. Ein Schrei der Seele um Hilfe. Weil die Sache mit Liv einfach nicht wahr sein durfte.

Dr. Ramzan schrieb ihr daraufhin das Medikament auf. »Wir können das Trauma nicht ungeschehen machen, aber das Amitriptylin federt die Auswirkungen ab. Manchmal braucht man Hilfe von der Chemie. Das Medikament wirkt auch gegen Angststörungen.«

Das Medikament packte sie in Watte. Es half ihr, sich von der Welt zu distanzieren, und Distanz war alles, was sie wollte.

»Nehmen Sie die Tropfen nur am Abend ein. Der Wirkstoff macht müde. Und …«, der Therapeut hatte die Augenbrauen hochgezogen, wollte sich vergewissern, dass sie ihm zuhörte: »Sie dürfen dieses Medikament unter keinen Umständen erhöhen oder reduzieren. Amitriptylin beeinflusst die Synapsen des zentralen Nervensystems. Damit spielt man nicht.«

»Verstanden.«

»Sie riskieren eine Achterbahnfahrt.« Er schaute sie eindringlich an. »Übererregbarkeit, Angstgefühle, Paranoia.«

»Ja.«

»Bewusstseinsstörungen.«

»Schon gut.«

Emily füllte ein Glas mit Wasser und ließ das Medikament in die Flüssigkeit tropfen. Dann setzte sie sich an den Tisch, schaute Milo zu, der bereits mehr als die Hälfte seines Futters vertilgt hatte. Den Kater beim Fressen zu beobachten, war der einzige Moment, auf den sie sich jeden Tag freute, eine kleine Abwechslung in ihrem Alltag, der kein Alltag mehr war, denn sie hatte keine Erinnerung, keine Wohnung und auch keine beste Freundin mehr.

Und das Ganze war ihre Schuld.

SHAKES

Er lag auf der Mitte der Kreuzung am Broadway Market, die Arme und Beine ausgestreckt, als befände er sich in seinem Bett und nicht auf dem Asphalt. Rollsplit bohrte sich durch die Kleidung bis in seine Haut.

Ein Lieferwagen hupte, und an der Straßenecke zum Market Café hatte sich eine Gruppe Schaulustiger versammelt. Jugendliche in Sportkleidung gafften zu ihm rüber.

»Beweg dich, Mann! In einer halben Stunde ist Anstoß.« Der Fahrer des Lieferwagens kurbelte das Fenster runter und gestikulierte mit beiden Händen. Dann tippte er auf seine Armbanduhr. »Arsenal, 20:00 Uhr.«

Shakes hatte Mühe, seinen Blick zu fokussieren. Es dauerte einen Moment, bis er begriff, dass er kurz weggetreten sein musste. Mitten auf der Straße. Er konnte von Glück reden, dass hier keine Autos fuhren.

Seit der Council in Hackney dank einer am Reißbrett entwickelten Verkehrsberuhigung angefangen hatte, Teile des Stadtteils in eine Fußgänger- und Fahrradzone zu verwandeln, hatte jede Art motorisierter Gefährte schlechte Karten. Nur Lieferverkehr und Anwohner durften zu bestimmten Zeiten hier durchfahren.

Shakes konnte sich vage an die Flasche Whiskey erinnern, von der er mehr als die Hälfte getrunken hatte. Sein Magen hatte schon rebelliert, während sein Kopf nach noch mehr Alkohol verlangt hatte. Sein Gehirn hatte regelrecht nach einer Betäubung geschrien. Und sein Kopf gewann immer.

Doch irgendetwas stimmte nicht. Es war nicht die Tatsache, dass er am frühen Abend mitten auf der Straße lag. Nein, es war dieses Gefühl, das Wissen, dass etwas nicht in Ordnung war, kurz bevor das Gehirn den Schlaf abschüttelte und die Erinnerung über einen hereinbrach.

Shakes zog seine Beine an und setzte sich mit einem Stöhnen auf. Warum zur Hölle hatte er sich so abgeschossen? Dieses Verhalten war selbst für seine Verhältnisse völlig absurd. Wer auf der falschen Seite des Gesetzes stand, konnte sich den Luxus von Leichtsinn nicht erlauben.

Es kostete ihn Mühe aufzustehen, der Alkohol in seinem Blut machte ihm zu schaffen, doch er musste hier weg. Nicht, weil er dem Lieferwagen Platz machen wollte, sondern weil er die Blicke der Gaffer nicht länger ertragen konnte. Die Teenager johlten, als er schließlich aufrecht stand.

Er vermied es aus guten Gründen, Aufmerksamkeit auf sich zu ziehen, und diese Aktion hier glich einer Zirkusnummer. Er war an diesem Abend die Attraktion in Hackney, jenem Viertel im Osten der Stadt, das von Hipstern und Alteingesessenen gleichermaßen bevölkert war und in dem noch immer die Vergangenheit als einer der ärmsten Stadtteile Londons spürbar war, auch wenn die Mieten immer weiter in die Höhe schossen und ein Bauprojekt das nächste jagte.

»Mach hin!« Der Lieferwagenfahrer hupte. Dann: »Vergiss dein Rad nicht.«

Rad? Shakes' Blick fiel auf das Mountainbike, das ein paar Meter entfernt lag. Das Fahrrad hatte er ganz vergessen.

Er war so ein Idiot.

Unter dem Applaus der Jugendlichen schob er kurz darauf los.

Gerade als er den Gehweg erreichte, bog ein Polizeiauto

aus der Andrews Road um die Ecke. Shakes zog sich die Kapuze seiner Jacke über den Kopf und schwang sich auf das Mountainbike.

Er raste die Pritchard's Road hinunter, bog rechts ab in Richtung Haggerston und riss den Mund auf, weil er bereits nach dieser kurzen Strecke keine Luft mehr bekam. Sein Brustkorb verkrampfte sich. Er ignorierte den Hilfeschrei seines Körpers und strampelte wie ein Irrer.

Das Fahrrad schien nagelneu, die Reifen rollten ohne jeden Widerstand über den Asphalt. Kein Kratzer zierte den Rahmen, das Profil war ohne Spuren von Dreck. Der Besitzer hätte in ein besseres Schloss investieren sollen.

Shakes schaltete einen Gang hoch.

Unter normalen Umständen hätte er das Rad heute Abend noch verkauft, die Händler auf der Brick Lane suchten ständig nach Ware – die Herkunft kümmerte sie nicht, denn die Nachfrage war zu groß. Doch dieses Fahrrad würde heute kein weiteres Mal den Besitzer wechseln.

Das Polizeiauto war jetzt direkt hinter ihm. Die Sirene heulte los. Was wollten die?

Nicht jede Straftat verdiente aus Sicht der Bullen Aufmerksamkeit, und dies war eigentlich ein klassischer Fall von »Fuck it, drive on«, wie in den einschlägigen Kreisen, *seinen* Kreisen, jene Vergehen genannt wurden, die von der Polizei zwar bemerkt wurden, aber zu geringfügig waren, um eine Verfolgung aufzunehmen.

Er war wütend auf sich selbst, denn er hatte sich eigentlich vorgenommen, mit diesen Geschäften aufzuhören. Nicht nur, weil er vorbestraft war. Nein, zum ersten Mal seit Jahren stand zu viel auf dem Spiel.

Shakes schoss jetzt bei Rot über die Kingsland Road, eine der ältesten Hauptverkehrsadern Londons, die von Tottenham nach Süden führte. »Die Kingsland Road bedeutet immer Ärger«, hatte Onkel Wyndham stets gesagt und dabei gern vergessen, dass seine halbe Familie aus der unmittelbaren Nähe stammte.

Shakes fuhr nun im Stehen. Schaffte er es bis zur Hoxton Street? Er musste es versuchen. Eine Schranke versperrte den Autos dort die Zufahrt.

Die Idee war seine Rettung. Kurz darauf raste er durch die winzige Fußgängerstraße. Doch gerade als er einen Blick nach hinten warf, um sich zu vergewissern, dass er das Polizeiauto tatsächlich abgehängt hatte, verlor er das Gleichgewicht. Das Mountainbike schlingerte, er prallte gegen den Bordstein und stürzte über den Lenker auf den Asphalt. Schmerz durchbohrte seine Rippen. Er sprang trotzdem sofort auf, und für einen Moment wurde ihm schwarz vor Augen.

Er würde das Fahrrad liegen lassen müssen. Die Polizei war nicht mehr zu sehen, doch falls die Beamten ihn erwischten, durfte er auf keinen Fall ein geklautes Mountainbike unter dem Hintern haben. Er rannte los.

Kurz hinter der Whitecross Street, er konnte die Autoabgase des Tunnels schon riechen, die wie eine Wolke rund um das Barbican zogen und jeden Tag die zulässigen Grenzwerte überschritten, traf ihn die Erkenntnis wie ein Schlag, als hätten die Schadstoffe in der Luft seinem Gehirn den notwendigen Kick gegeben.

Der Ton, der jetzt aus seiner Kehle kroch, war so laut, dass ein älterer Mann in einiger Entfernung ihm erst einen Blick zuwarf und dann die Straßenseite wechselte.

Jetzt wusste er, was die ganze Zeit nicht gestimmt hatte.

Er schloss die Augen. Sein Magen zog sich zusammen. Die Wut war zurück. Der Abgrund war zurück.

Alles war zurück.

Schweiß lief zwischen seinen Schulterblättern hinunter, als er im Hausflur in der sechsten Etage des Gilbert House im Barbican ankam. Sein gesamter Brustkorb schmerzte von dem Sturz. Er würde einen ordentlichen Bluterguss kriegen, doch das war ihm egal. Die Wut hatte mittlerweile sein gesamtes Denken übernommen und überlagerte das Stechen in seinen Rippen.

Der Abgrund war so tief, dunkel und schwarz, der Hass so übermächtig, dass er die Zähne zusammenbeißen musste, um nicht laut aufzuschreien.

Und schuld war diese Frau in der Nachbarwohnung.

Gerade als er an ihrer Tür vorbeilief – seit drei Tagen war sie jetzt da –, klingelte sein Handy. Das Geräusch hallte durch den Flur. Laut, schrill.

Ein Blick auf das Display verriet, wer ihn sprechen wollte – er erkannte die Nummer sofort, wie jedes Mal, wenn sie versuchten, ihn zu erreichen. Das Telefon vibrierte in seiner Hand.

Shakes starrte auf den Bildschirm, als könne er mit reiner Willenskraft den Anrufer dazu bringen, aufzulegen.

Seit Monaten versuchte die Zeitung, ihn zu erreichen. Seit

Monaten ignorierte er die Anrufe. Er war unfähig, eine Entscheidung zu treffen, und vermutlich hoffte er wohl immer noch, das Problem würde sich irgendwie von selbst erledigen.

Er steckte das Handy zurück in die Hosentasche.

Gefängniskorrespondent. Das Jobangebot der Zeitung war ein Sechser im Lotto. Sie wollten ihn. Ausgerechnet ihn. Niemand, der noch alle Sinne beisammenhatte, lehnte so eine Gelegenheit ab. Nicht in seiner Situation. Aber: Niemand, der noch alle Sinne beisammenhatte, befand sich in seiner Situation.

Er hatte noch keine Entscheidung getroffen, denn das Ganze betraf seine Zukunft, und er hatte sich abgewöhnt, über seine Zukunft nachzudenken. Das war der Moment, in dem Dinge schiefgingen. Man schaute in die eine Richtung, und in der anderen Richtung stürzte die Welt zusammen.

Der *Observer* war seit einer Weile auf der Suche nach einem neuen Gefängniskorrespondenten – nachdem der bisherige Prison Correspondent kurz nach seinem 70. Geburtstag nach neunzehn Jahren im Dienst bei der Zeitung gestorben war. Ein ehemaliger Berufsverbrecher, der nach dreißig Jahren krimineller Karriere geläutert aus dem Gefängnis gekommen und bis zu seinem Tod clean geblieben war.

Der *Observer* war die einzige Zeitung im Land, die einen Gefängniskorrespondenten beschäftigte, und sie brauchten einen Nachfolger für diese Position. Ein Artikel pro Monat war die Vorgabe, doch darüber ließ sich verhandeln.

Shakes' Vorstrafe und der Aufenthalt im Gefängnis waren für die Zeitung kein Hindernis, sondern das Einstellungskriterium. Ein Gefängniskorrespondent musste das System von draußen *und* drinnen kennen, um über Missstände zu berichten und so die Öffentlichkeit zu informieren, über eine Welt, die nicht nur vom Rest der Gesellschaft komplett abgeschnitten war, sondern von der auch umgekehrt der Rest der Gesellschaft nichts hören und sehen wollte. Es war eine Parallelwelt mit eigenen Regeln, Normen und Werten.

Er war immerhin achtundzwanzig Jahre alt geworden, bevor es ihn letztes Jahr erwischt hatte, und das war für seine Lebensumstände gar nicht mal schlecht. East End. Council Estate. Keine Eltern. Die Statistiken sprachen gegen ihn. Drogen, Bandenrivalität, Gewalt – die Nachrichten waren voll mit Meldungen über junge Straftäter.

Die einzige Bedingung, das hatten die Verantwortlichen der Zeitung deutlich gemacht: Die kriminellen Aktivitäten mussten ein Ende haben. Ließ er sich in Zukunft etwas zuschulden kommen, wäre der Job weg.

Shakes lief jetzt mit großen Schritten zu seiner Wohnung, die Tür war nur ein paar Meter entfernt. In seiner Hose klingelte noch immer das Handy.

Wenn die Journalisten wüssten, was er getan hatte, ja, was für ein Mensch er wirklich war, wäre das Angebot sofort vom Tisch. Nicht wegen der Geschäfte mit den Fahrrädern. Nein, das war eine Kleinigkeit.

Sie konnten ihm nicht vertrauen.

Ein Mensch war gestorben.

EMILY

Ein roter Mantel, der auf die Gleise fliegt.
Ein Schrei.
Weg. Ich muss hier weg.

Sie schreckte aus dem Schlaf hoch. Ihr Handy zeigte 00:30 Uhr, sie hatte gerade einmal drei Stunden geschlafen.

Emily setzte sich im Dunkeln auf. Warum war sie aufgewacht? Das Medikament garantierte in der Regel mindestens fünf Stunden Tiefschlaf. Ihre Zunge klebte unter dem Gaumen, ihr Mund war trocken. Mit einer Hand griff sie in ihren Nacken. Kalter Schweiß überzog ihren Hals, Haare klebten auf der Haut. Der Albtraum war zurück.

Mit klopfendem Herzen saß sie eine Weile da, lauschte in die Finsternis. Aus der Ferne klang die Sirene eines Polizeiautos durch das Fenster. Dann hörte sie plötzlich ein Geräusch aus dem Wohnzimmer. Ihre Augen suchten im Dunkeln nach einer Erklärung. War das der Kater? Hatte Milo etwas umgestoßen?

Sie drehte den Kopf und erkannte, dass das Geräusch gar nicht aus dem Wohnzimmer kam, sondern aus der Nachbarwohnung. Dumpfe Schläge klangen in regelmäßigen Abständen durch die Wand. Noch jemand konnte nicht schlafen.

Emily ließ sich zurück auf die Matratze fallen. Starrte in das dunkle Nichts an der Decke. Eine fremde Umgebung, eine neue Wohnung – sie musste sich daran noch gewöhnen. Die Geräusche, der Geruch – alles war anders und ließ ihr Unterbewusstsein selbst im Schlaf auf Hochtouren laufen.

Sie dachte an ihr WG-Zimmer in Stoke Newington und wie lange sie damals gebraucht hatte, sich an das Knarzen der Holzbohlen oder die Stimmen ihrer Mitbewohner zu gewöhnen. Das war alles vorbei. Die Emily aus Stoke Newington war vorbei. Es wunderte sie noch immer, wie schnell ein Mensch an diesem Punkt ankommen konnte.

Sie hatte ihr Jurastudium abgebrochen. Ihren Podcast *Courtroom Whispers* hingeschmissen. Das WG-Zimmer gekündigt. Ihr Leben stand still, und überhaupt fühlte sich ihr Leben nicht mehr an wie ein Leben – es war nicht mehr vollständig. Denn sie hatte nicht nur ein Trauma erlitten; sie hatte ein Trauma erlitten, an das sie keine Erinnerung hatte.

»Dissoziative Amnesie«, hatte der Psychologe ihr erklärt. »Das ist eine Schutzreaktion Ihres Gehirns.«

»Werde ich mich irgendwann erinnern?«, hatte sie gefragt und Angst vor der Antwort gehabt.

»In den meisten Fällen kehrt die Erinnerung nach ein paar Tagen oder Monaten zurück.« Er hatte sie mit einem prüfenden Blick angeschaut. »In seltenen Fällen erinnert sich der Betroffene nie mehr. Doch obwohl die vergessenen Informationen für das Bewusstsein nicht zugänglich sind, beeinflussen diese weiterhin Ihr Verhalten. Sie sind Teil Ihrer Existenz, genau wie jedes andere Ereignis in Ihrem Leben auch.«

Die Vorstellung, dass ein Ereignis, an das sie sich nicht erinnern konnte, ihr Verhalten, ja sie selbst als Person für den Rest ihres Lebens beeinflussen würde, fühlte sich an, als hätte eine fremde Macht ihren Charakter übernommen.

Die einzige Erinnerung an jenen Morgen, die ihr Gehirn zuließ, war die Erinnerung an ein Gefühl. *Weg. Ich muss hier weg.*

Doch war das wirklich eine Erinnerung, eine echte Erinnerung oder nur der Albtraum, der sie am Tag jagte? Wie sollte sie das unterscheiden?

Was sie wusste, waren die folgenden Dinge:

09:53 Uhr: Sie betritt mit Liv Bahnsteig 3 in Holborn.

09:56 Uhr: Liv stürzt vor die Piccadilly Line.

09:57 Uhr: Liv ist tot.

Was sie außerdem noch wusste: Liv hatte an jenem Tag weiße Sneakers und ihren neuen dunkelroten Mantel getragen. »Die meisten dunkelroten Mäntel haben schwarze Knöpfe oder Schildpatt«, hatte Liv ihr einige Tage zuvor noch erklärt und das Gesicht verzogen, als sei die Vorstellung geradezu abstoßend. »Die Knöpfe müssen rot sein, wie der Mantel.«

Doch diese Dinge wusste Emily nur, weil man es ihr erzählt hatte und weil eine Kamera in der Station so ziemlich alles und jeden gefilmt hatte – bis auf Livs Sturz auf die Gleise, der aufgrund einer Baustelle in einem toten Winkel am Ende des Bahnsteigs passiert war.

Ihre Erinnerung an den gesamten Morgen setzte erst zwei Stationen von der Holborn Station entfernt wieder ein, als sie, nach Luft schnappend, die Treppe hinauf ans Tageslicht stürmte. Und sich auf der Oxford Street in den nächsten Mülleimer erbrach. Ohne zu wissen, warum.

Alles, was an jenem Morgen vor der Katastrophe passiert war, hatte ihr Gehirn in einen Teil ihres Bewusstseins geschoben, zu dem sie keinen Zugang mehr bekam. Die Stunden waren einfach ausradiert. Ihre Erinnerung stoppte mit einer Tasse Tee, die sie am Abend zuvor getrunken hatte.

»Woher weiß ich, ob es Fiktion oder Realität ist, falls ich mich irgendwann erinnere?«, hatte sie Dr. Ramzan gefragt und an das Gefühl gedacht, das sie quälte. *Weg. Ich muss hier weg.*

»Das ist eine berechtigte Frage.« Er hatte genickt. »Unser Gehirn kann unglaublich kreativ sein, wenn es um das Erfinden vermeintlicher Erinnerungen geht.«

»Wie meinen Sie das?«

»Unser Gehirn kann die Realität nicht vollständig aufnehmen, nicht jede Kleinigkeit abspeichern. Ist unsere Erinnerung lückenhaft, denkt sich das Gehirn Dinge aus, um auf diese Weise eine vollständige Erinnerung zu bilden.«

Sie starrte ihn an.

»Das Gehirn mag keine fehlenden Puzzleteile, also erfindet es welche.« Dr. Ramzan lächelte: »Wir alle, im Speziellen aber Amnesiepatienten, können einer Erinnerung nicht trauen. Im Prinzip ist jede Erinnerung falsch. Die Frage ist nur, *wie* falsch.«

Emily hatte plötzlich das Gefühl, keine Sekunde länger liegen bleiben zu können. Mit einem Satz war sie aus dem Bett.

Sie ließ das Licht ausgeschaltet und lief ins Wohnzimmer. Ein Frösteln durchzog ihren Körper, die Wärme des Bettes ließ sie die kühle Temperatur in der Wohnung besonders intensiv spüren. Als sie an der Garderobe im Flur vorbeikam, griff sie nach ihrer Jacke, zog sie an. Und erkannte ihren Fehler zu spät: Es war Livs Wachsjacke.

Ein erster Reflex war, die Jacke sofort auszuziehen, doch auf eine Weise spendete Livs Kleidung ihr Trost, und so beschloss sie, dass ihr Versehen in Ordnung war.

Ihre Augen hatten sich jetzt an die Dunkelheit gewöhnt.

Auf einem Sessel direkt neben dem Fenster im Wohnzimmer lag Milo und schlief. Emily konnte den Kater in der Dunkelheit auf dem Polster erkennen, eingerollt. Vorsichtig strich sie über den weichen Körper. Sein linkes Ohr zuckte. Noch war unklar, was mit Milo passieren würde. Maura, die Nachbarin, die sich um ihn gekümmert hatte, wollte ihn nicht übernehmen.

Emily streichelte dem Kater über den Kopf. Hier waren sie nun also beide, allein.

Sie öffnete die Schiebetür und ging auf den Balkon. Selbst hier draußen war das Geräusch aus der Nachbarwohnung zu hören. Schläge, immer wieder dumpfe Schläge, als würde jemand mit bloßen Fäusten gegen die Wände trommeln.

Sie lehnte sich nach vorne, konnte die Fenster auf ihrer linken Seite erkennen. Der Sichtschutz, eine schlichte Wand aus Milchglas, war vermutlich seit Jahrzehnten nicht erneuert worden. Ganze Teile fehlten. Der Blick auf den Nachbarbalkon war an mehreren Stellen frei, doch Emily konnte die Quelle des Geräuschs nicht ausmachen.

Sie lehnte sich gegen die Balustrade, starrte auf die dunkle Silhouette der Stadt. In einiger Entfernung entdeckte sie die weiß beleuchtete Kuppel von St. Paul's, die in den Nachthimmel ragte. Keine Flugzeuge oder Hubschrauber zerstörten die Stille der Nacht, keine Sirenen. London wirkte friedlich.

Sie schaute nach unten. Die kleine Kirche, St. Giles' Cripplegate, die sich auf dem Gelände des Barbican befand, war eines der letzten mittelalterlichen Gebäude in der City of London und befand sich direkt zu ihren Füßen. Das alte Gemäuer war ein wohltuender Gegensatz zu dem Beton, der sie von allen Seiten umgab. Oliver Cromwell hatte 1620 in der

Kirche geheiratet, und Daniel Defoe, Autor von *Robin Crusoe,* war ein regelmäßiger Besucher gewesen.

Emily rief sich diese historischen Fakten ins Gedächtnis; die Vergangenheit machte ihr stets bewusst, wie wenig wichtig sie selbst war.

Sie atmete tief ein. Der Sauerstoff tat ihr gut. Ihr vom Schlaf und dem Medikament benebelter Geist erwachte zum Leben. Sie zog die Jacke enger um ihren Körper.

Die Stille war absolut. Das Geräusch aus der Nachbarwohnung war verstummt. Das bemerkte sie jetzt erst. Die Haare in ihrem Nacken stellten sich auf.

Vorsichtig drehte sie ihren Kopf zur Seite. Und erstarrte. Da stand ein Mann auf dem Balkon nebenan.

Und beobachtete sie.

LIVS TAGEBUCH

Als Dreijährige habe ich mich mit einer Spinne angefreundet. Sie saß in meinem Zimmer an der Wand, direkt auf Höhe meiner Hände. Die Spinne bewegte sich nicht. Ich starrte auf ihre acht Beine, alle mit Fell überzogen, feingliedrig, viel zu lang und doch im Vergleich zu mir, einem Kleinkind mit speckigen Armen und Beinen, winzig. Ich fand die Spinne abstoßend und berauschend zugleich und konnte meinen Blick nicht von ihr lösen, ich war absolut gebannt. Noch nie hatte ich so ein Geschöpf gesehen. Ich streckte einen Finger aus und streichelte vorsichtig über den Körper der Spinne. Ich beobachtete, wie sie, aufgeschreckt von der Berührung, an der Wand entlanglief.

Irgendwann begann die Spinne zwischen der Fußleiste und dem Kleiderschrank ihr Netz zu spinnen. Das ging mehrere Tage lang so. Wir entwickelten eine Routine: Ich starrte sie an – sie spann ihr Netz. Ich konnte gar nicht genug von diesem Schauspiel bekommen.

Dann beschloss ich, die Spinne zu essen.

Von einer Sekunde auf die andere brach die Hölle los.

Meine Mutter war ins Zimmer gekommen und hatte im letzten Moment gesehen, was ich da tat. Ich schrie, während meine ebenfalls schreiende Mutter die Reste der unglückseligen Spinne aus meinem Mund fischte. Ich lernte, dass man Spinnen nicht aß.

Dieser Vorfall ist meine früheste Kindheitserinnerung.

Es ist nicht die Spinne in meinem Mund, sondern das Geschrei meiner Mutter, ihre Reaktion, die diese Erinnerung in meinem Gedächtnis einzementiert hat.

Erst Jahre später habe ich die Konsequenz dieses Vorfalls verstanden. Durch ihre Reaktion hat meine Mutter mich für den Rest meines Lebens in meinem Verhalten manipuliert. Ich würde nie wieder eine Spinne essen. Nicht, weil ich mich vor dem Insekt geekelt hatte. Als Dreijährige hat man eine hohe Toleranz, denn man hat noch nicht gelernt, was die Gesellschaft als eklig empfindet. Nein, ich würde das nie wieder tun, weil ich meiner Mutter den Kummer ersparen wollte.

Doch das Gleiche gilt auch umgekehrt: Durch das Essen der Spinne hatte ich in meiner Mutter eine Reaktion ausgelöst. Ursache und Wirkung – das ist die Basis jeder menschlichen Interaktion. Wir alle manipulieren und werden manipuliert. Jeden Tag. Selbst ein schnelles Lächeln kann eine Manipulation sein.

Wie gestern zum Beispiel.

Er war mit großen Schritten Richtung Sutton Arms gelaufen, ich glaube allerdings nicht, dass das Pub sein Ziel war.

Er scheint mir nicht der Typ, der abends mit Freunden etwas trinken geht. Im Gegenteil, er wirkt eher wie ein Mensch, der lieber für sich bleibt, der in seinem Leben schon zu viel gesehen hat. Da ist eine Mauer zwischen ihm und seinen Mitmenschen – er weiß das, er braucht das, und er lässt niemanden wirklich an sich ran. Da ist etwas Dunkles in ihm, das kann ich spüren, und ich frage mich, was sein Geheimnis ist.

An der Ecke stießen wir zufällig aufeinander. (Na gut, ich war mit Absicht einen Umweg gelaufen.) Er wollte sofort weitergehen, murmelte etwas von einem Termin, seine Finger gruben sich in seinen Rucksack. Ich schenkte ihm ein Lächeln. Und dann blieb er doch stehen. Ich machte einen Kommentar über das Wetter, erwähnte eine andere Belanglosigkeit, lachte, und es klang echt, denn mein Lachen war echt.

Wir wechselten ein paar kurze Worte, dann verabschiedete ich mich. Ich wollte ihm nicht auf die Nerven gehen. Zumindest war es mir gelungen, dass ein paar Sekunden seiner Zeit mir gehört hatten. Ursache und Wirkung.

Und während ich weiterlief, es klingt wie ein Klischee, spürte ich Wärme in meinem Magen. Ein wohliges Gefühl, das sich in Sekundenschnelle zu einem Bedürfnis entwickelte. Ich war über diese Entwicklung selbst überrascht.

Mit jedem Schritt wurde dieses Bedürfnis größer; es wurde erst zu einem Verlangen, dann zu einer Notwendigkeit. Ich glaube, ab dem Moment gab es kein Zurück mehr. Ich habe lange genug gewartet. Im Job. Privat. Jetzt bin ich an der Reihe. Ich habe ein neues Ziel.

Er wird sich in mich verlieben.

Er weiß das bloß noch nicht.

EMILY

Am nächsten Morgen fing sie nach dem Frühstück an, alle Vorräte aus Livs Küchenschränken zu räumen. Sie wollte überprüfen, welche Lebensmittel bereits abgelaufen waren und direkt entsorgt werden konnten. Vor ihr türmten sich Verpackungen, Tüten und Gläser auf dem Tisch. Ihre Freundin hatte eine beeindruckende Sammlung an Cornflakes verschiedener Marken, Müsli, Nüssen und Trockenfrüchten angehäuft. Dazu kam eine Unmenge an Backzutaten, die seit Jahren abgelaufen waren.

Emily konnte sich nicht erinnern, dass Liv jemals gern gebacken hätte, aber vielleicht war der Vorsatz größer gewesen als die Umsetzung. Die Verfallsdaten auf den Verpackungen zumindest schienen diese Theorie zu bestätigen. Sie musste lächeln bei dem Gedanken an Liv, griff nach einem ungeöffneten Paket Zucker, drehte es um, suchte nach dem Datum und …

Es klopfte an der Tür.

Der Zucker fiel zu Boden.

Wer konnte so früh am Morgen etwas von ihr wollen? Es war doch gerade erst neun Uhr? Emilys Herz begann zu rasen. Sie wollte mit niemandem sprechen. Allein die Vorstellung eines Gesprächs mit einer fremden Person, und sei es noch so kurz, ließ ihren Magen zusammenziehen. Irgendetwas in ihr sträubte sich seit Livs Tod, andere Menschen auch nur in ihre Nähe zu lassen.

Es fühlte sich an, als würde sie durch jeden Kontakt ein Stück von sich aufgeben, und das konnte sie sich nicht leisten, denn es war nicht mehr viel übrig. Sie musste sich schützen, ansonsten würde sie das Gleichgewicht verlieren, ihr Körper und ihr Geist in tausend Teile zerspringen, genau wie ihre Seele es schon getan hatte.

Das Klopfen hörte nicht auf. Jemand hämmerte jetzt gegen die Tür.

Auf Zehenspitzen balancierte sie um den Zucker herum, der sich auf den Fliesen verteilt hatte, lief über die Holzdielen durch den Flur. Mit einer Hand griff sie wieder nach Livs Wachsjacke, die sie in der Nacht auf den Boden geworfen hatte und die wie eine Anklage im Flur unter der Garderobe lag.

Sie schlüpfte lautlos in die Jacke, wollte kein Geräusch von sich geben. Nicht, solange sie nicht wusste, wer dort vor der Tür stand. Die Wachsjacke fühlte sich kalt und steif auf ihrer Haut an.

Sie atmete tief ein. Zögerte. Mit einem Ruck riss sie schließlich die Wohnungstür auf, mit so viel Schwung, dass ihr die Klinke aus der Hand glitt und die Tür gegen die Wand im Flur knallte. Milo, der unter der Garderobe gesessen hatte, sprang mit einem Satz auf und zielte Richtung Sofa.

Emily starrte auf den Mann vor ihrer Tür.

Eine sehr lange Zeit in ihrem Leben war sie anderen Menschen voller Neugier gegenübergetreten. Welche Ansichten teilte diese Person, wie redete oder lachte sie, und was löste das in ihr aus? Sie war ein Menschenfreund gewesen, und an manchen Tagen überraschte es sie, wie sich das in so kurzer Zeit gewandelt hatte. Diese Aufgeschlossenheit anderen Leuten gegenüber lag in der Vergangenheit; hatte Platz gemacht für eine neue Persönlichkeit, die ihr immer noch fremd war.

Sie verschränkte die Arme vor der Brust. Der Mann vom Balkon stand vor ihrer Tür.

Dürr. Ausgezehrt. Seine Locken waren dunkelbraun und in einem Achtzigerjahreschnitt gestylt, der bei den Hipstern der Stadt gerade wieder modern war. Ein Mullet oder Wolf Cut, dachte sie. Oben lang und an den Seiten kurz. Er trug ein Batik-T-Shirt. Der Mann sah aus, als wäre er einer anderen Ära entsprungen. Vor ihr stand ein Zeitreisender.

»Was machst du hier?«, fragte er geradeheraus, als stünde sie in seiner Wohnung und nicht in Livs – als hätte er sie bei einem Einbruch erwischt und wollte sie zur Rechenschaft ziehen.

Sie starrte ihn an. Sein Gesicht wirkte eingefallen, und unter den Augen lagen dunkle Schatten. Eine Narbe zierte seine rechte Wange, die viele Frauen vermutlich attraktiv fanden, weil sein Gesicht auf diese Weise eine Geschichte erzählte. Seine Jeans hatte Löcher und entblößte die Knie. In der Hand hielt er eine schwarze Baseballkappe, die er offenbar gerade vom Kopf gezogen hatte.

Die Frage warf sie aus der Bahn. Kalter Schweiß überzog ihre Haut, sie konnte die körperliche Reaktion in jeder Zelle spüren. Lag ihre Unsicherheit an ihm, seiner Art oder an der Tatsache, dass sie ein Gespräch mit einer anderen Person führen musste?

Es kostete sie Überwindung, ihm die Tür nicht direkt wieder vor der Nase zuzuschlagen.

»Ich spreche nicht mit Fremden«, sagte sie und klang wie ein Kind. Sie griff nach der Tür und wollte sie schließen, doch er sah die Bewegung kommen.

Mit einer blitzartigen Geschwindigkeit stellte er seinen Fuß in den Rahmen der Tür.

»Ich auch nicht«, sagte er. »Shakes«, stellte er sich vor. »Eigentlich heiße ich Lee«, fügte er hinzu.

»Warum?«, fragte Emily.

»Warum was?« Er schaute sie verwundert an.

»Warum *eigentlich*?«

Eine Pause entstand.

»Ich bin Emily«, sagte sie dann und versuchte sich ihr Unbehagen nicht anmerken zu lassen.

»Kanntest du Liv?«, fragte er.

Der Mann wirkte nervös, irgendwie rastlos, wie ein Junkie auf Entzug. Als flatterten anstelle von Blut Tausende Motten in seinen Adern, die seine gesamte Erscheinung und jede Bewegung irgendwie vibrieren ließen.

»Kanntest *du* sie?«, fragte Emily zurück. *Weg. Ich muss hier weg.*

»Flüchtig«, sagte er. »Nur, wie man eine Nachbarin halt kennt.« Er zeigte den Gang runter. »Ich wohne nebenan.«

Und dann kroch plötzlich eine Erinnerung aus den Tiefen ihres Gehirns in ihr Bewusstsein. Nein – keine Erinnerung, denn genau das war ja das Problem –, es war wieder nur das Gefühl.

Doch zu ihrer eigenen Verwunderung konnte sie es heute klar definieren. Es war dieses Mal gar kein Gefühl, nein – sie hatte sich getäuscht. Es war Wissen, echtes, sicheres Wissen. *Ich kenne diesen Mann.*

Emily starrte ihn an, unfähig, einen Ton zu sagen. Er war ein Gespenst, Teil ihrer Vergangenheit, jener verlorenen Stunden – und stand plötzlich einfach vor ihr.

»Und?«, fragte er, nicht ahnend, was in ihrem Inneren vor sich ging. Er zog aus seiner Hosentasche eine zerknickte

Packung Zigaretten, holte eine hervor und klemmte sie zwischen seine Lippen, ohne sie anzustecken. Er stand gegen ihren Türrahmen gelehnt, als sei es die normalste Sache der Welt, die Tür einer fremden Wohnung zu blockieren.

Sie begriff nicht, was er meinte.

»Und?«, fragte sie.

»Was du hier machst?«, fragte er.

»Ich bin eine Freundin von Liv«, brachte sie hervor. »Ich löse die Wohnung auf.«

»Du trägst ihre Jacke.«

Hatte er nicht gerade behauptet, Liv nur flüchtig gekannt zu haben?

Sie entdeckte eine weitere Narbe, an der Innenseite seines Unterarms, die gefährlich nah an der Pulsader war.

»Schrecklich, was passiert ist«, sagte er jetzt. Vorsichtig, als würde er sie testen wollen.

»Ja«, sagte sie. Und dann: »Ich war am Gleis.« Sie biss sich auf die Zunge. Wusste nicht, warum sie ihm das verriet. Sollte es eine Rechtfertigung für ihren Aufenthalt in Livs Wohnung sein? Sie war dem Mann doch keine Erklärung schuldig.

»Du warst dabei?« Er nahm die Zigarette aus dem Mund. »In der Station?«

»Ich habe mein Gedächtnis verloren«, erklärte sie und dachte gleichzeitig, wie seltsam es klang. Das Gedächtnis verlieren – als wäre es ein Gegenstand. Aber auf eine gewisse Weise tat es gut, das Ganze auszusprechen.

»Du kannst dich nicht erinnern?« Sein Blick durchbohrte sie. »Wow.«

Sie hörte den Zweifel.

»Dein Gedächtnis will dich vermutlich schützen«, stellte er fest. »Es erspart dir die Bilder.«

Das hatte der Arzt auch gesagt.

»Jeder Mensch kann zu jedem Zeitpunkt etwas sehen, was er besser nicht gesehen hätte«, sagte er dann. Die Zigarette wanderte wieder zwischen seine Lippen. »Die Frage ist, wie man damit umgeht. Nicht wahr?«

Emily zuckte zusammen. Der Satz fühlte sich an wie ein Schlag in die Magengrube.

Es war die Art, wie er die Worte gesagt hatte. Sein Blick, der auf ihr ruhte und ihre Reaktion abwartete, als sei er auf der Lauer.

»Wir sehen uns«, sagte er dann, und schon lief er den Flur zurück zu seiner Wohnung. Nach einigen Schritten drehte er sich noch einmal um. »Du kannst dich wirklich an … nichts erinnern?«

Emily schüttelte den Kopf, mechanisch.

Sie schaffte es gerade rechtzeitig, die Tür zu schließen und den Schlüssel umzudrehen.

Dann rannte sie los. Sie musste sich eine Hand vor den Mund halten und fluchte innerlich, während ihr Magen rumorte. In letzter Sekunde erreichte sie das Badezimmer und erbrach sich in die Toilette.

Erst als nichts mehr kam und ihre Eingeweide sich beruhigt hatten, wagte sie es, den Kopf zu heben. Obwohl die Kälte in ihren Adern ihre Muskeln zittern ließ, glühte ihr Gesicht. Was zur Hölle war das gerade gewesen?

Warum reagierte sie so heftig? *Jeder Mensch kann zu jedem Zeitpunkt etwas sehen, was er besser nicht gesehen hätte.*

Emily wusste nicht, wie lange sie die Fliesen an der Wand anstarrte. *Die Frage ist, wie man damit umgeht.*

Hatte er die Amnesie gemeint? Die Reaktion ihres Gehirns, die Katastrophe zu vergessen? Nein, seine Worte hatten wie eine Drohung geklungen. *Nicht wahr?*

Sie musste schlucken. Ein Gedanke schoss durch ihren Kopf. Konnte das sein?

Hatte sie etwas gesehen, was sie besser nicht gesehen hätte?

Hatte sie *jemanden* gesehen?

War der Tod von Liv gar nicht ihre Schuld?

SHAKES

Mit großen Schritten lief er durch seine Wohnung. Genau genommen war es die Wohnung seines Onkels Wyndham. Seit Wyndham sich vor über einem Jahr zu einem Cousin zweiten Grades nach New York aufgemacht hatte und in Queens in dessen Immobiliengeschäft eingestiegen war, auch wenn niemand so genau wusste, was dieses Immobiliengeschäft in Wirklichkeit beinhaltete, betrachtete Shakes die Wohnung als sein Zuhause. Doch dieses Gefühl, ein Zuhause zu haben, war eine trügerische Sicherheit, denn Wyndham, der vor langer Zeit im Barbican investiert hatte, als die Wohnungspreise noch finanzierbar gewesen waren, konnte jederzeit entscheiden, das Appartement zu verkaufen oder an einen zahlungskräftigen Mieter zu vergeben.

Doch Shakes ignorierte diese Sorgen an den meisten Tagen, denn er kannte kein anderes Zuhause als diesen grauen Beton, in dem er seit zwei Jahrzehnten, mit einigen Ausnahmen, lebte – und eine Lösung für das Problem gab es nicht. Das Barbican war eine eigene Welt, doch es war eine Welt, zu der er nicht mehr gehörte oder vielleicht nie gehört hatte.

Seine Mutter hatte ihn mit achtzehn Jahren in einem Council Estate in Dalston geboren. Sie hatte es nicht mehr rechtzeitig ins Krankenhaus geschafft, weil sie erst die Buchhaltung für die Reinigung einer Bekannten erledigen wollte, Dalston Dry Cleaners Ltd. Der Jahresabschluss musste fertig werden. Da kam seine Geburt ungelegen.

Dalston Dry Cleaners Ltd. war zu jener Zeit ein lukrativer Betrieb gewesen, die halbe Unterwelt des East End nutzte den Laden zur Geldwäsche. Man konnte die Buchhaltung nicht einfach einer fremden Person überlassen.

Sein Vater war den Gerüchten nach der Sohn einer einfachen Arbeiterfamilie aus Mile End, mit dem seine Mutter ein Verhältnis gehabt hatte. Ob das die Wahrheit war, wusste Shakes nicht, denn niemand hatte ihm je eine Antwort geben können, und mit den Jahren war er zu dem Schluss gekommen, dass es wohl schlicht niemand wusste – außer seiner Mutter, und die konnte er nicht mehr fragen. Sie starb an einem Gehirntumor, als er gerade einmal neun Jahre alt war.

Nach ihrem Tod war er bei Wyndham im Barbican gelandet, dem Bruder seiner Mutter, der ihm einige Dinge über seine Familie erzählte und selbst das schwarze Schaf war, weil er mit dem Business und den Machenschaften der Hills nichts zu tun haben wollte. Doch sein Onkel hielt es mit der Wahrheit nicht immer so genau und schmückte seine Geschichten gern aus. Fakt war, dass weder seine Tante noch seine Großeltern ein Interesse an ihm gehabt hatten und sein Onkel der Einzige war, der ihn vor einem Leben im Pflegeheim bewahrt hatte.

Wie ein Tiger im Käfig lief Shakes jetzt durch den schmalen Flur der Wohnung.

Zumindest hatte das Gespräch mit der Nachbarin, wenn man sie so nennen wollte, Klarheit gebracht. Er hatte ihr auf den Zahn fühlen, ihre Reaktion auf ihn sehen wollen. Beinahe hatte er laut gelacht. Er konnte es nicht fassen. *Ich habe mein Gedächtnis verloren.*

Er lief durch das Schlafzimmer. Bewegung war seine Art, mit Stress umzugehen. Als Kind hatte er in solchen Situationen gezittert, am ganzen Körper; seine Muskeln führten dann ein Eigenleben, genauso wie bei Kälte oder Aufregung. Das hatte ihm den Namen Shakes eingebracht.

»Lee, you having the shakes?«, hatte Onkel Wyndham ihn mit seiner donnernden Stimme stets gefragt und gelacht. Und so wurde Lee zu Shakes. Der Name blieb an ihm kleben. Er hatte den Verdacht, dass sein Onkel irgendwann einfach vergessen hatte, dass Shakes gar nicht sein echter Name war.

Shakes ging in die Küche und steckte sich eine weitere Zigarette an. Das Gespräch mit der Frau, Emily, hatte alles zurückgebracht. Die Wut. Die Demütigung. Das Gefühl von Hass. Am allermeisten den Hass. Er dachte an seinen Absturz gestern Abend auf dem Broadway Market.

Gierig zog er den Rauch der Zigarette ein, doch das Nikotin beruhigte weder seine Nerven, noch stimulierte es seine Gehirnzellen. Mit der Zigarette zwischen den Lippen ging er ins Schlafzimmer. Ohne ein Zögern begann er mit beiden Fäusten wieder auf den Boxsack einzudreschen, den Wyndham ihm geschenkt hatte. Niemand konnte behaupten, dass sein Onkel sich keine Mühe gegeben hatte, und doch hatte Shakes das Gefühl, dass der Aufenthalt in New York dessen Art war, den Kopf in den Sand zu stecken. Wyndham wollte nicht mit ansehen, ja nicht einmal im Land sein, wenn sein Neffe endgültig den Boden unter den Füßen verlor und zurück ins Gefängnis wanderte. »Einmal drin, immer drin.«

Shakes prügelte weiter auf den Boxsack ein. Die Knöchel seiner Finger begannen zu schmerzen. Er hatte keine Handschuhe angezogen. Der Sack schwang wie ein Pendel von einer Seite zur anderen.

Er dachte wieder an die Frau in der Nachbarwohnung. Konnte sie sich wirklich nicht erinnern? Oder hatte sie bei seinem Anblick aus Angst eine Gedächtnislücke vorgeschoben?

Nein. Er konnte eine Lüge erkennen. Die Anzeichen einer Lüge waren dieselben wie bei Angst. Und mit Lüge und Angst kannte er sich aus.

Ihre gesamte Körperhaltung hatte Abwehr ausgestrahlt. Er konnte es ihr nicht verdenken. Natürlich nicht. Selbst ohne Gedächtnis reagierte ihr Körper. Das Wissen war da. Sie hatte nur keinen Zugang.

Es war ein Geschenk. Und wenn er in seiner Kindheit eine Sache gelernt hatte, dann war es, dass man Gelegenheiten nutzen musste. Vor allem, wenn man nicht oft welche bekam.

Kurz blitzte das Jobangebot in seinem Kopf auf, doch er schob den Gedanken zur Seite. Während er immer mehr aus der Puste geriet und in immer kürzeren Abständen nach Luft schnappte, entstand in seinem Kopf ein Plan, so abgebrüht, so widerwärtig, dass er sich für einen kurzen Moment fragte, was aus ihm geworden war. Doch für diese Frage war es zu spät: Sein Entschluss stand fest.

Er hatte keine Zeit zu verlieren. Die Frau war eine tickende Zeitbombe. Sie konnte sich jederzeit erinnern.

EMILY

Sie starrte noch immer auf die Fliesen im Badezimmer. Die Arme um ihre Knie geschlungen, saß sie wie betäubt vor der Badewanne.

Ein roter Mantel, der auf die Gleise fliegt.
Ein Schrei.
Weg. Ich muss hier weg.

Der Albtraum hatte Lücken, und sie war froh darüber, denn sie bekam auf diese Weise nur Bruchstücke präsentiert, und die waren schlimm genug. Doch das Problem mit dem Traum war das Gefühl, das er in ihrem Innern verursachte. Es war das Gefühl von Flucht. *Weg. Ich muss hier weg.*

Bisher hatte es aus ihrer Sicht nur eine Erklärung gegeben: Sie musste wohl auf irgendeine Weise für den Sturz von Liv verantwortlich sein. Sie trug die Schuld. Warum sonst sollte sie in so einer Situation *flüchten* wollen? Diese Theorie steckte in ihr fest wie ein giftiger Stachel, sie war diesen Gedanken nicht mehr losgeworden.

Es musste zu irgendeinem Missgeschick gekommen sein, infolge dessen Liv gestürzt war. Eine andere Erklärung konnte sie nicht finden.

Selbst nachdem sie über das Überlebensschuld-Syndrom gelesen hatte, eine Form der posttraumatischen Belastungsstörung, die Dr. Ramzan erwähnt hatte, war es ihr nicht gelungen, sich davon zu befreien; ihr Gehirn ließ sie nicht in Ruhe.

Sie. War. Schuld.

Ihre Hände fuhren über ihre Beine, hoch und wieder runter, als würde sie sich selbst beruhigen wollen. Ihr Blick klebte auf den Fugen zwischen den Fliesen, an einigen Stellen war der Mörtel herausgebrochen.

Was hatte der Arzt noch gesagt?, dachte sie plötzlich. Sie hatte ihn gefragt, warum sie sich nur an ein Gefühl erinnern konnte.

»Ereignisse, die mit einer starken emotionalen Empfindung verknüpft sind, prägen sich besonders tief ins Gedächtnis ein«, hatte er erklärt. »Amygdala.«

Sie hatte ihn verständnislos angeguckt. »Amygdala?« Das klang wie ein Zauberspruch.

»Die Amygdala ist für die emotionale Bewertung von Reizen im Gehirn verantwortlich. In diesem Teil des Gehirns wird der emotionale Gehalt einer Situation bewertet; die Amygdala reagiert besonders auf Bedrohung und Angst. Das ist ein Schutzmechanismus.« Er hatte genickt. »Das ist der Grund, warum Sie sich an ein Gefühl erinnern, nicht aber an die Geschehnisse. Diese werden in einem anderen Teil Ihres Gehirns abgespeichert, der zurzeit nicht zur Verfügung steht.«

»Das klingt kompliziert.«

»Emotionen können eine gute Gedächtnisstütze sein.«

»Wie das?«

»Erinnern Sie sich an den Ort und die Umstände, an denen Sie die Nachricht von den Terroranschlägen vom 11. September 2001 erfuhren?«

»Ja.«

»Fast alle Menschen können das.«

»Und?«

»Was haben Sie am 10. September 2001 zu derselben Uhrzeit gemacht?«

»Verstehe.«

Verdammt, es war so offensichtlich. Sie hatte Angst gehabt an jenem Morgen. Emily schloss die Augen. Sie hatte die ganze Zeit die falsche Schlussfolgerung gezogen. Sie war nicht für Livs Sturz verantwortlich und hatte deswegen die Flucht ergreifen wollen. Natürlich nicht. Dafür gab es weder einen Anhaltspunkt noch einen Grund. Nein, sie hatte etwas gesehen. Emily schluckte – sie hatte *jemanden* gesehen. *Die Amygdala reagiert besonders auf Bedrohung und Angst. Das ist ein Schutzmechanismus.*

Sie war eine Zeugin. Plötzlich ergab alles einen Sinn. Kam daher das Bedürfnis, sich von anderen Menschen fernzuhalten? Versuchte ihr Unterbewusstsein die ganze Zeit, sie zu schützen? Vor einer Person, der sie gefährlich werden konnte?

Emilys Herz raste jetzt so schnell, dass sie fürchtete, es könnte aus ihrem Brustkorb springen.

Sie stand auf, musste sich mit beiden Händen am Waschbecken festkrallen und stand einen langen Moment einfach nur da. Aus dem Spiegel schaute sie ein Geist an. Es gab Tage, an denen sie zusammenschrak, denn diese Frau, die ihr im Spiegel entgegenblickte, war eine Fremde. Emotionslos. Ein Zombie. Ein Mensch, der jeden Halt im Leben verloren hatte und auch genauso aussah. Strähnige braune Haare. Ein viel zu langer Pony, der über ihre Augen fiel. Blasse Haut. Wie seit hundert Jahren nicht geschlafen.

Doch sie konnte zum ersten Mal seit Monaten einen Anflug von Entschlossenheit in den Augen dieser Frau erkennen. Emily musste schlucken. Sie hatte ihrer Freundin nicht mehr helfen können, doch irgendjemand trug die Schuld an dem Sturz. Davon war sie jetzt überzeugt. Und sie hatte den Täter gesehen.

Die Frau im Spiegel nickte ihr zu. Sie musste herausfinden, was passiert war. Sie hatte keine Wahl. Nur so würde sie den Albtraum loswerden.

Nur so würde Liv Gerechtigkeit widerfahren.

DER PATIENT

»Bitte setzen Sie sich.« Die Psychologin zeigte auf den rechten Sessel. Der rechte Sessel stand direkt neben dem Fenster und war mit Absicht so ausgerichtet, dass die Patienten die Bäume draußen im Blick hatten. Grün, jene Farbe, die Körper und Geist in Einklang brachte. Das hatte er zumindest irgendwo gelesen. Doch die Abenddämmerung war bereits eingebrochen, er konnte die Blätter an den Ästen kaum erkennen, und grün war zurzeit ohnehin nichts mehr, denn der Herbst hatte die Blätter verfärbt. Der Verfall der Natur war nicht mehr aufzuhalten.

Er mochte den linken Sessel lieber. Der Blickwinkel auf die Ärztin war von dieser Seite besser; er konnte so ihre körperliche Reaktion deutlicher erkennen. Das Pochen ihrer Halsschlagader. Das Zucken eines Augenlids. Die Rötung ihrer Haut. Der linke Sessel machte aus der Therapeutin einen Menschen.

Doch er wollte heute ein Musterpatient sein. Er setzte sich also in den rechten Sessel.

»Ich brauche keine Therapie«, hatte er versucht, das Ganze abzuwehren. Es war lächerlich. Doch das konnte er natürlich nicht laut sagen. Die Vorgehensweise war normales Prozedere – er hatte keine Wahl gehabt. Die Therapie war Pflicht.

Er machte also gute Miene zum bösen Spiel; er musste sich an die Regeln halten, durfte keine Aufmerksamkeit erregen.

Er überlegte sich jeden Satz zweimal. Ein einziges falsches Wort konnte zu seinem Verhängnis werden.

Natürlich galt das Berufsgeheimnis, doch er machte sich nichts vor. Er kannte das Rechtssystem von innen und außen, wusste, wie die Dinge liefen. Es gab Situationen, da verabschiedete man sich von einem Berufsgeheimnis schneller, als ein windiger Staatsanwalt seinen Namen sagen konnte.

»Wie geht es Ihnen heute?«, fragte Dr. Lydia Hobbs. Lydia, wie sie jedes Mal betonte.

Er lehnte sich zurück, versuchte Ruhe auszustrahlen. Fokussierte weiter ihre Halsschlagader, beobachtete das zarte Pochen des Herzschlags unter ihrer Haut. »Ich denke, ich mache Fortschritte«, sagte er dann und bereute es sofort. Die Therapeutin schaute überrascht auf. Vermutlich gab es nichts Verdächtigeres als einen Patienten, der behauptete, Fortschritte zu machen.

Doch er musste Lydia irgendetwas geben, was sich gut in seiner Akte lesen würde.

Vielleicht war die Therapie gar nicht schlecht, dachte er. Auf diese Weise lernte er, was die Gesellschaft von einer normalen Person erwartete. Wie man sich verhalten musste, um unter den anderen Menschen nicht aufzufallen. Er war perfekt darin, den Schein zu wahren. Niemand ahnte etwas. Niemand traute ihm diese Taten zu. Doch er musste aufpassen. Die anderen Menschen waren nicht wie er. Sie konnten den Rausch nicht verstehen. Wussten nicht, wie sich das anfühlte, jener Moment, in dem er seine Entscheidung traf – es gab dann kein Zurück mehr.

Er allein entschied, wer weiterleben durfte und wer nicht.

Er hatte die Macht zu gestalten.

EMILY

Es war bereits Nachmittag, als sie den Seitenausgang zum Innenhof des Barbican nahm und durch die Glastür ins Freie trat. Sie hatte den Morgen und Mittag in der Wohnung verbracht, versucht, den Schlaf nachzuholen, erfolglos, war wieder aufgestanden.

Es gab nur einen Ort, wo sie jetzt sein wollte. Sie brauchte die tröstliche Bestätigung, ein winziger, irrelevanter Teil dieser Gesellschaft zu sein. Normalität für ein paar Stunden, das war genau das, wonach ihre Seele schrie – an manchen Tagen funktionierte eine Fahrt mit der U-Bahn besser als jede Entspannungstechnik.

Doch in ihrem Kopf stolperten die Fragen übereinander. Warum hatte Liv sterben müssen? *Jeder Mensch kann zu jedem Zeitpunkt etwas sehen, was er besser nicht gesehen hätte.*

Hatte Liv vielleicht in den Tagen vor ihrem Tod etwas gesehen und dafür mit ihrem Leben bezahlt? Hatte Shakes ihre Freundin gemeint mit seinem Spruch und gar nicht sie? Doch woher hätte er wissen sollen, dass Liv in irgendeine Sache verstrickt gewesen war?

Emily eilte an dem Café Barbican Kitchen vorbei, das zum Veranstaltungszentrum des Barbican gehörte, und überlegte, ob sie durch die Eingangshalle laufen sollte oder über einen Fußweg, den sogenannten High Walk, der über eine Treppe direkt zur U-Bahn-Station führte. Gerade als sie sich für diese Variante entschied, sah sie ihn. Alex. Ihr Exfreund.

Das durfte nicht wahr sein. Emily drehte sich um, doch es war zu spät. Er hatte sie entdeckt.

»Em, was machst du denn hier?«, rief er. Überraschung spiegelte sich in seinem Gesicht. Überraschung und Misstrauen. Sie kannte diesen Ausdruck des Argwohns, mit dem er sein Gegenüber innerhalb weniger Sekunden unter Generalverdacht stellen konnte – eine Berufskrankheit.

Emily blieb widerwillig stehen. »Du bist heute schon der Zweite, der das fragt.«

»Wolltest du zu mir?« Natürlich bezog ihr Exfreund wie immer alles auf sich. Alex wohnte in der vierzehnten Etage im Shakespeare Tower. »Ich komme gerade von einem Termin«, sagte er überflüssigerweise, und es klang beinahe wie ein Reflex, als würde er sich rechtfertigen wollen.

Emily musterte ihn. Er trug seine grüne Bomberjacke, eine schwarze Trainingshose und Turnschuhe – sein bevorzugtes Outfit, wenn er nicht gerade im Dienst war. Sie hatte ihn in der Vergangenheit mit seinem Kleidungsstil aufgezogen und stets behauptet, er sähe aus wie ein Undercover-Polizist im Einsatz, ein Chamäleon, das sich den Menschen und seiner Umgebung anpassen konnte, was nicht einer gewissen Ironie entbehrte, denn Alex war Polizist, allerdings kein verdeckter Ermittler.

»Nein«, sie verzog das Gesicht, wusste nicht, was sie noch sagen sollte. Seit er sich vor einem halben Jahr von ihr getrennt hatte, nachdem ein Einsatz in der Nähe von Highbury schiefgelaufen und eine Studentin ums Leben gekommen war, vermied sie jeden Kontakt. Alex hatte ihr nie die genauen Umstände erzählt, sondern um ihr Verständnis gebeten, gesagt, er brauche nach dieser Sache mehr Zeit für sich. Eine

Bitte, die sie schwer nachvollziehen konnte, denn sie hatten sich ohnehin kaum gesehen. Alex arbeitete bei der Metropolitan Police, und Schichtdienst gehörte zu seinem Leben. Er hatte sich verändert seither, war noch verschlossener geworden, und sie fragte sich mehr als einmal, ob sie ihn eigentlich je wirklich gekannt hatte. Seiner Bitte nach mehr Zeit war schließlich die Trennung gefolgt. »Ich liebe dich nicht mehr.«

»Ich habe Livs Mutter versprochen, die Wohnung leer zu räumen«, erklärte Emily jetzt. Warum musste sie heute immer wieder dieselbe Auskunft geben?

»Bist du sicher, dass das eine gute Idee ist?« Alex starrte sie an.

Sie schob ihr Kinn nach vorne. »Warum?«

»Hast du es mal mit Schlaf versucht?«, fragte er. »Du siehst furchtbar aus.«

Sie verkniff sich einen Kommentar, dass er keine Ahnung hatte, wie man sich fühlte, wenn man jede Nacht, von Albträumen geplagt, wach wurde und das Gedankenkarussell ein Schleudertrauma im Kopf verursachte.

»Kann denn niemand sonst …«

»Nein«, unterbrach sie ihn. »Es kann niemand sonst …«

»Es gibt doch professionelle Anbieter, die eine Wohnung auflösen.« Er griff nach ihrem Arm, doch sie sah die Bewegung kommen und wich rechtzeitig aus. »Es wird dir nicht guttun«, sagte Alex, und sie hörte, dass er genervt war.

»Du brauchst dir keine Sorgen zu machen.« Sie schlug einen versöhnlichen Tonfall an.

»Wie lange wirst du bleiben?«, fragte er.

»Wo?«

Alex verdrehte die Augen. »Hier! Wie lange wirst du mit der Auflösung von Livs Wohnung brauchen?«

»Ich kann bleiben, bis der Mietvertrag in sieben Monaten ausläuft.«

Livs Mutter hatte sie vor einigen Wochen angerufen. »Du würdest mir einen großen Gefallen tun«, hatte Margaret mit ihrer heiseren Stimme gesagt. »Ich schaffe das nicht. Seit Monaten schiebe ich das Ganze vor mir her. Ich brauche Hilfe.«

Emily war nicht in der Lage gewesen, eine Antwort zu geben. Sie legte einfach auf. Ein Reflex. Oder die Unfähigkeit, der Tatsache ins Auge zu sehen, dass Livs Appartement aufgelöst werden musste und irgendwer diesen Job zu erledigen hatte. Nach einem Tag rief sie Livs Mutter zurück. »Warum ich?«

»Du warst ihre Freundin.«

Emily legte wieder auf. Nach zwei Tagen rief Margaret erneut an. Dieses Mal kannte Emily ihre Antwort. Sie hatte ihre Antwort seit dem ersten Anruf gekannt, doch manchmal kostete ein Ja zu viel Kraft. Es gab keine Alternative. Es gab kein Nein, es gab kein Zurück, sie musste diese Wohnung auflösen, sie wollte helfen. Das war das Mindeste, was sie tun konnte. Außerdem entkam sie auf diese Weise dem Gästezimmer ihrer Schwester in Sheffield.

»Ich mache es«, hatte Emily dieses Mal also gesagt.

Emily konnte sehen, dass Alex die Tatsache, dass sie in Livs Wohnung war, nicht gefiel. Sie fragte sich, was sein Problem war. Gerade im Barbican, in diesem Labyrinth aus Gängen, Gebäuden, Unterführungen und High Walks würden sie sich ganz einfach aus dem Weg gehen können.

»Das gefällt mir nicht«, sagte er dann auch, als könnte er ihre Gedanken lesen. »Ich will nicht, dass du hier bist.«

Zumindest war er ehrlich.

»Vielleicht hilft es mir, einen Abschluss zu finden«, sagte Emily und klang trotziger, als sie beabsichtigt hatte. »Einen Neuanfang.« Sie wusste, dass das eine Lüge war.

Das Problem mit einem Neuanfang war, dass man sich nur für eine gewisse Zeit etwas vormachen konnte. Und dann war man irgendwann wieder dieselbe Person, mit denselben Problemen, nur in einer anderen Umgebung. Einer Umgebung, in der man nachts wach lag und in der alles noch viel schlimmer war, weil man in der Wohnung der Person wohnte, die es nicht mehr gab.

Doch jetzt waren die Karten neu gemischt, sie hatte eine echte Chance. Und die würde sie sich nicht von ihrem Exfreund kaputt machen lassen.

SHAKES

Mit Schwung schlug er die Wohnungstür hinter sich zu und schnappte nach Luft. Seine Lunge brannte. Er war sechs Etagen zu Fuß durch das Treppenhaus hochgeeilt. Es gab Tage, an denen er das brauchte, er musste eine Distanz zwischen sich und die Außenwelt bringen, und die Stufen mit reiner Muskelkraft hinaufzusteigen, fühlte sich an wie ein notwendiger Transit, bis er die Sicherheit seiner Wohnung erreichte.

Er steckte sich eine Zigarette an und öffnete die Balkontür. Kurz darauf trat er ins Freie.

Für einen Augenblick stand er einfach nur da, lehnte sich an die Balustrade, spürte den Beton gegen seinen Bauch drücken.

Sein Blick fiel auf den Innenhof. Unter ihm liefen die Menschen wie Ameisen über den Asphalt, es wimmelte vor Aktivität, jeder schien entweder in Eile zu sein oder gerade Pause zu machen, mit einem Sandwich oder Kaffee in der Hand.

Die gesamte Menschheit besteht aus einem einzigen durchorganisierten Konstrukt, dachte er plötzlich. Viele kleine Roboter, die ihre Ziele verfolgen: eigene, fremde und undefinierbare. Und manchmal auch glamouröse. Er musste an die Filmaufnahmen für ein Musikvideo von Harry Styles denken, die vor einiger Zeit diesen Innenhof in ein Irrenhaus verwandelt hatten. Seither kamen jeden Tag Fans des Musikers, die auf seinen Wegen wandeln wollten.

Shakes kniff die Augen zusammen. Er hatte zwei Leute in der Nähe des Springbrunnens entdeckt, einen Mann und eine

Frau, die sich miteinander unterhielten. War das die neue Nachbarin?

Dunkle Haare bis zu den Schultern, eine zierliche Statur, aber nach vorne gebeugt, als würde sie am liebsten von dieser Welt verschwinden wollen. Ja, das war sie, daran bestand kein Zweifel.

Er würde sie überall erkennen. Seit jenem Tag vor drei Monaten hatte sich ihr Anblick in seine Netzhaut eingebrannt. Schon breitete sich das Gefühl von Hass wieder in seinen Adern aus, hinterließ einen bitteren Geschmack in seinem Mund.

Mit wem redete die Frau? War das …? Das durfte nicht wahr sein. Er stand einen Moment da, verdutzt. Sie sprach mit dem Bullen.

Er schloss die Augen. Ausgerechnet mit *dem*. Wieso kannte sie den Polizisten? Shakes schluckte den bitteren Geschmack in seinem Mund runter. Seine Hände ballten sich zu Fäusten.

Er musste handeln, und zwar so schnell wie möglich. Er durfte sich keine Verzögerung leisten. Der erste Schritt würde der schwierigste werden. Er war die Basis für das Gelingen seines Plans.

Er musste ihr Vertrauen gewinnen – bevor der Polizist ihr Lügen erzählen konnte, denn das würde er. So viel stand fest.

Doch das Ganze würde nicht leicht werden. Sie war auf der Hut.

Genau wie er.

HIS MAJESTY'S PRISON WANDSWORTH

Geschrei aus den Nachbarzellen. Befehle per Lautsprecher. Schlägereien, Alarm, Lachen, Weinen, Schritte, das Klappern von Geschirr und Schlüsseln (was für ein Klischee), Türen, die zuschlugen – die Geräuschkulisse in dem Gefängnis war eine einzige Kakofonie. Doch der Lärm der 1600 Insassen war nicht das Schlimmste. Das Schlimmste war, dass er keine Privatsphäre mehr hatte. Keinen Seelenfrieden, keine Würde – er hatte gar nichts mehr. Mit dem ersten Schritt, den er aus dem Transporter gesetzt hatte, war sein Wert als Mensch verloren gegangen.

Shakes ließ sich auf das Bett in seiner Zelle sinken. Das Gestell ächzte unter seinem Gewicht. Er saß im Gefängnis. Irgendwie begriff er das jetzt erst.

Das war der Preis dafür, sich nicht an die Regeln gehalten zu haben. Es gab Vorschriften, Gesetze, sie waren das Fundament einer Gesellschaft – ein Staat funktionierte ohne sie nicht. Er dachte an all die Dinge, die er sich zuschulden kommen lassen hatte, und ausgerechnet wegen einer Betrugssache hatte man ihn nun eingebuchtet.

Im HMP Wandsworth gab es eigene Vorschriften und Gesetze, und jede Nichtbeachtung dieser Regeln und Verordnungen würde Konsequenzen haben.

Natürlich hatte er Geschichten über das Leben im Gefängnis gehört. Doch dies überstieg seine schlimmsten Befürchtungen. Und er war erst seit einer Stunde in dieser Parallelwelt.

Er schaute sich in der Zelle um. Zunächst hatte er gedacht, das zweite Bett sei nicht belegt. Hatte in seiner Naivität geglaubt, er habe den Luxus, die Zelle allein zu bewohnen. Doch der Wärter wies ihn drauf hin, dass sein Zellennachbar wegen einer Infektion an der Niere auf der Krankenstation war und in den nächsten Tagen zurückkommen würde.

Infektion? Bei dem Dreck in der Zelle wunderte Shakes das nicht. Jeder einzelne Gegenstand in diesem Loch schien mit einer undefinierbaren Schicht aus Staub, Sand, Essensresten und anderen fragwürdigen Bestandteilen überzogen zu sein.

Der Boden klebte bei jedem Schritt, der Rahmen seines Betts klebte, alles klebte. Und er war bestimmt nicht zimperlich.

Die Zelle war so schmal, dass er den Verdacht hatte, es sei eigentlich eine Einzelzelle. Aus Platzmangel hatte man wohl ein zweites Bett aufgestellt; zwischen sechzig und achtzig Prozent mehr Insassen, als das Gefängnis offiziell aufnehmen konnte, saßen im HMP Wandsworth ein, und der Beweis zeigte sich auf jedem Quadratmeter. Zwischen den beiden Betten war gerade genug Platz, um zum hinteren Teil der Zelle zu gelangen. Waschbecken. Toilette.

Drei Viertel aller Gefängnisse in England und Wales waren in einem desaströsen Zustand – eine Tatsache, die Shakes bisher nicht um den Schlaf gebracht hatte, weil das die Menschen in Freiheit eben nicht interessierte, bis sie es am eigenen Leib zu spüren bekamen – was zugegebenermaßen den meisten Leuten erspart blieb. Die Welt des Strafvollzugs im Vereinigten Königreich steuerte auf ein Desaster zu. Die Gefängnisse waren keine Haftvollzugsanstalten, sie waren Lagerhäuser für Menschen.

Er ließ seinen Blick über die Wände wandern. Neben dem Bett seines Zellennachbarn hing ein Poster. Die Tourdaten eines DJs, dessen Namen er noch nie gehört hatte. Ein vereinsamtes Buch stand auf einem Regalbrett. Er legte den Kopf schief, um den Titel lesen zu können. *Buenos Aires – Eat Like A Local.* Er wertete das Poster und das Buch als gutes Zeichen.

Shakes atmete aus. Er hatte das Gefühl, seit über einer Stunde die Luft angehalten zu haben, als würde seine Lunge sich weigern, den mit Hass und Dreck verpesteten Sauerstoff in seinen Körper zu lassen.

Das Gefängnis bestand nur aus Gittern. In den Gängen, an den Wänden, am Geländer, an der Decke. Metalltreppen waren zwischen den Etagen installiert, damit die Wärter zwischen den Fluren laufen konnten, und auch die Treppen waren vergittert. Vermutlich, dachte Shakes, damit niemand in die Tiefe springen konnte. Oder gestoßen werden konnte.

In seinem Kopf tauchte das Bild von Legebatterien auf. Er war nicht in einem Lagerhaus, er war in einem Käfig.

Auf seinem Weg in die zweite Etage, wo er untergebracht war, hatte man ihn mehrfach angerempelt und den Weg versperrt. Allein die Anwesenheit des Gefängniswärters ließ die Situation nicht eskalieren. Doch er sah die Blicke, nicht nur die der Insassen – auch die des Justizvollzugsbeamten.

Der Mann trieb ihn an, lachte, als Shakes stolperte, und ließ ihn zweimal denselben Weg laufen, an der Zelle eines Insassen vorbei, der Shakes bereits beim ersten Mal mit einer eindeutigen Handbewegung provoziert hatte.

Ab jetzt war er auf sich allein gestellt. Doch das war er schon sein ganzes Leben. Er brauchte niemanden, keine Verbündeten, keinen Aufpasser – er brauchte auch keine Gang. Aber er musste vorsichtig sein. Tatsächlich gehörte er zur meistgefährdeten Bevölkerungsgruppe Londons, um Opfer einer tödlichen Straftat zu werden.

Männlich.

Unter dreißig.

Kriminell.

Wir alle müssen sterben, dachte er. Das war der Deal. Aber nicht hier drin. *Nicht mit mir.*

EMILY

Die Morgendämmerung war noch nicht hereingebrochen, der Himmel vor dem Fenster schwarz. Sie saß im Bett und hielt in der linken Hand einen Becher Kaffee; mit der anderen Hand klickte sie auf ihrem Laptop die Internetseiten verschiedener Zeitungen durch. Sie war auf der Suche nach Berichten über Livs Tod.

Gestern Abend hatte sie nach einigen Überlegungen zum ersten Mal seit Wochen das Amitriptylin nicht genommen, denn ab sofort brauchte sie einen klaren Kopf. Kaum zu fassen, dass sie vor zwei Tagen noch überzeugt gewesen war, ohne das Medikament nicht mehr zurechtzukommen.

Wie zu erwarten, hatte sie die ganze Nacht kaum geschlafen. Ihre Zellen, ihr System hatten nach der Chemie geschrien, doch sie war standhaft geblieben. Und der mangelnde Schlaf hatte auch etwas Gutes: Es blieb keine Zeit für Albträume.

Trotz der schlechten Nacht war ihr Körper heute wach und voller Leben. Energie sprudelte durch ihre Adern, sie fühlte sich wieder wie ein Mensch. Sogar Milo schien die Veränderung zu spüren. Er hatte die Nacht im Sessel neben dem Fußende ihres Bettes verbracht. Das war ein Fortschritt, eine erste Annäherung.

Google schmiss ihr die Suchergebnisse in 0,29 Sekunden entgegen, wie ihr die Website mitteilte. Emily las mehrere Artikel hintereinander, wollte ein Gefühl für die Berichterstattung bekommen, denn dazu hatte sie seit drei Monaten keinen

Mut aufgebracht. Mit Ausnahme des Artikels in ihrem Portemonnaie las sie dies alles heute zum ersten Mal.

Wie zu erwarten, hatten mehrere Redaktionen den Vorfall aufgegriffen, entweder in seriöser und knapper Berichterstattung *(The Guardian, Financial Times, Independent)* oder reißerisch und jedes Detail ausschlachtend *(Daily Mail, The Sun).*

Aufhänger war in fast allen Fällen nicht der Unfall, wie Livs Sturz auf die Gleise in Übereinstimmung der gesamten Presse betitelt wurde, sondern das veraltete System der Londoner U-Bahn, das trotz Sicherheitsvorkehrungen und CCTV-Kamera-Abdeckung solche Vorfälle nicht verhindern konnte. CCTV – closed-circuit television – war eine Form der Videoüberwachung und wurde in der gesamten Stadt genutzt.

Politiker unterschiedlicher Parteien hatten sich zu Wort gemeldet, natürlich. Rufe nach einer Modernisierung wurden laut, im Speziellen nach einem System, wie es auf einigen Linien, zum Beispiel der Jubilee Line, schon eingesetzt wurde. Die Bahnen hielten hier hinter einer Sicherheitsscheibe.

Jedem war klar, dass diese Forderungen nicht realistisch waren. Fehlendes Geld, mangelnde Infrastruktur – es gab zig Gründe. In jedem Bahnhof, in jedem Ort der Welt konnte ein Sturz auf die Gleise passieren. Doch jede politische Gruppierung hatte eine Meinung und wollte sie der Öffentlichkeit mitteilen; Wählerstimmen lockten schließlich überall.

Emilys Mund wurde trocken, und sie musste husten, weil ihr Hals sich wie ein Reibeisen anfühlte, während ihr Blick über die Zeilen flog, fast zwanghaft, nun, da sie einmal angefangen hatte. Sie nahm einen Schluck Kaffee.

Die Artikel über Livs Tod zu lesen, den Vorfall, die Katastrophe, nüchtern von Journalisten zu einer Newsmeldung zusammengefasst – eine von vielen – und in verdauliche Zeilen verwandelt (solange man die Yellow Press außer Acht ließ), war ein seltsames Gefühl. Es fühlte sich an, als hätte das alles überhaupt nichts mit ihrem Leben zu tun, und auf eine gewisse Weise stimmte das ja auch, denn ihr Gehirn hatte diesen Tag schließlich ausradiert.

Doch allein das Wissen, dass sie dort gewesen war, dass es sich hier nicht um eine fremde Person handelte, sondern um ihre Freundin Liv, ließ sie bei jeder Zeile stocken – nur um sofort weiterzulesen, weiter, immer weiter.

Dann blieb sie am letzten Absatz eines Artikels der *Daily Mail* hängen und zuckte plötzlich zusammen. »Verdammt!« Sie hatte ihren Kaffee im Bett verschüttet.

Ihr Blick flog zwischen den beiden Fotos, die unter dem Text platziert waren, und dem Kaffeefleck, der sich auf der Decke nun ausbreitete, hin und her. Die Fotos gewannen schließlich ihre Aufmerksamkeit.

Das erste Bild zeigte die Holborn Station. Obwohl das Foto aus der Distanz aufgenommen war, erkannte sie den Bahnsteig sofort. Das schwarz-weiße Schachbrettmuster auf dem Boden. Die dunkelblaue Beschilderung, die an den Wänden verlief, als Zeichen für die Piccadilly Line. Der schmale Bahnsteig und die gelbe Warnlinie auf dem Boden. An den weißen Wänden, die vor Dreck grau verfärbt waren, entdeckte sie die abgeplatzte Farbe zwischen den Werbeplakaten und Risse im Beton. Sie sah die Bänke aus Metall, die alle paar Meter eine Sitzgelegenheit boten. Und schließlich die digitale Anzeigetafel und das Schild mit dem Hinweis: *Westbound platform 3.*

Ihr Herz begann unkontrolliert zu schlagen, es stolperte,

und die Schläge wurden so intensiv, dass es sich anfühlte, als wäre sie einen Marathon gelaufen.

Das zweite Foto zeigte einen Angestellten der Londoner U-Bahn in Warnweste im Gespräch mit einem Passagier. Beide Gesichter waren nicht zu erkennen, denn der Fotograf hatte das Bild von der Seite gemacht, doch Emilys Blick klebte auf dem Namen des Mannes, der unter dem Foto stand. Paul Graves.

Warum war sie nicht schon eher auf die Idee gekommen?

Sie sprang so unvermittelt aus dem Bett, dass Milo aufschreckte und sie vorwurfsvoll anschaute. »Tut mir leid, Kumpel«, rief sie und lief an ihm vorbei.

Sie würde mit dem Angestellten von Transport for London, TfL, sprechen, mit jenem Mann, der am Tag der Katastrophe Dienst gehabt hatte. Irgendwo musste sie schließlich anfangen.

Nach einem Sprung unter die Dusche – sie wusch nicht mal ihre Haare, um keine Zeit mit Föhnen zu verlieren – war sie kurz darauf bei der Wohnungstür. Sie schlüpfte wieder in Livs Jacke. Wo war ihre Handtasche?

Erst jetzt nahm sie das Chaos wahr, das sie seit ihrem Einzug bei Liv veranstaltet hatte. Klamotten lagen auf dem Boden verstreut – eine Mischung aus ihrer und Livs Kleidung.

Unter dem Hosenbein einer Jeans entdeckte sie schließlich ihre Handtasche. Sie hatte diese Tasche vor Jahren in Barnes in einem Charity-Shop gefunden. Echtes Leder. Handarbeit. Cognacfarbe. Passte zu allem. Emily erinnerte sich, wie sehr dieser Fund sie gefreut hatte. »Das Innenfutter ist gerissen«, hatte die Verkäuferin sie auf den Makel hingewiesen.

»Das macht nichts. Ich werde es nähen.« Was sie nie getan hatte.

Trauer überkam sie plötzlich, zog sie wie eine Welle aus dem Alltag, raus auf das offene Meer der Trostlosigkeit. Es waren Momente wie dieser, die das Medikament abgefedert hatte. Den Ausflug nach Barnes hatte sie zusammen mit Liv gemacht, es war eine von vielen Unternehmungen mit ihrer Freundin gewesen.

Ihre Finger umkrallten die Handtasche, Liv, dachte sie. Ich finde raus, was passiert ist.

Sie rannte beinahe aus dem Gilbert House, lief am Shakespeare Tower vorbei, Richtung Barbican U-Bahn-Station und sah Alex erst im letzten Moment. Ihr Exfreund wollte, genau wie sie, den High Walk zur Aldersgate Street nehmen.

Über viertausend Bewohner im Barbican, und sie stieß immer wieder auf denselben. Wie war das möglich? Beobachtete er sie?

Emily stockte in der Bewegung und drehte sich in die andere Richtung, sie konnte genauso gut durch den Tunnel in der Beech Street laufen, doch wie beim letzten Mal hatte sie kein Glück.

»Emily«, rief er. Alex trug seinen Rucksack auf dem Rücken, meist ein sicheres Zeichen, dass er auf dem Weg zur Arbeit in der Polizeidienststelle in Islington war.

Sie blieb stehen. »Hi«, sagte sie knapp und zeigte Richtung U-Bahn-Station. »Ich bin in Eile.«

Alex' Blick klebte auf Livs Wachsjacke. Sein Gesicht nahm einen irritierten Ausdruck an, doch er sagte nichts.

Emily wandte sich zum Gehen. Doch dann hatte sie plötzlich eine Idee. »Kann ich dich etwas fragen?«

»Klar.« Trotz der Trennung und der Differenzen wusste Emily, dass sie sich auf Alex verlassen konnte. Außerdem waren Neugier und eine gesunde Portion Misstrauen Voraussetzung für seinen Beruf, und das konnte er auch im Privatleben nicht ablegen.

»Kennst du zufällig Livs Nachbarn?«, fragte sie.

»Livs Nachbarn?« Er kniff die Augen zusammen. Dann zeigte er unbestimmt über die gesamte Wohnanlage des Barbican. »Welchen meinst du?«

»Der Mann heißt Shakes. Nein, Lee.« Emily gab ihrem Gesicht einen betont unbekümmerten Ausdruck. »Der Typ wohnt in der Wohnung direkt neben Liv im Gilbert House. Braune Locken, Wolf Cut, ausgemergelter Körper.«

»Warum?«

»Kennst du ihn oder nicht?«, fragte sie und hörte, wie sich Ungeduld in ihre Stimme mischte. Warum konnte Alex nicht einfach mal eine Frage beantworten?

Aber so war das schon immer gewesen und einer der Gründe, warum ihre Beziehung nicht funktioniert hatte. Alex ließ sich nie in die Karten gucken. Er hielt Leute auf Distanz, ließ keinen anderen Menschen richtig an sich ran, als hätte er Angst, zu viel von sich preiszugeben. Eine Angewohnheit, die ihn zu Beginn der Beziehung interessant, ja geheimnisvoll gemacht hatte, die aber irgendwann nur noch frustrierend war.

»Macht der Ärger?«, fragte Alex nun.

»Nein.« Sie sah ihn überrascht an. »Wieso?«

»Von Hill hältst du dich fern.«

»Du kennst ihn also.« Emily verschränkte die Arme vor der Brust.

»Mach einfach mal, was ich dir sage.« Er gab keine weitere Erklärung. Doch sein Gesicht hatte sich rot verfärbt. »Mann«, er konnte seinen Ärger nicht verstecken, »am besten wäre, du würdest die Wohnungsauflösung jemand anderem überlassen.«

»Das erwähntest du bereits.«

Alex schüttelte den Kopf. »Meine Schicht fängt gleich an.« Er wandte sich zum Gehen. Dann, als fiele ihm plötzlich auf, wie unhöflich sein Verhalten war, hob er eine Hand, als wollte er sich entschuldigen. »Wir sehen uns.« Er nickte ihr zu und ließ sie stehen.

Kurze Zeit später betrat sie die Barbican Station. Der vertraute Geruch der Londoner U-Bahn schlug ihr entgegen, die typische Mischung aus Eisen, Staub, Schmiermittel und heißem Metall. Sie würde diesen Geruch unter Tausenden erkennen.

Eine Frau mit einem Gehstock und zwei Einkaufstaschen mühte sich vor ihr auf der Rolltreppe ab. Emily blieb stehen, ließ der Frau den Vortritt.

Die Plakate an den Wänden rechts und links der U-Bahn bewarben West-End-Shows, Schlankheitsmittel und eine Veranstaltungsreihe im Southbank Centre, die sich an junge Leute unter fünfundzwanzig Jahren richtete. Stickige Luft hüllte Emily ein, sie fühlte sich augenblicklich aufgehoben, umarmt – sie war jetzt wieder Teil des Ganzen.

Doch etwas war heute anders. Der Unterschied war, dass sie eine Aufgabe hatte, sie war nicht nur Teil des Ganzen, sie hatte ein Ziel. Die Vorstellung, mit dem Angestellten von TfL zu sprechen, der an jenem Tag am Bahnsteig Dienst gehabt hatte, machte ihr Angst, doch es fühlte sich auf eine Weise gut an. Sie unternahm endlich etwas!

Es gab nur ein Problem, und dieses Problem hatte sie bis zum jetzigen Zeitpunkt verdrängt: In wenigen Minuten würde sie die Holborn Station betreten müssen.

Kein Albtraum, keine falsche Erinnerung – echte Realität. Sie würde dieselbe Luft atmen, denselben Fußboden betreten wie an jenem Morgen. Das schwarz-weiße Schachbrettmuster in der Holborn Station tauchte in ihrem Kopf auf. Psychogeografie, dachte sie. Der Einfluss der Umgebung auf die eigene Wahrnehmung, das Verhalten, die Gefühle. Jeder Ort, an dem ein Mensch zu Tode gekommen ist, verändert die Stimmung. Sie schob den Gedanken zur Seite. Noch hatte sie ein paar Minuten.

Sie stieg in die nächste U-Bahn ein, setzte sich nicht, starrte einfach aus dem Fenster, sah die schwarzen Wände des Tunnels, durch den die Circle Line rauschte, und umklammerte mit so viel Kraft die Haltestange neben der Tür, dass ihre Knöchel an den Fingern weiß hervorstachen.

Zehn Minuten später stieg sie nach einem Umstieg an der Liverpool Street schließlich in der Holborn Station aus. Für einen kurzen Augenblick schloss sie die Augen. Sie atmete tief ein.

Drei Monate. Es war tatsächlich *drei* Monate her, seit sie einen Fuß in diese Station gesetzt hatte. Ihre Beine fühlten sich schwer an, als sie dem Hinweisschild zur Piccadilly Line folgte, um den Bahnsteig zu wechseln, beinahe als würden ihre Muskeln sie daran hindern wollen, die letzten Meter zu gehen.

Sie musste eine weitere Rolltreppe nach unten nehmen, noch tiefer in den Untergrund, bog dann ab, Richtung Bahnsteig 3, von dem die Piccadilly Line in Richtung Heathrow fuhr. Es waren nur noch wenige Schritte. Alles in ihr sträubte sich. Sie lief gegen einen Widerstand an.

Plötzlich verließ sie der Mut. Was sollte diese ganze Aktion bringen? Die Polizei hatte ermittelt und mit allen Leuten gesprochen, die an jenem Morgen auf dem Bahnsteig gewesen waren. Glaubte sie wirklich, etwas Neues zu erfahren?

Ein Mann rempelte sie an. »Sorry.« Er eilte an ihr vorbei. Zwei Teenager versperrten ihr den Weg, beide zeigten auf die Anzeigetafel, Westbound, Eastbound, gestikulierten, wussten nicht, in welche Richtung sie gehen mussten. Wollten sie nach Osten oder Westen? Emily war dankbar über diesen kurzen Aufschub.

Aus dem Gang zu ihrer Linken hörte sie die Klänge einer Gitarre. Ein Musiker machte sich bereit, im Untergrund für Stimmung zu sorgen. Einen Moment lang war sie versucht abzuwarten, welcher Song es werden würde, doch dann zählte sie von fünf runter auf null und trat auf den Bahnsteig, bevor sie es sich anders überlegte.

Emily hielt die Luft an. Sie vermied den Blick auf die Gleise, konzentrierte sich, wie schon die ganze Zeit, auf die Werbung an den Wänden. *In dreams are monsters.* Ein Kinoplakat des British Film Institute warb für Horrorfilme. Beinahe musste sie lachen, doch es blieb ihr in der Kehle stecken. Sie befand sich in der Kulisse ihrer Albträume. Nur, dass dies kein Traum war. Ihr ganzes Leben hatte sich in einen Horrorfilm verwandelt.

Es wimmelte von Menschen. Emily blickte in ihre Gesichter, ohne die Personen wahrzunehmen, saugte dennoch das

Kommen und Gehen auf. Ich bin nur eine von vielen Passagieren, flüsterte sie sich Mut zu. Doch das war eine Lüge. Hier unten gehörte sie nicht dazu. Nicht in dieser Station, nicht auf diesem Bahnsteig, hier stach sie heraus wie ein bunter Hund, zumindest fühlte es sich so an, denn hier unterschied sie ein Erlebnis von allen anderen Menschen.

Auf den ersten Blick entdeckte sie keinen Mitarbeiter von Transport for London, der aussah wie der Mitarbeiter auf dem Foto in der *Daily Mail.* Langsam ging sie – entgegen ihrem Instinkt – den Bahnsteig weiter entlang, schaute in immer mehr Gesichter und nahm doch keines richtig wahr; wechselte durch eine Unterführung schließlich die Seite. Schon stand sie auf Bahnsteig 4, Fahrtrichtung Osten. Sie wollte sichergehen, dass der Mann nicht auf dem anderen Bahnsteig Dienst hatte. Doch auch hier hatte sie kein Glück. Und jetzt?

Arbeitete der Mann gar nicht mehr in dieser Station? In dem Zeitungsartikel hatte gestanden, dass er weiterhin in Holborn beschäftigt war, doch der Artikel war vor mehr als zwei Monaten veröffentlicht worden. Sie hätte vorher bei der Zentrale anrufen sollen, doch vermutlich hätte man ihr keine Informationen geben dürfen.

Sie beschloss, mit der Rolltreppe hoch zum Ticket Office zu fahren. Vielleicht würde sie auf dem Weg einen Angestellten treffen, der ihr weiterhelfen konnte. Sicherlich würde man ihr sagen können, ob der Mann noch hier tätig war oder wo sie ihn finden konnte.

Vor der Kasse war eine Schlange – bestehend aus einer Gruppe von Austauschschülern und ihren Lehrern. Es würde eine Weile dauern, bis sie an die Reihe kam. Dank ihrer rudimentären Spanischkenntnisse schnappte sie auf, dass es sich um eine Schulklasse aus Valencia handelte.

Als sie endlich an der Reihe war, waren ihre Nerven zum Zerreißen gespannt. Sie musste ihre Frage zweimal durch das Mikrofon sagen, das in der Glasscheibe installiert war, bevor der Angestellte ihr seine Aufmerksamkeit schenkte. Die Hektik, das Kommen und Gehen hinter ihr, die Stimmen, das Gewusel – sie musste sich zwingen, ihre Frage laut und deutlich und vor allem mit Selbstbewusstsein in der Stimme zu stellen, als sei das Ganze hier keine große Sache.

»Paul?«, fragte der Mann überrascht. Er war in seinen Sechzigern und sah aus, als würde er lieber mit seinen Enkelkindern Zeit verbringen, als hinter einer Scheibe Dienst zu schieben. »Was wollen Sie von Paul?«

Echte Neugier stand ihm jetzt ins Gesicht geschrieben, ein Gegensatz zu seiner Teilnahmslosigkeit wenige Sekunden zuvor.

Emily hatte keine große Lust, ihn in ihre Gründe einzuweihen. »Das ist privat«, sagte sie mit einem Schulterzucken und hoffte, das Thema sei damit erledigt.

War es nicht.

»Hey, Kemal«, sagte der Mann zu seinem Kollegen an der Kasse nebenan, »hast du das gehört? Sie will Paul privat sprechen.«

»Wer's glaubt.« Ein Lachen, das dem Geheul einer Hyäne ähnelte, drang durch die Scheibe.

Schon wollte sie sich umdrehen, da rief der Kassierer hinter seiner Scheibe: »Nichts für ungut! Wir hatten in letzter Zeit einfach zu viele Leute in der Station, die mit Paul sprechen wollten.«

Emily starrte den Mann an. Was meinte er?

»Presse«, sagte er. »Reporter«, als könnte er ihre Gedanken lesen. »Sensationssüchtiges Pack.«

»Aha«, sagte sie, weil sie nicht wusste, was sie sonst sagen sollte.

»Paul ist gerade in der Pause, aber wir sagen ihm Bescheid, wenn er zurück ist.« Der Mann zuckte mit den Schultern. »Bahnsteig 3.«

Ich weiß, dachte sie. Wie könnte ich das je vergessen?

Vier U-Bahnen und unzählige Menschen später, sie kamen ihr vor wie Geister, die beim Ein- und Aussteigen innerhalb von Sekunden erschienen und wieder verschwanden, stand plötzlich ein Mann vor ihr. »Kann ich helfen?«

»Nein«, sagte sie. Ein Reflex.

Dann erkannte sie das Gesicht aus der Zeitung. Kurz rasierte Haare, nicht älter als Ende dreißig. Leichtes Übergewicht. Wache Augen. Paul Graves trug einen Dreitagebart und hatte ein Tattoo auf dem Hals, das aussah wie der Verlauf eines Flusses.

Mit einem Schlag fing ihr Herz wieder an zu rasen. Es wollte aus ihrem Körper raus, so stark, mit so viel Druck, dass sie fürchtete, ihre Rippen könnten zerbersten. »Haben Sie einen Moment Zeit?«, brachte sie hervor.

Der Blick des Mannes wanderte von ihrem Gesicht den Hals hinunter. Er sagte nichts, und mit jeder Sekunde, die verstrich, fühlte sie sich unwohler. Schließlich schaute er wieder hoch.

»Haben Sie einen Moment Zeit?«, wiederholte sie ihre Frage. Vielleicht hatte er sie nicht gehört?

Sie fokussierte sich auf sein Gesicht, das Tattoo, das sich an seinem Adamsapfel vorbei Richtung Ohr schlängelte, denn der Mann war jetzt ihr Anker. Sie brauchte ihn, sie musste ihre gesamte Aufmerksamkeit auf ihn richten, denn auf diese Weise konnte sie das Ende des Bahnsteigs ignorieren. *Ein roter Mantel, der auf die Gleise fliegt.*

Graves zeigte auf eine Bank, die einige Meter entfernt neben einem Feuerlöscher in die Wand eingelassen war. »Ich habe ein paar Minuten«, sagte er. Es klang irgendwie gönnerhaft. Doch er lächelte sie an.

Sie gingen ein paar Schritte, setzten sich. Emily räusperte sich. »Meine Freundin, Liv, also die hatte hier …« Sie vermied mit aller Kraft den Blick auf die Bahnsteigkante, »… einen Unfall. Vor drei Monaten.« Ihre Augen fingen an zu brennen. Sie wusste nicht, ob es Tränen waren, die sich ankündigten, oder die Anstrengung, nicht auf jene Stelle am Ende des Bahnsteigs zu gucken, an der es passiert war. Sie starrte auf die schwarz-weißen Bodenplatten unter ihren Füßen.

»Ach ja?«, fragte er. Seine Stimme klang mit einem Mal reserviert. »Das tut mir leid«, sagte er dann.

Emily konnte sehen, dass er wusste, wovon sie sprach. Sie dachte an die Worte seines Kollegen. Vermutlich erzählte dieser Mann seit Monaten dieselbe Geschichte.

»Ich wollte nur …« Sie brach ab. Pause. Dann: »Ich will die Wahrheit herausfinden«, platzte es aus ihr heraus. Sie hörte, wie abgedroschen und albern es klang, aber manchmal war die Realität eben einfach so.

»Die Wahrheit?« Ehrliche Überraschung spiegelte sich in seinen Augen. »Was für eine Wahrheit?« Misstrauen schlug ihr entgegen, sie konnte förmlich sehen, wie in seinem Gesicht eine Jalousie runterging.

»Nun«, fing sie an und wusste nicht weiter. Sollte sie ihm sagen, dass sie hier auf dem Bahnsteig gewesen war? Sie kämpfte mit sich, seine plötzliche Reserviertheit verunsicherte sie, doch sie sah ein, dass sie keine Wahl hatte. Sie wollte Informationen bekommen, also musste sie auch welche liefern. »Erinnern Sie sich an mich?«, fragte sie, bevor sie es sich anders überlegte. Ihre Stimme ein Flüstern, als hätte man ihr eine Schlinge um den Hals gelegt.

»Erinnern?« Sein linkes Auge zuckte. Mit zwei Fingern drückte er auf das Lid.

»Ich war hier.« Sie stockte. »An jenem Tag.«

Er hatte ihre Frage nicht beantwortet.

Der Mann fuhr sich mit der Hand durch die Haare. »Ich habe nichts gesehen«, sagte er dann eine Spur zu kühl für ihren Geschmack. »Ich weiß nicht, von welcher Wahrheit Sie sprechen.« Er stand auf.

Doch Emily ließ sich nicht beirren, stand ebenfalls auf, denn sie wollte nicht zu ihm aufschauen müssen, und drückte ihre Schultern nach hinten. »Ich kann nicht verstehen, dass niemand etwas mitgekriegt hat.«

Er kniff die Augen zusammen. »Sie haben mir doch gerade erzählt, dass sie selbst hier waren. Haben Sie nichts gesehen?« Es klang wie ein Vorwurf. Er bedachte Emily mit einem Blick, den sie nicht deuten konnte. Glaubte er ihr nicht?

Sie entschied sich für die Wahrheit. »Ich habe meine Erinnerung an jenen Morgen verloren.«

Er starrte sie an. »Das muss furchtbar sein.«

Sie zuckte mit den Schultern, als sei das Ganze keine große Sache.

»Laut der Polizei gab es keinen Hinweis auf ein Fremdverschulden. Damit bleiben nur zwei Optionen«, sagte er, als wüsste sie das nicht selbst.

Emily war dankbar, dass er sie nicht nannte.

Sie musste an ein Gespräch mit einem Polizeibeamten denken. »Wir müssen in Betracht ziehen, dass Ihre Freundin sich das Leben genommen hat«, das waren die Worte des Polizisten gewesen, nachdem die Ermittlungen kein Ergebnis gebracht hatten. »Oder Ihre Freundin ist durch eine Unachtsamkeit gestürzt. Leider passiert so was häufig.«

»Nein!« Emily hatte den Kopf geschüttelt. Ein Selbstmord war für sie ausgeschlossen. Und ein Unfall auch. Wer fiel am helllichten Tag versehentlich auf die Gleise? Niemand. Doch man hatte ihr nicht zugehört.

Und dann hatten die Träume angefangen.

»Sie können die Fakten nicht ändern«, sagte Graves. »Und die Fakten sind, dass niemand an jenem Morgen etwas beobachtet hat.« Er zuckte mit den Schultern. »Selbst *wenn* jemand etwas gesehen hätte, heißt das nicht, dass ein Fremdverschulden vorliegt. Das Ergebnis wäre mit Sicherheit dasselbe.«

»Der tote Winkel ist ein merkwürdiger Zufall.«

»Wir haben eine Baustelle. Wasserleck.« Er zeigte unter die Decke. »Durch jede Art von Baumaßnahmen können tote Winkel auftreten. In der Regel …«, er deutete noch immer auf die Kamera unter der Decke, »… in der Regel passiert ja nichts.«

»Trotzdem ist das doch eigenartig«, wiederholte Emily beharrlich. »Als ob jemand wusste, dass die Kamera nicht funktionierte.«

Graves schwieg.

»Sie haben also auch nichts gesehen«, stellte sie enttäuscht fest, weil ihr plötzlich klar wurde, dass diese ganze Aktion tatsächlich nichts brachte. Blinder Aktionismus, dachte sie nun. Was sollte er ihr erzählen, was er nicht schon der Polizei berichtet hatte?

»Alles, was ich weiß, habe ich der Polizei gesagt.« Er nickte, als hätte er ihre Gedanken gelesen. »Die nächste U-Bahn kommt in einer Minute.« In seiner Hand hielt er das Mikrofon, durch das er gleich die Ansage machen würde. »Wenn du Hufgetrappel hörst, denk an Pferde und nicht an Zebras«, sagte er dann.

»Was?«

»Das hat mir mal ein Arzt gesagt. Häufige Krankheiten sind wahrscheinlicher als seltene. Auch wenn die Symptome eines Patienten zu beiden Diagnosen passen.«

»Sie meinen, ein Unfall oder Selbstmord ist wahrscheinlicher als ein Mord?« Sie ließ sich den Satz durch den Kopf gehen.

Graves gab keine Antwort, sondern lief bereits den Bahnsteig hinunter.

Sie starrte auf seine Weste. »Warten Sie!«, rief Emily. »Falls Ihnen noch etwas einfällt …« Sie zog aus ihrer Handtasche einen Stift, suchte nach einem Zettel, fand nichts und riss schließlich eine Seite aus ihrem Kalender.

Sie schrieb ihren Namen und ihre Handynummer auf und gab sie dem Mann.

Er steckte den Zettel in seine Hosentasche. »Klar.«

Kurz darauf schoss mit einem lauten Getöse die nächste U-Bahn in die Station hinein.

LIVS TAGEBUCH

Es gibt Frauen, die für einen Mann alles stehen und liegen lassen. Das einzige Ziel in ihren Zwanzigern besteht darin, sich auf einer Party den nächstbesten Typen zu greifen (oder sich selbst greifen zu lassen) und mit ihm den Rest ihres Lebens zu verbringen, denn die Angst vor Einsamkeit ist ihre Antriebskraft. Nach zwei bis drei Jahren ziehen sie in der Regel mit diesem Mann in einen Vorort, weil die Häuser dort billiger, die Grundstücke größer und das Leben einfacher ist. Sie singen ein Loblied auf ihre Nachbarn (mit denen sie Jahre später wegen der Bepflanzung an der Grundstücksgrenze vor Gericht gehen) und vergessen, warum sie irgendwann einmal in die Stadt gezogen waren, denn diese Gründe haben keine Priorität mehr. Sie haben sich »weiterentwickelt«, sind jetzt Erwachsene mit einem Sparkonto und zwei Autos vor der Tür. In ihrem Vorort sind sie dann für den Rest ihres Lebens weder glücklich noch unglücklich. Sie gehen mit einem Lächeln und zwei Kindern an der Hand durchs Leben und erzählen, was für ein Lottogewinn der eigene Ehemann ist.

An guten Tagen glauben sie es selbst.

Männer, deren Ziel das Vorortszenario ist, wie ich es nenne, kommen für mich nicht in Frage. Da hat jeder einen anderen Geschmack. Ich mag Männer, die eine Herausforderung sind.

Die eine Stärke ausstrahlen, eine eigene Meinung haben und keinen Wert auf Konventionen legen.

Und ich mag die Jagd.

Der Weg des geringsten Widerstands war noch nie mein Ding, und im Grunde macht die Jagd noch mehr Spaß, wenn der Start schwierig ist. Deswegen ist er auch so perfekt.

Ich werde Geduld brauchen. Willenskraft. Und Charme. Doch zuallererst muss ich »die Spinne essen«. Es führt kein Weg daran vorbei.

Die »Spinne essen« ist meine Bezeichnung für Dinge, die man in den Augen anderer Menschen nicht tut. Da hat allerdings jeder seine eigenen Regeln und ja – auch Grenzen. Ursache und Wirkung.

Ich muss ein paar Nachforschungen anstellen. Ich brauche die Geheimnisse, Ängste, Lebenseinstellungen einer Person.

Denn wenn ich eines nicht mag, dann sind es Überraschungen.

SHAKES

Jedes Mal, wenn ein Bewohner des Gilbert House die Lobby am Nordeingang betrat, drehte Shakes den Kopf zur Seite, vermied Blickkontakt – in der Hoffnung, nicht angesprochen zu werden, und bisher hatte die Strategie auch gut funktioniert. Nur bei Ray und Patty hatte er sich ein trockenes Lächeln abgerungen, und beide hatten auf dieselbe Weise zurückgelächelt. Man verstand sich, man täuschte nichts vor. Life sucks, and then you die. Sogar wenn man eine Wohnung im angesagtesten Betonbunker der Stadt ergattert hatte.

Ray, ein ehemaliger Musiker, der in den Achtzigern mit seiner Band einen Hit in den Top 20 der Charts gehabt hatte und seither von diesem Erfolg mehr schlecht als recht lebte, war vor einigen Minuten nach Hause gekommen und hatte wortlos auf die Tür des Lifts eingeschlagen, die wieder einmal nicht schließen wollte und den Fahrstuhl blockierte.

Kurz darauf war Patty, eine Eigentümerin, die ihre Wohnung von einer Cousine geerbt hatte und deren Lebensinhalt das Beschimpfen anderer Leute war, mit ihrem Rollator an ihm vorbeigeschoben. Sie war Mitte siebzig und sah aus wie hundert.

Shakes kaute auf seinen Lippen, war unschlüssig, was er tun sollte. Die Frau war noch immer nicht zurück, aber er konnte nicht den ganzen Tag auf ihre Rückkehr warten. Außerdem kam sie möglicherweise aus Richtung Süden nach Hause und würde dann den anderen Eingang zum Gilbert House nehmen. In dem Fall würde er sie verpassen. Er seufzte resigniert.

Er stand in einer Ecke der Lobby und las zum wiederholten Mal die Flyer am schwarzen Brett. Pilates, Yoga, Ernährungsberatung, Psychotherapie – die Anwohner boten jeden Service an, den man sich als geplagter, einsamer und vielleicht kranker Großstädter nur wünschen konnte. Auf einem handgeschriebenen Zettel, der Gitarrenunterricht anbot (E-Gitarre und Akustik), stand ein Datum: 16. März 2009. Das Angebot war mehr als fünfzehn Jahre alt.

Ein Windhauch streifte seinen Nacken. Die grüne Haustür aus Metall und Glas wurde geöffnet. *Private Property – Residents Only* stand auf einem Schild über der Klinke und warnte Unbefugte vor dem Zutritt.

Er drehte sich um, doch zu seiner Enttäuschung war es wieder nicht die Frau aus Livs Wohnung. Die Frau, die sich nicht erinnerte. Hatte sie nach seinem Besuch einen Verdacht geschöpft? Ahnte sie plötzlich etwas?

Er hatte gestern Abend eine Weile am Handy verbracht und recherchiert. Ihr Gedächtnisverlust klang nach einer dissoziativen Amnesie. Er musste wissen, wie lange dieser Zustand anhielt, was natürlich im Einzelfall nicht vorhersehbar war.

Die meisten Betroffenen hatten Gedächtnislücken, die Minuten bis zu ein paar Stunden oder Tage umfassen konnten – in seltenen Fällen auch Jahre oder sogar ein ganzes Leben. Wie musste sich jemand fühlen, dessen ganzes Leben verschwunden war?

Dann hatte er gefunden, wonach er suchte. Er starrte auf den Bildschirm, so lange, bis die Buchstaben vor seinen Augen verschwammen. »In manchen Fällen erlangen Betroffene einer dissoziativen Amnesie ihr Gedächtnis spontan wieder.«

Spontan. Das hatte er befürchtet. Er befand sich in einem Dilemma, denn die Zeit lief ihm davon. Doch Vertrauen aufzubauen, brauchte Zeit. Das Risiko, dass sein Plan scheiterte, war zu groß, wenn er plötzlich anfing, die Dinge zu überstürzen. Die Frau würde sich sofort zurückziehen, wenn sie sich bedrängt fühlte. Er kannte solche Menschen, er war einer davon.

Kurz darauf hatte ein weiterer Artikel seine Aufmerksamkeit erregt. »In vielen Fällen bleibt unklar, ob die plötzlich zurückgewonnene Erinnerung tatsächlich ein vergangenes Ereignis widerspiegelt. Vermeintliche Erinnerungen können vollkommen fiktiv, sogar faktisch falsch sein, und trotzdem ist der Betroffene überzeugt, die Erinnerung sei echt. Erinnerungen können nur dann definitiv bestätigt werden, wenn andere Personen oder sonstige Beweise die Erinnerung bestätigen.«

Ein Lächeln hatte sich in seinem Gesicht breitgemacht. Das bedeutete im Klartext: Die Person erhielt mit einem Schlag die Erinnerung zurück, aber niemand konnte sicher sein, ob diese Erinnerung der Realität entsprach. Damit konnte er etwas anfangen.

Falls die Frau sich erinnerte, würde ihr niemand glauben, denn man konnte ihrer Erinnerung nicht trauen. *Und man kann ihr die Erinnerung auch wieder ausreden.*

Shakes schaute auf sein Handy. Es war bereits 18:00 Uhr. Er musste los.

Das Display seines Telefons wies ihn erneut auf sein Unvermögen hin, ein Gespräch zu führen. Der verpasste Anruf der Zeitung vor ein paar Tagen wurde ihm angezeigt.

Konnte er sich wirklich leisten, das Jobangebot des *Observer* weiter zu ignorieren? Das Ganze war eine einmalige Gelegenheit. Auf seinem Bankkonto herrschte Ebbe. Und er würde immerhin seine Kontakte aus der Zeit im Gefängnis nutzen können.

Kontakte – Shakes dachte an die Telefonnummer, die er dort bekommen hatte. Er musste dringend einen Anruf machen, ansonsten konnte er seinen Plan vergessen.

Nein, dachte er dann. Jetzt war wirklich nicht der richtige Zeitpunkt, über seine Zukunft nachzudenken. Verdammt, er wusste nicht einmal, ob er eine Zukunft hatte.

Er konnte den Job als Gefängniskorrespondent, bei dem es darum ging, Missstände in den Justizvollzugsanstalten aufzudecken, um endlich auf der richtigen Seite des Gesetzes zu stehen, und stehen zu *bleiben*, nicht anfangen und gleichzeitig was am Laufen haben. Schon gar nicht diese Sache.

Shakes dachte an den Mann, der ihm im Gefängnis seinen Kampfgeist zurückgegeben hatte, der an ihn geglaubt hatte.

Der Journalist hatte ihn motiviert, den Insassen eine Stimme zu geben – weil sie keine hatten.

Die Ironie war, dass dies jetzt tatsächlich ausgerechnet in seiner, Shakes, Hand lag – und alles hing irgendwie mit dieser Frau zusammen.

EMILY

Sie entschied sich, zu Fuß nach Hause zu laufen, statt mit der U-Bahn zu fahren. Die frische Luft tat ihr gut, und obwohl die Temperatur und der Wind ihr ein Frösteln über den Körper jagten, fühlte ihr Gesicht sich heiß an. Ihre Wangen glühten.

Der Duft eines Parfums hing in der Luft, als sie die Charterhouse Street runterlief, jemand musste kurz zuvor denselben Weg gelaufen sein. Dezent, blumig und irgendwie teuer. Sie stellte sich eine Frau vor, elegant gekleidet, mit hohen Schuhen, vielleicht Louboutins, und einem Leben, in dem alles geregelt war. Unkompliziert. Leicht. Keine tote Freundin.

Emily sog den Geruch ein, stellte sich vor, sie sei diese fremde Frau, und für einen kurzen Moment fühlte sie sich tatsächlich besser – doch dann tauchten die Pferde und Zebras in ihrem Kopf auf. Warum war sie die Einzige, die sich nicht mit der naheliegendsten Erklärung zufriedengeben wollte?

Doch die Antwort lag auf der Hand. Weil ich die Einzige bin, der Liv etwas bedeutet hat, dachte sie und zog den Kragen ihrer Jacke hoch, als eine Windböe durch die Luft wirbelte.

Vor einem Pub stand eine Gruppe Männer, jeder hielt ein Pint in der Hand. Lachen schallte ihr entgegen.

Als sie an ihnen vorbeilief, stolperte sie über eine Bordsteinkante, konnte sich in letzter Sekunde noch halten. Für einen Moment glühte ihr Gesicht noch etwas mehr, doch niemand hatte ihr Missgeschick bemerkt.

Zurück in der Wohnung, erwartete sie ein hungriger Milo. Der Kater blickte sie vorwurfsvoll an. »Tut mir leid.« Sie nahm ihn auf den Arm. Zu ihrer Verwunderung ließ er sie gewähren. Unter ihren Füßen knirschte der Zucker, als sie durch die Küche lief. Sie musste das unbedingt sauber machen. Aus irgendeinem Grund hatte sie es in nur wenigen Tagen geschafft, die Wohnung gehörig auf den Kopf zu stellen, und dabei hatte sie mit der Ausräumaktion noch nicht einmal begonnen. Außer den Vorräten hatte sie bisher nichts aussortiert.

Augenblicklich meldete sich ihr schlechtes Gewissen. Seit ihrem Einzug hatte sie das Ganze jeden Tag weiter hinausgeschoben, immer neue Ausreden waren ihr eingefallen. Doch irgendwann musste sie sich einen Ruck geben. Sie setzte Milo wieder ab. Seufzte. Sie konnte genauso gut jetzt anfangen. Es war ja nicht so, dass ihr Abend mit Verabredungen oder einer dringenden Aufgabe verplant war, die keinen Aufschub duldete. Außerdem würde es sie von den Bildern ablenken, die nach dem Abstecher in die Holborn Station durch ihren Kopf waberten wie zähe Nebelschwaden.

Nachdem sie Milo versorgt hatte, ging sie zu der Kommode, die unter dem Fernseher stand. Emily wusste, dass Liv dort ihre Korrespondenz aufbewahrt hatte. Ihre Finger fuhren über das Holz, den Griff aus Messing.

Sie zögerte. Die Schublade zu öffnen, fühlte sich falsch an. Es war eine Sache, eine Jacke zu tragen, die an der Garderobe hing, oder eine Creme zu benutzen, die im Badezimmer stand. Doch eine geschlossene Schublade, eine Schranktür zu öffnen – das war etwas anderes.

Die Dinge darin, die auf den ersten Blick nicht sichtbar waren, *das* war Livs Leben gewesen; ihre Geheimnisse, Bankkonten, Arbeitsverträge und Korrespondenz.

Mit einem Ruck öffnete Emily die Schublade. Sie quoll über vor Umschlägen, Rechnungen und Briefen. Thames Water, NHS, ein Stromanbieter, Werbebriefe einer Charity – die Logos der verschiedenen Firmen und Organisationen sprangen ihr bunt und gleichzeitig gnadenlos ins Auge. Ein Papierkrieg kündigte sich an.

Die Abwicklung der gesamten Bürokratie würde vermutlich mehr Zeit in Anspruch nehmen, als Emily gedacht hatte. Sie nahm einen Brief nach dem anderen zur Hand und fing an, verschiedene Stapel zu bilden. Auf die eine Seite legte sie wichtige Dokumente, um die sich als Erstes gekümmert werden musste. Auf den anderen Stapel kamen weniger dringende Schreiben, deren Erledigung Zeit hatte.

Ihre Gedanken wanderten zu Liv, die sich um diese Angelegenheiten gekümmert hatte, die ihr Leben gelebt hatte und die nun auf die Hilfe anderer Person angewiesen war, um die Spuren ihrer Existenz Schritt für Schritt wieder auszuradieren. Es war deprimierend. Am Ende blieb nichts mehr übrig vom Leben eines Menschen, egal ob diese Person dreißig, sechzig oder neunzig Jahre auf dieser Welt gelebt hatte. Die Besitztümer und Hinterlassenschaften, ja und auch Dinge, die diesem Menschen etwas bedeutet hatten, wurden genauso aus dem Weg geschafft wie der tote Körper.

Emily arbeitete sich durch die Briefe, legte gerade die Rechnung eines Internetproviders zur Seite, da sah sie es.

Ein einzelner Zettel war zwischen zwei Briefen herausgerutscht. Sie griff nach dem Papier. Was war das? Drei Worte. Mehr stand da nicht.

Sag die Wahrheit.

Sie starrte auf die mit Computer geschriebene Zeile, versuchte sich ein Szenario vorzustellen, warum jemand Liv diese Worte geschickt hatte. *Welche Wahrheit, Liv?*

Sie hatte keine Ahnung, was in den Wochen und Tagen vor Livs Tod passiert war. Emily drehte das Papier um, doch die andere Seite war leer.

Emily begann nun, den Rest der Schublade zu durchsuchen; ihre Finger glitten hastig durch die Umschläge, als handelte es sich um Karteikarten. Gab es weitere solcher Zettel? Doch sie fand nichts.

Wer sagt denn, dass Liv diese Drohung erhalten hat?, dachte sie plötzlich. Vielleicht hatte Liv selbst diese Worte verfasst und sie jemandem schicken wollen? Es gab keinen Anhaltspunkt, ob Liv Empfängerin oder Absenderin dieser Nachricht gewesen war.

Der Zettel war zweimal gefaltet; Liv hatte ihn vermutlich aus einem Umschlag gezogen oder hineinstecken wollen.

Was wusste sie eigentlich über die letzten Wochen im Leben von Liv? Wie war es ihrer Freundin gegangen? War ihr Job in Ordnung gewesen? Hatte sie jemanden gedatet?

Sie hatten sich in der Zeit vor dem Unglück kaum gesehen. Nur ihre Tagesausflüge zu den National-Trust-Sehenswürdigkeiten hatten sie regelmäßig unternommen. Liv war genau wie Emily Mitglied der Organisation gewesen, die sich Natur- und Denkmalschutz widmete und der Öffentlichkeit im ganzen Land historische Gebäude und Gärten zugänglich machte.

Von den Ausflügen abgesehen, hatte es kaum noch Verabredungen gegeben, weder Drinks, Restaurants, Kino, Theater – nichts. Woran hatte das überhaupt gelegen?

Liv hatte sich zuletzt immer seltener bei ihr gemeldet. Und sie selbst war mit ihrem Studium und den Recherchen für *Courtroom Whispers* beschäftigt gewesen. Die letzte Folge ihres Podcasts, die letzte Folge überhaupt, hatte ihre gesamte Aufmerksamkeit erfordert, war es darin schließlich um Carolyn Davies, die bekannte Strafverteidigerin, gegangen und ihre Fälle der letzten Jahrzehnte. Emily hatte es sogar geschafft, Carolyn für ein Interview zu gewinnen.

Emily legte das Blatt Papier mit der Drohung zurück, die bereits sortierten Briefe ließ sie oben auf der Kommode liegen und schloss die Schublade wieder. Sie hatte gerade einmal die Hälfte der Korrespondenz durchgeschaut, doch sie wollte jetzt nicht mehr weitermachen.

Ihr Blick fiel auf den Couchtisch, der neben dem Sofa stand. Mehrere Zeitschriften stapelten sich auf der Ablage unter der Tischplatte. Sie stand auf und griff nach den Magazinen. *Vogue. Architectural Digest. Time Magazine.*

Mit den Zeitschriften in der Hand setzte sie sich auf das Sofa und legte eine nach der anderen zur Seite, blättere schließlich durch das *Time Magazin*; es war eine Ausgabe vom letzten Jahr. Als sie die Zeitschrift neben sich auf dem Polster ablegen wollte, entdeckte sie einen Fotoabzug, der auf der Rückseite des Magazins haften geblieben war.

Emily starrte auf das Bild.

Der Polaroid-Abzug zeigte Livs Wohnzimmer, tatsächlich war es genau dieses Sofa, auf dem sie zur Sekunde saß. Die roten Kissen. Der graue Stoff des Polsters. Die schwarz-weiße Fotografie der Golden Gate Bridge in dem schwarzen Rahmen an der Wand.

Emily sprang auf, das Foto in der Hand. Konnte das sein?

Was hatte er gesagt?

Sie rief sich das Gespräch ins Gedächtnis, versuchte sich an den genauen Wortlaut zu erinnern. *Kanntest du Liv? Flüchtig. Nur wie man eine Nachbarin halt kennt.*

Ihre Gedanken überschlugen sich. Ihr Blick wanderte vom Sofa zum Fotoabzug und wieder zurück, als würde ihr Gehirn Gegenwart und Vergangenheit vergleichen, als wäre das Ganze ein Spiel, ein Suchbild, und sie musste nur den Fehler finden.

Das Foto zeigte Shakes. Er saß auf Livs Sofa, die Beine angezogen, lachend. In seiner Hand hielt er eine Flasche Bier, die er nach vorne streckte, als würde er Liv, die vermutlich gerade auf den Auslöser drückte, zuprosten. Mit dem Zeige- und Mittelfinger der anderen Hand machte er das Peace-Zeichen.

Er hatte Liv nicht nur *flüchtig* gekannt. Das war eine Lüge gewesen. Er hatte hier auf dem Sofa gesessen und ganz offenbar eine gute Zeit mit ihrer Freundin gehabt.

DER PATIENT

Jeder Mensch tötet, dachte er. Unser Überleben kann davon abhängen. Greift uns etwas an, eine Mücke, eine Wespe, ein Hund, ein Mensch, wehren wir uns – ohne Rücksicht, denn das Töten dient einem Zweck: uns selbst. Und wir selbst sind uns immer am nächsten.

Das Töten konnte der Notwehr dienen oder ein Grundbedürfnis sein – genau wie Sauerstoff, Wasser und Nahrung.

So sah er das.

Wie bei seinem letzten Besuch hatte die Therapeutin auf den rechten Sessel gezeigt. »Bitte setzen Sie sich.«

Er lehnte sich jetzt nach vorne, rutschte auf seinem Sessel bis zur Kante; kam Lydia auf diese Weise näher. Er fixierte ihre Augen, konzentrierte sich auf die Wimpern, die dunkelbraune Iris.

Er spürte, dass Lydia diese Nähe nicht gefiel, sie versuchte, sich nichts anmerken zu lassen, doch ihre körperliche Reaktion verriet sie. Sie schlug die Beine übereinander, verschränkte ihre Arme. Sie schützte ihren Körper, unterbewusst.

Es hatte schon Sitzungen mit Lydia gegeben, da hatte er geglaubt, sie flirte mit ihm. Körpersprache lügt nicht, dachte er. Genauso wenig wie Instinkt. Er unterdrückte ein Lächeln.

Ein Flackern tauchte jetzt in ihren Augen auf. Er kannte diesen Blick nur zu gut. Unsicherheit. Angst? Er hätte stundenlang in diese Augen schauen können. Dieser Blick war sein Lebenselixier. Doch er wollte sie nicht einschüchtern. Er brauchte die Therapeutin. Mit ihren Einträgen in seine Akte würde sie offiziell bestätigen, dass er ein normaler Mensch war – so wie die Gesellschaft das eben definierte.

Lydia war sein Freifahrtschein.

Er verzog seine Lippen jetzt doch zu einem Lächeln. Zwinkerte ihr freundlich zu. Er wusste, wie er seinen Charme spielen lassen konnte.

»Hatten Sie einen guten Tag? Sie sehen zufrieden aus«, fragte Lydia. Ihr irischer Akzent, oder vielleicht war es auch nur die Art, wie sie sprach, klang immer etwas naiv für seine Ohren, was keine gute Eigenschaft für eine Psychologin war. Man war automatisch versucht zu lügen, selbst wenn es überhaupt keinen Anlass dafür gab.

Lydia löste ihre Arme, griff nach ihrem Tablet und fing an, etwas zu tippen. Auf ihren Armen hatte sich eine Gänsehaut gebildet. Fasziniert beobachtete er, wie die feinen Härchen auf ihrer Haut sich aufstellten, während sie schrieb.

Er wusste nicht, was er antworten sollte. Hatte er einen guten Tag?

Er war aufgewühlt. Doch das konnte er ihr nicht sagen. Lydia würde ihn nur wieder mit Fragen aus dem Konzept bringen, zu denen er die Antworten nicht wusste oder nicht geben wollte.

»Ich kann Ihre Frage nicht beantworten«, sagte er. Er zuckte mit den Schultern. Ein Fehler.

Die Psychologin lehnte sich nach hinten. »Können Sie das Gefühl erklären?« Lydia kniff die Augen zusammen.

Sie würde nun eine Gesprächspause machen, das kannte er schon. Sie witterte nämlich ein »Geständnis«.

Geständnis, so nannte er alle Informationen über seinen Gemütszustand.

Ein Geständnis war per Definition die Erklärung einer Schuld, und in der Psychotherapie ging es immer um irgendeine Art von Schuldgefühl. Schuldgefühle waren die Crème de la Crème, wenn es um tiefenpsychologische Erkenntnisse ging, und so war es im Grunde ganz egal, was man sagte: Am Ende war es immer eine Art Geständnis.

Würde sie hinter seine Fassade schauen können? Würde sie sein Verlangen spüren, diesen Drang, der sich seit Wochen, ja seit Monaten langsam wieder aufbaute? Würde sie die Lüge erkennen? »Nein«, sagte er.

Er konnte dieses Kitzeln, das Nagen in seinem Inneren nicht mehr lange ignorieren.

Die Macht zu gestalten. Schicksal spielen. Töten.

Es wurde wieder Zeit.

Zwei Lifts, einen High Walk, vier Hausflure und insgesamt zwanzig Etagen später, sechs runter und vierzehn hoch, kam sie bei Alex' Appartement im Shakespeare Tower an.

Der Aufzug im Gilbert House hatte auf ihrem Weg nach unten in jeder Etage gehalten, und sie hatte ungeduldig den Knopf gedrückt, jedes Mal, denn die Türen des Lifts schlossen sich in Zeitlupe, fast als würden sie ihre Geduld testen wollen.

Mit dem festen Vorsatz, sich nicht von Alex abwimmeln zu lassen, holte sie tief Luft, als er die Tür öffnete. »Gut, du bist zuhause«, stellte sie fest und stürmte an ihm vorbei in seine Wohnung. Mit großen Schritten lief sie direkt durch in das Wohnzimmer, blieb in der Mitte stehen, die Hände in die Hüften gestützt. »Wir müssen reden.«

Alex guckte sie mit einem fragenden Gesichtsausdruck an. »Was ist denn los?« Er zog seine Augenbrauen zusammen und zeigte auf sein Sofa. »Ich mach uns einen Kaffee. Ich bin gerade erst nach Hause gekommen.«

Während er in die Küche verschwand, setzte Emily sich in den großen Sessel, der vor dem Fernsehbildschirm stand, ließ ihren Blick durch den Raum gleiten. Wie viele Abende hatte sie hier verbracht? Sie hatten zusammen in diesem Sessel gesessen, Wein getrunken, gelacht, Filme und Serien geguckt und gemeinsame Pläne geschmiedet. *Zumindest ich habe Pläne für uns geschmiedet.*

An der Wand neben dem Sofa entdeckte sie einen Fleck. Rotwein. Sie hatte sich direkt bei ihrem ersten Besuch mit zu viel Schwung auf das Polster fallen lassen, und ein Schluck

Wein war aus ihrem Glas in einem hohen Bogen gegen die Wand gespritzt. Sie hatten über das Missgeschick gelacht. »Markierst du dein Territorium?«, hatte Alex sie aufgezogen.

Er hatte die Wand noch immer nicht gestrichen. In Emilys Magen bildete sich ein Knoten, ein dumpfes Ziehen durchzog ihre Eingeweide, doch sie schob den Gedanken an die Zeit zur Seite. Ihre Beziehung war seit mehr als einem halben Jahr vorbei. Und wenn sie ehrlich war, hatte sie vermutlich weniger Abende hier verbracht, als sie jetzt glaubte. Alex' Dienstplan hatte ihnen oft einen Strich durch die Rechnung gemacht, und außerdem wirkten die meisten Situationen im Leben im Rückblick schöner. Ein Schutzmechanismus, um die negativen Momente im Nachhinein zu verdrängen, damit die eigene Existenz überhaupt irgendwie aushaltbar war. *Früher war alles besser.*

»Du siehst immer noch furchtbar aus.« Alex kam zurück und reichte ihr einen Becher mit Kaffee.

Emily zog eine Grimasse. Dann nahm sie einen Schluck und musste husten. Der Kaffee war zu stark. »Warum hat die Polizei die Ermittlungen zu Livs Tod eingestellt?«, fragte sie und kam direkt zum Punkt.

»Wie meinst du das?« Alex setzte sich auf die Lehne seines Sofas.

»Deine Kollegen, die in der Sache ermittelt haben, gaben sich ziemlich schnell damit zufrieden, dass kein Fremdverschulden vorlag.«

»Woher willst du das wissen?«

Sie schwieg.

»Es gab keinen Anlass«, sagte er dann und zuckte mit den Schultern, als sei das Ganze eine Kleinigkeit. Eine Geste, die sie ärgerte, als wäre Livs Tod nur ein Tod unter vielen, eine Unannehmlichkeit, die die Beamten von ihren anderen Ermittlungen abhielt. »Ich habe also recht«, sagte sie.

»Nein. Wenn es keinerlei Hinweis auf ein Fremdverschulden gibt, wird in eine andere Richtung ermittelt. Man geht dann von Wahrscheinlichkeiten aus.« Er schüttelte den Kopf. »Nur weil es für die Hinterbliebenen besser wäre, einen Schuldigen zu finden, heißt das nicht, dass ein Schuldiger gefunden werden kann.«

»Ja, ja«, sagte sie. »Wenn du Hufgetrappel hörst …«

»Was?«

»Schon gut.«

»Ich gebe dir ein Beispiel«, sagte er. »Ein Mensch verschwindet am helllichten Tag auf einem Spaziergang; eine Frau, ein Mann, ein Kind – egal. Was, meinst du, passiert als Erstes?«

»Keine Ahnung.«

»Die Öffentlichkeit schreit nach einem Schuldigen. Wer hat das getan? Ein Kidnapper treibt sein Unwesen! Oder war es der Ehemann? Die Mutter? Als Polizisten analysieren wir aber zunächst die Umgebung, in der die Person zuletzt gesehen wurde. Sagen wir zum Beispiel, da ist ein Fluss in der Nähe. Was, meinst du, ist unsere Arbeitshypothese?«

Emily presste die Lippen aufeinander. Pferde und Zebras, dachte sie wieder.

»Ein paar Tage später ziehen unsere Taucher eine Leiche aus dem Wasser. Das ist leider die Realität«, sagte Alex und zuckte mit den Schultern. »Unfälle sind wahrscheinlicher als eine Gewalttat.«

Emily stellte ihren Becher auf dem Wohnzimmertisch ab.

Sie hatte wirklich genug von Statistiken. »Ich glaube, der Nachbar hat irgendetwas mit Livs Sturz zu tun.«

Alex starrte sie an. »Wer?«

»Lee Hill, Livs Nachbar.«

»Wie kommst du denn darauf?« Alex' Auge zuckte. »Hatte ich nicht gesagt, du sollst dich von dem Typen fernhalten? Verdammt, Emily.«

Sie war keine fünf Minuten hier, und schon waren sie wieder da, wo sie immer waren. »Du hast mir nicht gesagt, warum ich mich von dem Mann *fernhalten* soll«, sagte sie und hörte den Trotz in ihrer Stimme.

»Und dennoch sitzt du jetzt hier in meiner Wohnung und stellst so eine Behauptung in den Raum.« Alex' Gesicht färbte sich rot.

Sie ignorierte den Kommentar.

»Also«, fragte er wieder: »Wie kommst du darauf?«

»Er hat mich angelogen.«

Alex verdrehte die Augen. »Was hat er denn gesagt?«

»Wir hatten ein Gespräch, kurz nachdem ich in Livs Wohnung einzog. Er stand einfach vor der Wohnungstür, wollte sich vorstellen.«

»Das gefällt mir nicht.«

»Ich fragte ihn, ob er Liv gekannt habe.« Sie machte eine Pause, rief sich das Gespräch ins Gedächtnis.

»Und?«

»Er behauptete, Liv nur flüchtig gekannt zu haben, so wie es eben üblich sei unter Nachbarn.«

»Aha.« Eine tiefe Falte bildete sich auf Alex' Stirn. »Und?«

»Letzte Nacht habe ich ein Foto von ihm in Livs Wohnung gefunden. Er sitzt auf ihrem Sofa.« Sie verschränkte die Arme.

»Die beiden haben sich nicht nur flüchtig gekannt. Ihre Bekanntschaft hat immerhin zu einem Abend mit Alkohol und einem Foto geführt.«

Alex räusperte sich und legte den Kopf schräg. Er schien zu überlegen, was er ihr erzählen konnte. »Wir haben Lee Hill ausführlich befragt. Der war da nicht«, sagte er dann.

»Doch! Er ist auf dem Foto. Das ist ohne Zweifel Livs Wohnung, ich täusche mich nicht. Er hält ein Bier in der Hand!«

»Am Bahnsteig. Der war da nicht.«

»Was?«

»Der hat nichts mit dem Unfall zu tun.« Alex schaute sie eindringlich an. »Und mehr gibt es zu dieser Sache nicht zu sagen.«

Emily sprang auf. »Du hast mir gesagt, ich soll dem Typen aus dem Weg gehen. Warum?«

Alex schwieg.

Sie funkelte ihn an. »Shakes war definitiv nicht in der Holborn Station?«, fragte sie dann.

»Das habe ich nicht gesagt.«

»Hä?«

Alex fuhr sich durch die Haare. »Ich darf dir das alles gar nicht erzählen. Es sind ja nicht mal meine Ermittlungen. Die British Transport Police hat übernommen. Und diese Dinge sind vertraulich. Wenn rauskommt, dass ich dir …«

»Es kommt nicht raus«, sagte sie. »Shakes war also in der Station, aber nicht unten am Bahnsteig? Hast du das gerade angedeutet?«

Alex nickte. »Lee Hill war tatsächlich zu der Zeit des Unfalls dort. Wir haben auf den Videos gesehen, wie er die Rolltreppe betritt, eine Kamera hat ihn gefilmt. Aber er war nicht unten am Bahnsteig.«

»Zumindest wurde er nicht von den Kameras am Gleis *aufgezeichnet.* Das wurden ja so einige Dinge nicht.« Sie klang bitter.

»Das ist ein Unterschied«, stimmte Alex ihr zu. »Zugegeben.«

»Ich habe aber das Gefühl, er war da.«

»Du hast ein *Gefühl*?« Es klang abfällig. Dann schien er sich zu erinnern, dass sie eine Amnesie-Patientin war. Er schlug einen etwas versöhnlicheren Tonfall an: »Du erinnerst dich noch immer nicht an jenen Morgen?«

»Nein.« Sie schüttelte den Kopf. »Ich habe diese Träume, aber ich weiß nicht, ob es Erinnerungen sind oder Fiktion.«

»Träume sind Träume.« Alex machte eine Handbewegung, mit der er das Thema beenden wollte. »Wir haben Lee Hill mehrfach befragt. Wir haben ihm die Videos gezeigt«, fuhr er fort. »Hills Aussage war eindeutig: Er war nicht auf Bahnsteig 3. Da wir ihn dort auch nicht auf den Aufzeichnungen der Kamera gesehen haben, können wir das Gegenteil nicht beweisen. Er kann auch nicht im toten Winkel gewesen sein, dann hätte ihn zuvor eine andere CCTV-Kamera erwischt. Es ist unmöglich.«

»Warum betritt man eine U-Bahn-Station und steht auf der Rolltreppe, wenn man dann nicht zum Bahnsteig geht?« Sie spürte, wie ihr Kiefer sich verkrampfte. »Er kann sich doch nicht in Luft aufgelöst haben.«

»Er war nicht an *dem* Bahnsteig. Darf ich dich erinnern, dass zwei Linien von Holborn fahren? Die Central Line und die Piccadilly Line. Es gibt vier Bahnsteige – auf zwei Etagen verteilt.«

»Er wurde auf einem anderen Bahnsteig gesehen?«

»Ja, er wartete auf die Piccadilly Line in Richtung Osten. Bahnsteig 4.« Alex zuckte wieder mit den Schultern. »Wir konnten ihn ohne Lücke verfolgen, bis nach Arsenal. Genau wie dich übrigens auch. Nur dass du plötzlich von Bahnsteig 1 mit der Central Line in Richtung Westen gefahren bist, nachdem Liv auf die Gleise gestürzt war.«

Ihr lag eine spitze Bemerkung auf der Zunge, doch sie riss sich zusammen. »Warum hast du das nicht gleich gesagt?«

»Weil ich dir das alles gar nicht erzählen darf.« Alex schüttelte den Kopf. »Es gibt keinen Anhaltspunkt für eine Straftat. Nichts deutet auf ein Fremdverschulden hin. Warum suchst du so verzweifelt nach einem Schuldigen?«

»Shakes hat mich angelogen. Das muss doch einen Grund haben.« Hatte Alex recht? Verrannte sie sich in eine fixe Idee? Doch ihre Suche nach der Wahrheit war das Einzige, was ihr seit langer Zeit ein Ziel im Leben gab. Sie musste ihrem Instinkt vertrauen. Etwas stimmte nicht. Das wusste sie einfach.

Alex schaute sie einen Moment an. Schon glaubte sie, er würde ihr keine Antwort geben. Dann sagte er: »Du darfst niemandem verraten, was ich dir jetzt erzähle. Ist das klar?«

Sie nickte. Wortlos.

»Du hast recht. Dafür gibt es einen Grund.«

PROTOKOLL EINER ZEUGENVERNEHMUNG

Aktenzeichen: 87293/332TC

Zur Person:
Name: Liv Wakefield
Alter: 27 Jahre
Beruf: Angestellte, Stern & Brent Architects
Familienstand: nicht verheiratet, keine Kinder
Wohnort: Flat 608, Gilbert House, Barbican, Silk Street, London EC2Y 8BD

Officer: Detective Sergeant Alexander Wood
Der Zeugin wird angeboten, eine weibliche Beamtin zu der Vernehmung hinzuzuziehen. Die Zeugin lehnt das Angebot ab.

Datum und Zeit des Vorfalls: 13. Juni, um 06:58 Uhr
Ort des Vorfalls: Wohnung der Zeugin

Beginn der Vernehmung: 13. Juni, um 11:17 Uhr
Anwesend: Liv Wakefield, Detective Sergeant Alexander Wood

Zur Sache: Die Zeugin wird gebeten, den Vorfall im Zusammenhang zu schildern:

Am Morgen des 13. Juni um 06:58 Uhr klopfte jemand laut und, wie die Zeugin angibt, »auf eine aggressive Weise« an ihrer Wohnungstür. Ms. Wakefield hatte wenige Sekunden zuvor ihr Fitnessarmband umgelegt. Sie plante, wie jeden Morgen eine Runde joggen zu gehen, und war sich aus diesem Grund der exakten Uhrzeit bewusst.

Die Zeugin öffnete die Tür und fand ihren Nachbarn, Lee Hill, auf dem Flur vor.

<u>Anmerkung:</u> Der Beschuldigte, Lee Hill, ist polizeibekannt, vorbestraft (siehe Aktenzeichen 46783B/278GL).

Die Zeugin gibt an, dass Mr. Hill an jenem Morgen aussah, »als habe er die Nacht nicht geschlafen«. Auf Rückfrage konkretisiert die Zeugin, der Beschuldigte habe bleich ausgesehen, er hatte rot unterlaufene Augen und schien in einem erregten Zustand. Er habe Aggressivität ausgestrahlt.

Ms. Wakefield gibt zu Protokoll, dass Mr. Hill in der Vergangenheit den Eindruck erweckte, Interesse an ihr zu haben. Es gab mehrere Treffen zwischen den beteiligten Parteien. Aus Sicht der Zeugin ging das

Verhältnis jedoch zu keinem Zeitpunkt über ein Nachbarschaftsverhältnis hinaus.

Details zum Tatverlauf:
Der Beschuldigte stürmte ohne Zögern an der Zeugin vorbei und verschaffte sich auf diese Weise Zutritt zu Ms. Wakefields Wohnung. Dabei stieß er die Zeugin mit einer Armbewegung zur Seite. Diese stürzte zu Boden und zog sich eine Rippenprellung zu.

Anmerkung: Bericht UCLH Hospital, Notaufnahme, liegt vor.

Im Folgenden kam es zu einer verbalen Auseinandersetzung. Auslöser des Streits war der Gefängnisaufenthalt des Beschuldigten. Wiederholt forderte Mr. Hill die Zeugin auf, ihm zuzuhören. Als Ms. Wakefield versuchte, den Beschuldigten aus ihrer Wohnung zu stoßen, wurde dieser aggressiv und zog ein Messer aus der Hosentasche. Es kam zu einem Handgemenge infolge dessen die Zeugin eine Schnittverletzung an der Hand erlitt.

Anmerkung: Bericht UCLH Hospital, Notaufnahme, liegt vor.

Lee Hill schlug Ms. Wakefield zum Abschluss ins Gesicht und griff auf seinem Weg nach draußen nach einer leeren Bierflasche, die er vor ihr zu Boden warf. Dann verließ er die Wohnung.

<u>Anhang:</u>

1. University College London Hospital
Bericht Notaufnahme, datiert vom 13. Juni.
Aufnehmende Ärztin: Dr. Kimberly Patel
Diagnose:
   a. Rippenprellung rechts, infolge eines stumpfen Traumas
   b. Schnittverletzung linke Hand, oberflächlich

2. Beweismittel
Zerbrochene Bierflasche der Marke Peroni aus der Wohnung der Zeugin – zur Weiterleitung ins Labor.
Asservat: 20983-233

<u>Anmerkung:</u> DS Alexander Wood ist mit der Zeugin persönlich bekannt. Die Ermittlungen werden zuständigkeitshalber an die City Police abgegeben.

EMILY

»Ihr hattet eine Anzeige gegen Lee Hill vorliegen? Und das Ganze ist einen Tag vor Livs Sturz auf die Gleise passiert?« Emily traute ihren Ohren nicht. »Warum erzählst du mir das jetzt erst?«

»Es hatte keine Relevanz.«

Sie lachte bitter auf. »Das ist ein Scherz, oder?«

»Bevor die Ermittlungen gegen Lee Hill beginnen konnten, starb Liv.« Alex stellte seinen Kaffeebecher zur Seite. Er stand auf, ging einige Schritte im Wohnzimmer auf und ab. »Mit Livs Tod war das Thema erledigt. Es gab mehrere Gespräche mit Hill, er hat alles abgestritten. Hat behauptet, an jenem Morgen nicht einmal in der Nähe der Wohnung gewesen zu sein.«

»Hatte er ein Alibi?«

»Nein. Aber wir fanden seine Fingerabdrücke an verschiedenen Stellen in Livs Wohnung. Die verraten nur leider nicht, wann er dort gewesen war.«

»Du meinst das Foto auf dem Sofa?«

»Wir haben ihn wirklich gegrillt, aber am Ende hätte Aussage gegen Aussage gestanden. Die Ermittlungen wurden eingestellt, denn mit Livs Tod konnte das Gegenteil nicht mehr bewiesen werden.« Er zuckte mit den Schultern. »So läuft das.«

Emily verzog das Gesicht. »Motiv. Gelegenheit. Mittel.« Sie starrte Alex an. »Es ist alles da!«

»Meinst du, wir haben nicht nach einem Beweis gesucht? Hill ist der Polizei bekannt. Seltsamer Zufall, dass das Opfer einen Tag nach der Anzeige wegen eines körperlichen Übergriffs aus heiterem Himmel einen tödlichen Unfall hat.«

»Seltsame Zufälle gibt es nicht!«

»Ganz genau. Das ändert aber nichts an den Fakten. Ein Motiv macht noch keinen Mörder. Ansonsten wäre die Kriminalitätsrate sehr viel höher.« Er lachte auf.

Emily überlegte. »Du bist sicher, dass Shakes nicht auf Bahnsteig 3 war?«

»Ohne Zweifel. Hill war da nicht.«

»Liv hat ihn doch nicht ohne Grund angezeigt. Der Typ ist gewaltbereit.« Emily wusste, dass sie recht hatte. Sie dachte wieder an ihr erstes Treffen mit Shakes. Sie täuschte sich nicht: Der Mann war auf dem Bahnsteig gewesen. *Weg. Ich muss hier weg.*

»Und genau aus diesem Grund hältst du dich jetzt verdammt noch mal fern von Hill!«, stieß Alex hervor. »Er hat dich angelogen, weil er natürlich nicht will, dass du seine Verbindung zu Liv kennst. Weil er nicht will, dass du von der Anzeige erfährst. Weil einer wie der mit allen Wassern gewaschen ist. Und wenn er rauskriegt, dass ich dir davon erzählt habe, bin ich meinen Job los.«

»Worum ging es bei dem Streit zwischen Liv und dem Nachbarn?«

»Dazu kann ich nichts sagen. Du weißt schon mehr, als du solltest.«

»Warum bist du so …?« Sie wusste nicht weiter. Alex' Verhalten irritierte sie.

»Ziehst du jetzt endlich aus dieser verdammten Wohnung aus?«, fragte er und wollte ihr eine Hand auf den Arm legen, doch sie sah die Bewegung kommen und wich aus.

»Nein.«

»Gut.« Er zuckte mit den Schultern. »Das Gespräch ist beendet.«

»Du schmeißt mich raus?«

»Ich muss zur Arbeit.«

»Das sagst du immer.« Sie überlegte, ob sie ihm von dem Brief berichten sollte, den sie gefunden hatte. *Sag die Wahrheit.* Doch sie beschloss, Alex noch nichts von der Drohung zu erzählen. Er glaubte ihr ja ohnehin nicht, dachte, sie renne einem Hirngespinst hinterher.

Sie stand aus dem Sessel auf und ging zur Wohnungstür. Als sie nach der Türklinke griff, zögerte sie einen Moment. Dann fragte sie: »Wie hat sie ausgesehen?«

Alex starrte sie an. »Wer?«

»Liv, welche Verletzungen hatte sie?« Ihre Stimme krächzte.

»Nun, der Bericht vom Krankenhaus am Tag des Übergriffs listete verschiedene …«

»Nein«, unterbrach sie ihn. »Ich meine nach dem Zusammenstoß mit der U-Bahn.«

»Das ist nicht dein Ernst, oder?« Er fuhr sich mit einer Hand über das Gesicht. »Was ist denn bloß mit dir los?«

»Ich …«, sie brach ab. Er hatte ja recht. Trotzdem. »Weißt du, wie sich das anfühlt?«, platzte es aus ihr heraus. »Wenn die Freundin vor die U-Bahn stürzt und man das Unglück nicht nur *erzählt* bekommt, sondern man *dabei* war. Und sich nicht erinnern kann? An den ganzen verdammten Morgen nicht?«

»Nein«, sagte er leise. »Ich weiß nicht, wie sich das anfühlt.« Alex kam ein paar Schritte auf sie zu, blieb dann stehen. Er setzte zum Sprechen an, brach ab. Schließlich sagte er:

»Der Zug war am Bremsen, als er in die Station einfuhr. Trotzdem war die Geschwindigkeit so hoch, dass Liv keine Chance hatte. Durch die verringerte Geschwindigkeit der U-Bahn, anders, als bei Schnellzügen, bei denen nach einem Zusammenstoß tatsächlich oft nur Blutspritzer, Knochen und Gewebefetzen übrigbleiben«, er machte eine Pause, atmete tief ein, »… wurde Livs Körper *zwischen* die Gleise gezogen. Der Zug hat sie getroffen und getötet, aber in dem Sinne nicht überfahren. Das Ergebnis ist dasselbe, aber der Anblick nicht – so hat der Gerichtsmediziner es uns erklärt.« Alex blickte zu Boden, als versuchte er seine Gedanken zu sammeln. »Alle Körperteile und die Kleidung waren an Ort und Stelle. Ihr Kopf und das Gesicht waren intakt – wenn man das so sagen kann«, fuhr er fort. Er klang nun beinahe sanft. Emily lief ein Schauer den Rücken runter. Alex klang, als würde er diese Tatsache faszinierend finden.

»Sie sah verletzt aus, aber Liv war bei der Obduktion eindeutig zu identifizieren. Sogar ihre Ohrringe steckten noch in den Ohrlöchern. Der Pathologe fand das bemerkenswert. Ihre Kleidung war fast unversehrt, nur ein Knopf am Mantel fehlte.« Alex machte eine Pause. »Sei froh, dass du diese Bilder nicht im Kopf hast.«

Ich *habe* sie ja im Kopf, dachte sie. Ich finde nur keinen Zugang. Für einen kurzen Moment wünschte sie, Alex würde sie in den Arm nehmen; einfach damit jemand sie festhielt, dafür sorgte, dass sie nicht unterging. Sie brauchte in diesem Augenblick einen Menschen, der sie über Wasser hielt. Ihr Halt gab.

Doch ihr Exfreund blieb stehen, wo er war. »In Japan müssen die Familien von Selbstmordopfern eine Geldstrafe zahlen«, sagte er.

Emily starrte ihn an. »Was?« Der Kommentar holte sie mit einem Schlag zurück in die Realität.

»Für die Verspätung. Kannst du dir das vorstellen?«

»Liv hat keinen Selbstmord begangen.«

»Das wollte ich damit nicht sagen.« Alex verzog das Gesicht. »Einige meiner Kollegen schließen diese Möglichkeit aber nicht aus.«

»Wer begeht einen Selbstmord, wenn eine Freundin danebensteht? Alex, ehrlich.« Sie schüttelte den Kopf. »Das ist vollkommen ausgeschlossen.«

»Und wer begeht einen *Mord*, wenn eine Freundin danebensteht?«

Sie schwieg.

»Mir scheint, du oder vielmehr dein Gehirn sucht mit Macht nach einer Erklärung, um jemanden zur Rechenschaft zu ziehen. Das ist vermutlich eine normale Reaktion in deiner Situation.« Alex stand noch immer in der Tür. »Lass es gut sein«, sagte er. »Sei froh, dass du dich nicht erinnern kannst. Dein Gehirn will dich schützen.«

Genau das hatte Shakes auch gesagt. Und der Arzt.

Wie immer waren sich alle einig.

HIS MAJESTY'S PRISON WANDSWORTH

Der Schwindel war das Schlimmste. Er versuchte das Fenster zu fokussieren, doch diese Öffnung in der Wand, die entfernt an ein Fenster erinnerte, weil alles in seinem Blickfeld irgendwie verzerrt aussah, schien auf eine merkwürdige Weise durch das Zimmer zu schweben. Die Gitter vor der Scheibe multiplizierten sich, je länger er auf die einzelnen Stäbe starrte. Das Zimmer, die Einrichtung – selbst seine Hand, die er nun hob, probeweise, um zu testen, ob er noch Herr über seine Gliedmaßen war –, alles war unscharf. Er wollte sich aufrichten, doch sofort drückte ihn jemand nach unten: »Liegen bleiben! Du hast eine Gehirnerschütterung.«

Shakes stöhnte auf.

»Ich habe dir ein Medikament gegen die Übelkeit gespritzt. Es dauert ein paar Minuten, bis es wirkt. Du bewegst dich jetzt nicht.« Die Stimme des Pflegers auf der Krankenstation des HMP Wandsworth war unnachgiebig.

Shakes blinzelte. Er hatte einen knappen Monat geschafft, ohne eine nennenswerte Verletzung davonzutragen. Jetzt hatte es ihn doch erwischt.

Ein Monat, dachte er. Ist das ein guter Wert? Sein Fehler war gewesen, im Erdgeschoss, an einem der Billardtische, zwei Partien in Folge zu gewinnen. Sein zweiter Sieg hatte Wayne, einem Insassen, der zehn Jahre wegen bewaffneten Raubüberfalls mit schwerer Körperverletzung absaß und eine geringe Frustrationstoleranz hatte, nicht gefallen. Wayne hatte seine Wut über die Niederlage mit einem Gewaltakt kompensiert.

Er hatte Shakes gegen einen Betonpfeiler geschleudert, nicht ein Mal, nicht zwei Mal, nein drei Mal – bis irgendwann jemand eingeschritten war, zu einem Zeitpunkt, an dem Shakes sich bereits von seinem Leben verabschiedet hatte. Ein Messer war plötzlich im Spiel gewesen, und es hatte die Wärter einige Mühe gekostet, die Kontrolle über die Situation zu bekommen.

Shakes hatte eine Platzwunde am Kopf erlitten, die Haut an seinem Handgelenk war zerschnitten, Blut war aus verschiedenen Wunden aus seinem Körper gelaufen, nein gespritzt.

»Die Eingewöhnung ist am schlimmsten«, sagte Stanley Goff, der Pfleger, als könnte er Gedanken lesen.

Er war nach vier Wochen also immer noch der Neue. »Hm«, murmelte er, ohne die Augen zu öffnen. Er konnte nicht einmal die Lippen bewegen, jeder Muskel in seinem Gesicht schmerzte.

»Nicht zu Small Talk aufgelegt, was?«, stellte Goff nun folgerichtig fest. Shakes konnte das Grinsen in der Stimme des Mannes hören.

Plötzlich spürte Shakes, wie sein Magen sich verkrampfte. Es fühlte sich an, als wollten alle Eingeweide in seinem Körper mit einem Schlag die Flucht ergreifen. Er lehnte sich zur Seite und konnte gerade noch rechtzeitig nach einer Schale greifen, bevor er sich erbrach. Der Schmerz in seinem Kopf explodierte.

Das Erbrechen hielt den ganzen Tag an. Kalter Schweiß stand auf seiner Stirn, und ihm wurde ein weiteres Medikament gegeben, doch nichts half gegen die Übelkeit. Irgendwann würgte er nur noch Galle hervor, trotzdem fand sein Magen auch am Abend keine Ruhe. Krämpfe schüttelten ihn. Goff kam und ging, spritzte ihm Medikamente, doch ihre Wirkung setzte nicht ein.

»Kann ich eine zweite Decke bekommen?«, flüsterte Shakes gegen Mitternacht, als Goff in das Zimmer kam, um nach ihm zu sehen. Doch er bekam keine Antwort.

Shakes schluckte, seine Kehle war ausgetrocknet. »Wasser?«, fragte er. Goff verschwand wieder. Hatte der Pfleger ihn nicht gehört? Shakes schloss die Augen. Vielleicht hatte er auch gar nichts gesagt. Kurz gab er sich der Fantasie hin, einfach einzuschlafen und nie wieder aufzuwachen. Die Vorstellung war verlockend.

Doch sein Durst war stärker. Er wartete, bis Goff nicht mehr zu hören war, dann richtete er sich auf. Mühsam setzte er einen Fuß nach dem anderen auf den Boden. Er musste sich am Bettgestell festhalten, warten, bis der Schwindel sich legte. Dann lief er auf wackeligen Beinen Richtung Badezimmer, er musste etwas trinken. Sofort. Doch er kam nicht weit. Mitten in der Bewegung blieb er stehen. Shakes kniff die Augen zusammen.

Goff stand am Bett eines anderen Patienten, Terry Biggs. Ein Vorhang trennte ihre beiden Betten.

Im Schutz der Dunkelheit verharrte Shakes neben dem Medikamentenschrank.

Terry war ein Gefängnis-Celebrity, Mitglied einer Familie aus Herne Hill, die das Drogenmonopol in Südlondon hatte und der Legende nach um mehrere Ecken mit den Krays verwandt war, die in den Sechzigerjahren die Stadt im Griff gehabt hatten. Ob das die Wahrheit war, wusste niemand, doch allein das Gerücht reichte, um Terrys Status zu bestätigen.

Der Pfleger war gerade mit dem Tropf beschäftigt, schien den Beutel auszutauschen. Eine Spritze lag auf dem Tisch neben dem Bett.

Verdammt, warum musste Goff sich ausgerechnet jetzt, mitten in der Nacht, um Terry kümmern? Shakes hielt den Atem an. Er würde nicht ungesehen an Goff vorbeikommen.

Seine Zunge klebte unter dem Gaumen, kurz dachte er an das Wasser. Seine Kehle war vollkommen ausgetrocknet. Doch schließlich drehte er sich um; er wollte keine Konfrontation mit dem Pfleger. Irgendetwas sagte ihm, dass er das vermeiden musste.

»Eine Infektion hat sich unter der Naht gebildet«, sagte eine Stimme am nächsten Morgen. »Hier, an der Schläfe.«

Shakes spürte, wie jemand vorsichtig die Wunde an seinem Kopf versorgte.

War das ein Arzt? Shakes wusste, dass ein Arzt auf die Krankenstation ins Gefängnis gerufen wurde, wenn es ernstere Probleme gab.

Er versuchte die Augen zu öffnen, doch seine Lider waren zu schwer, er war vollkommen zugedröhnt. Was hatte man ihm gegeben?

»Ich glaube, er wacht auf.« Goff.

»Wie lange ist der Patient schon auf der Station?« Die Stimme klang besorgt. »Er braucht ein Antibiotikum.«

»Seit vier Tagen.«

»Die Wunde am Handgelenk sieht auch nicht gut aus. Da hat er Glück gehabt, so nah an der Pulsader.« Jemand zupfte an den Fäden. »Das muss gespült werden.«

Shakes versuchte seinen Kopf zu bewegen, doch es gelang ihm nicht. Sein gesamter Körper schien sich gegen ihn verschworen zu haben, vielleicht war es der Protest seines Systems gegen die Drecksbedingungen im Gefängnis.

»Der Patient ist dehydriert.«

»Er hat gestern eine Infusion bekommen.« Goff. Die Stimmen entfernten sich. »Wie hoch ist der Blutzucker?« Der Arzt war jetzt bei Terry.

Shakes tastete mit einer Hand nach der Naht an seinem Kopf, zuckte zusammen, als seine Finger über die Haare wanderten. Schmerz schoss durch seinen Körper; Tausende Blitze, die seine Nervenbahnen quälten.

Feuer breitete sich in ihm aus, seine Wunden, seine Haut, ja selbst seine Haarspitzen schienen zu glühen. Jede Zelle in seinem Inneren stand in Flammen und schrie um Hilfe. Dies war die Hölle.

Es machte keinen Unterschied mehr, ob er lebte oder starb.

EMILY

Ein roter Mantel, der auf die Gleise fliegt.
Ein Gesicht.
Weg. Ich muss hier weg.

Ihr eigener Schrei riss sie aus dem Tiefschlaf. Sie schreckte auf, saß aufrecht im Bett, ihre Beine ausgestreckt. Sie blinzelte, doch um sie herum war alles schwarz. Wo war sie? Es dauerte einen Moment, bis ihr Gehirn die Reste von Schlaf abgeschüttelt hatte und die Orientierungslosigkeit verschwand. Sie war nicht im Bett: Sie saß auf dem Sofa im Wohnzimmer.

Gegen halb zwei war sie von Schlaflosigkeit geplagt von Livs Bett auf die Sofagarnitur umgezogen, denn sie hatte mit einem Schlag das Gefühl gehabt, keine Sekunde länger auf Livs Matratze liegen zu können. Als hätte sie kein Recht darauf, dort zu schlafen, schon gar nicht, solange nicht klar war, was passiert war. *Ich finde es raus, Liv.*

Ich bin eingeschlafen, dachte sie jetzt. Ich bin tatsächlich ohne das Medikament eingeschlafen. Und sie hatte geträumt. In ihrem Nacken klebte das T-Shirt auf der Haut, auch ihre Haare waren nass geschwitzt.

Was hatte sie gerade in ihrem Traum gesehen? Irgendetwas war anders gewesen, ein Detail, und doch wusste sie, dass genau diese Kleinigkeit wichtig war. Ihr Unterbewusstsein kämpfte, irgendetwas wollte an die Oberfläche, hatte sie geweckt – und kam doch nicht durch. Verdammt, der Traum war doch erst ein paar Sekunden her.

Emily seufzte, starrte gegen die mit Zeitungspapier abgeklebten Fenster. Sie hatte ganz vergessen, dass sie die Scheiben vorhin verdunkelt hatte. Es gab im Wohnzimmer keine Vorhänge, und durch die vielen Lichtreflexionen der Hochhäuser hatte sie sich ausgeliefert gefühlt.

Und dann wusste sie plötzlich, was sie geträumt hatte.

Es war einfach wieder da: Sie hatte ein Gesicht in ihrem Traum gesehen. Shakes.

»Das menschliche Gehirn ist nicht in der Lage, Gesichter zu erfinden.« In einer Folge von *Courtroom Whispers* hatte sie eine Expertin für Gesichtserkennung zu Gast gehabt, die von Fehlurteilen vor Gericht berichtete, die auf Irrtümern bei einer polizeilichen Gegenüberstellung basierten. Dabei war es auch um Träume gegangen, wie sie entstanden und welche Informationen das Gehirn verarbeitete. Was Emily bis zu diesem Zeitpunkt nicht gewusst hatte: Laut wissenschaftlicher Erkenntnisse gehörte jedes Gesicht, das in einem Traum auftauchte, einer Person, der man im wachen Zustand begegnet war. Ein Kassierer, eine Nachbarin, ein Foto in der Zeitung, der neueste Kinofilm. Eine zufällige Begegnung, nur eine Sekunde reichte, und irgendwann wurde das Gesicht dieser Person in einem Traum recycelt. Das konnte als einzelnes oder als Kombination von mehreren Gesichtern passieren.

Emily kaute auf ihrer Unterlippe. Sie hatte gerade Shakes in ihrem Traum gesehen. Doch was hatte sie denn überhaupt geträumt? Der Traum war ihr jetzt komplett entglitten, bis auf das Gesicht, und je mehr sie nachdachte, desto tiefer versank die Erinnerung in ihrem Gedächtnis.

Sie ließ sich wieder nach hinten fallen. Lag jetzt hellwach im Dunkeln, keine Chance, wieder einzuschlafen.

Ihre Gedanken wanderten zu dem Gespräch mit Alex. Es konnte kein Zufall sein, dass Shakes zu dem Zeitpunkt in der Holborn Station gewesen war. Die Polizei musste einen Fehler gemacht und ihn am Bahnsteig übersehen haben. Warum blockte Alex das kategorisch ab?

Personalmangel, Stress und hohe Belastung führten zu Nachlässigkeiten und Fehlern. Die Zeitungen waren voll von Berichten über das Versagen der Polizei.

Plötzlich hatte Emily eine Idee. Sie setzte sich wieder auf, ihr Herz stolperte. Der Gedanke behagte ihr nicht, doch es war eine Möglichkeit, sich mit eigenen Augen zu überzeugen.

Sie musste sich das Video der anderen Überwachungskameras ansehen, musste überprüfen, ob Shakes wirklich nicht auf dem Bahnsteig zu entdecken war.

Die Polizei hatte ihr nach der Katastrophe angeboten, das Überwachungsvideo der zweiten Kamera anzuschauen, doch sie hatte abgelehnt. Sie hatte sich selbst nicht sehen wollen in jenem Moment, der nicht mehr Teil ihres Bewusstseins war. Sekunden bevor … Nein.

Dr. Ramzan hatte den Vorschlag der Beamten sogar unterstützt und es für eine gute Maßnahme gehalten. Er hatte ihr erklärt, dass die Bilder unter Umständen ihr Gehirn triggern könnten, dass eine reale Chance bestand, dass sie ihr Gedächtnis zurückbekam. »Es gibt viele Fälle, da haben Patienten sich nach dem Anschauen eines Videos plötzlich erinnert.«

Die Polizisten versuchten sie zu überreden, doch am Ende hatte ihr Therapeut aus medizinischen Gründen erwirkt, dass man sie in Ruhe ließ. »Die Patientin ist noch nicht so weit.«

Was, wenn der Arzt recht hatte? Würde die Erinnerung zurückkommen?

Nach dem Gespräch mit Alex hatte sie keine große Lust, ihn zu bitten, ihr die Aufnahmen zu beschaffen. Vermutlich war es besser, direkt die Beamten zu kontaktieren, die sie vor drei Monaten befragt hatten. Sie waren es schließlich, die ihr die Sichtung des CCTV-Materials angeboten hatten. Sicherlich würden sie nichts dagegen haben, ihrer Bitte nachzukommen. Einer der Polizisten hatte ihr eine Visitenkarte gegeben. Wo war die? Sie versuchte sich an den Namen zu erinnern.

Doch irgendetwas in ihr sträubte sich, die Polizei zu bitten. Vielleicht lag es daran, dass sie glaubte, die Beamten könnten einen Fehler gemacht haben.

Milo kam plötzlich mit einem Sprung zu ihr auf das Sofa. Vermutlich wunderte der Kater sich, warum sie im Wohnzimmer schlief. Ihre Finger glitten gedankenverloren über sein Fell.

Sie musste irgendwie eine Alternative finden, um an die Aufzeichnung der zweiten Kamera zu kommen. Und dann wusste sie plötzlich, wie sie den offiziellen Weg umgehen konnte. Sie musste ein weiteres Mal mit dem Mitarbeiter von TfL sprechen. Paul Graves hatte sie bei ihrem ersten Treffen zwar nicht gerade mit offenen Armen empfangen, doch sie würde ihn irgendwie überzeugen, ihr das Video zu besorgen. Einen Versuch war es wert, und wenn das nicht klappte, bestand immer noch die Option über die Beamten.

Emily war einigermaßen zufrieden über diesen Plan, denn zumindest bedeutete diese Vorgehensweise, dass sie etwas unternahm, *irgendetwas*, um zu verstehen, was an jenem Morgen passiert war.

Sie wollte sich gerade wieder zurückfallen lassen, da nahm sie aus dem Augenwinkel eine Bewegung wahr. Einen Schatten. Emily unterdrückte einen Schrei.

Vor ihrem Wohnzimmerfenster, auf dem Balkon, stand ein Mann.

Er war nur wenige Meter von ihr entfernt.

Emilys Herz fühlte sich mit einem Schlag an, als würde jemand es mit einer Hand zerquetschen wollen, eine Eisenfaust, die mit jeder Sekunde den Druck erhöhte. Sie kniff die Augen zusammen, konnte gerade so die Schemen der Person ausmachen. Das war keine Täuschung, nein – ganz eindeutig stand dort eine Gestalt.

Mit beiden Händen tastete sie vorsichtig nach ihrem Handy, wollte keine Aufmerksamkeit erregen; ihre Finger fuhren über das Polster, den Tisch – doch sie fand es nicht. Milo sprang zurück auf den Boden. Dann erinnerte sie sich, dass ihr Telefon in der Küche lag, sie hatte es zuletzt auf dem Tresen gesehen.

Emily versuchte kein Geräusch zu machen, als sie sich aufrichtete und langsam erst ein Bein vom Sofa gleiten ließ, dann das zweite. Doch der Mann würde natürlich sehen, dass sie jetzt aufstand.

Emily ließ ihn nicht aus den Augen, er stand direkt vor der Fensterscheibe.

Hatte sie die Balkontür abgeschlossen?

Dann fiel ihr plötzlich etwas auf: Sie hatte die Fenster doch mit dem Zeitungspapier abgeklebt. Wie konnte sie denn durch die Scheibe einen Menschen sehen?

Während sie weiter auf die Gestalt starrte, die sich nicht bewegte, ging sie nun, statt rückwärts, langsam darauf zu. Sie hielt dem Atem an. Schritt für Schritt verringerte sie die Distanz zum Fenster.

Doch, dachte sie dann, wenn das Licht auf dem Nachbarbalkon ihn von der Seite anstrahlt, dann kann man Umrisse erkennen.

In einem Anfall von Mut, oder war es Verzweiflung oder gar Gleichgültigkeit, denn eigentlich gab es nichts mehr zu verlieren, machte sie einen Sprung zum Fenster. Mit einer einzigen Bewegung griff sie nach dem Papier und riss es runter. Ihre Finger umklammerten den Fetzen Papier, als sei er ein Beweisstück.

Da stand niemand auf dem Balkon.

Da war kein Mann vor dem Fenster.

Emily atmete laut aus. Dann fiel ihr Blick auf den Nachbarbalkon. Shakes stand gegen die Balustrade gelehnt und starrte in den Nachthimmel. In seiner Hand hielt er eine Zigarette, oder vielleicht war es ein Joint.

Das Ganze musste eine optische Täuschung gewesen sein. Sie schüttelte den Kopf über ihre Hysterie. Lag das an dem Entzug ihres Medikaments? Bisher hatte sie bis auf die Schlafstörungen keine Nebenwirkungen feststellen können. Spielten ihre Synapsen verrückt, so wie ihr Arzt sie gewarnt hatte?

Während sie Shakes musterte, wie er dort stand, mit einem Bein wippte, als schaffte er es nicht, ruhig zu stehen, schoss eine Erinnerung in ihren Kopf. Sie dachte an seine Frage bei ihrem ersten Aufeinandertreffen: Was machst du hier? Nein, dachte sie jetzt. Was machst *du* hier?

Dieser Mann war der Schlüssel zur Wahrheit, davon war sie mittlerweile überzeugt.

Sie schluckte. Es war ein Risiko, doch es gab keine andere Möglichkeit. Sie musste alles auf eine Karte setzen. Nur durch ihn würde sie herausfinden, was mit Liv passiert war.

Sie musste Shakes' Vertrauen gewinnen.

SHAKES

Er starrte in die Nacht. Zwanzig Sekunden – das war alles. Laut einer Studie, die er in seiner Zeit im Gefängnis gelesen hatte, brauchten Menschen lediglich zwanzig Sekunden, um einzuschätzen, ob sie einer Person vertrauen konnten. Danach war die Sache gelaufen. Doch selbst wenn das Urteil positiv ausgefallen war, musste man langsam darauf aufbauen und unter Beweis stellen, dass man das Vertrauen verdiente. Und das wiederum brauchte Zeit.

Frage: Wie kann ich das Vertrauen der Frau gewinnen?
Antwort: Ich weiß es nicht.

Er dachte an die vielen Monate, die er mit seinem Zellenkumpanen Pete im Gefängnis verbracht hatte. Sie hatten das Frage-und-Antwort-Spiel gespielt, meist um sich die Zeit zu vertreiben. Sie waren immer kreativer geworden, hatten sich immer schwierigere Fragen für den jeweils anderen überlegt, zu allen möglichen Themen, Politik, Geografie, Geschichte – und wenn sie die Antwort nicht wussten, ließen sie ihrer Fantasie freien Lauf. An manchen Tagen machten sie nichts anderes, als sich gegenseitig immer neue Fragen an den Kopf zu werfen. *Bis das Frage-und-Antwort-Spiel eines Tages kein Spiel mehr gewesen war.*

Seine Finger zitterten, denn diese Aktion gerade hätte ganz leicht schiefgehen können.

Es war ein Leichtes für ihn gewesen, von seinem Balkon zu ihrem zu klettern, denn die Balkone im Barbican waren auf derselben Etage verbunden und nur durch den zerbrochenen Sichtschutz getrennt: Er konnte sich problemlos auf den Nachbarbalkon schleichen. Es war ja auch nicht das erste Mal.

Trotzdem hatte er mit dieser Aktion die Umsetzung seines Plans riskiert. Dies war kein geeignetes Verhalten, um das Vertrauen einer Person zu gewinnen, nein – dies war purer Leichtsinn gewesen.

Er machte Fehler.

Dabei hatte er sich nur kurz durch die Fenster einen Überblick verschaffen wollen: Hatte die Frau schon angefangen, die Wohnung aufzulösen? Was hatte sie gefunden? Wie lange würde sie noch in Livs Wohnung bleiben?

Er brauchte Antworten.

Verblüfft hatte er festgestellt, dass die Scheiben abgeklebt waren. Er stand einen Moment vor den Fenstern, ratlos, überlegte, was sie damit bezweckte.

Dann hörte er ein Geräusch aus dem Wohnzimmer und war in letzter Sekunde zurück auf seinen Balkon gehuscht, bevor die Frau womöglich die Balkontür öffnete und rauskam.

Er zog an seiner Zigarette, blies den Rauch in den dunklen Nachthimmel und fixierte den Qualm, der sich in der Luft auflöste.

Er dachte an jenen Abend, als er bei Liv auf dem Sofa gesessen hatte. Liv hatte ihn spontan eingeladen, als sie im Hausflur aufeinandertrafen. Sie wollte ihm ihre neue Polaroidkamera zeigen, ein Vorwand, dachte er, denn er konnte sehen, dass sie ihn mochte. Sie tranken Bier und lachten über Milo, der sich mit seinen Krallen in einem der Vorhänge im Schlafzimmer verhakt hatte. Bei dem Versuch, sich aus dem Stoff zu befreien, riss der Kater beinahe die komplette Gardinenstange aus der Verankerung. Seltsam, dass er sich an diesen Vorfall so gut erinnern konnte und an Livs Lachen – und weniger an das Gespräch zwischen ihnen beiden.

Und er dachte an das, was ein paar Wochen später passiert war. Die Anzeige.

Shakes biss die Zähne aufeinander. Vermied den Blick auf den Nachbarbalkon. Er hatte sich das alles einfacher vorgestellt, obwohl ihm von Anfang an klar gewesen war, dass dies kein Kinderspiel werden würde. Mit jedem Tag, der verstrich, wurde das Risiko größer, dass die Frau sich erinnerte. Und er konnte absolut nichts dagegen tun.

Frage: Hat die Frau ihr Gedächtnis wiedererlangt?
Antwort: Ich weiß es nicht.

Das Problem war nicht die Frage selbst, sondern ihre Konsequenz. Wie würde die Frau reagieren, wenn sie sich plötzlich erinnerte? Von einer Sekunde auf die andere konnte alles vorbei sein. Würde sie aus Angst schweigen?

Würde sie sofort zu den Bullen rennen? Er konnte sie nicht einschätzen. Würde man ihr glauben? Einer Frau, die ihr Gedächtnis verloren hatte?

Das war sein Vorteil: Ihre Erinnerung an jenen Morgen würde unzuverlässig sein. Die Wissenschaft war auf seiner Seite. Das war seine Versicherung.

»Man muss immer das Ziel im Auge behalten«, hatte Pete einmal gesagt. Dieser Ratschlag hatte Shakes die Zeit im Gefängnis überstehen lassen, denn das Ziel war seine Freiheit gewesen. Genau wie jetzt, dachte er. Freiheit durch Gerechtigkeit. Und der einzige Weg führte über diese Frau in der Nachbarwohnung.

Nein, dachte er dann. Gerechtigkeit ist nicht das richtige Wort. Er wollte eigentlich etwas anderes. Er musste ehrlich sein. Er wollte Rache. Gerechtigkeit und Rache konnten in manchen Fällen dasselbe sein.

Das Gefühl von Machtlosigkeit hatte vor so langer Zeit sein System vergiftet, dass er jetzt, wo sich die Möglichkeit ergab, diese Ungerechtigkeit auszugleichen, einfach keine Geduld mehr hatte. Doch er hatte diese Sache unterschätzt. Er hatte *sie* unterschätzt.

EMILY

Die Holborn Station war heute Morgen ungewöhnlich ruhig. Nur wenige Passagiere standen auf dem Bahnsteig. Vielleicht war es der Start der Woche, Montag, der die meisten Menschen von zuhause arbeiten ließ, statt sich in das Gedränge der Stadt zu stürzen.

Die U-Bahn Richtung Heathrow Terminal 1, 2, 3 und 5 fuhr gerade ab. Die meisten Waggons waren leer, doch in den folgenden Stationen, Richtung Westen, würden immer mehr Menschen zusteigen, mit Koffern, Taschen, Tüten und jeder Form von Gepäck, die man sich nur vorstellen konnte; Heathrow war an jedem Wochentag und zu jeder Uhrzeit ein begehrtes Ziel.

Dieses Mal war es ihr leichter gefallen, die Holborn Station zu betreten. Sie ignorierte das Ende des Bahnsteigs und den dunklen Tunneleingang, das schwarze Loch, das wie ein Schlund darauf wartete, sich alles einzuverleiben, was in seine Nähe kam, oder auszuspucken, was raussollte.

Erst als die Piccadilly Line die Station verlassen hatte, ging sie mit langsamen Schritten zu Graves. Die Anzeigetafel zeigte drei Minuten bis zur nächsten Bahn. Mehr Zeit brauchte sie nicht.

Graves hatte sie noch nicht entdeckt, doch als er sich jetzt umdrehte, stand sie direkt vor ihm.

»Erinnern Sie sich an mich?«, fragte sie.

Graves wirkte überrumpelt. »Ja.« Es klang wie eine Frage, als sei er nicht ganz sicher, was die richtige Antwort war. Er räusperte sich, scheinbar irritiert über ihr unvermutetes Auftauchen, und fragte: »Wie kann ich helfen?« Seine Stimme war freundlich, doch hörte sie da nicht einen Unterton?

Emily beschloss, mit der Tür ins Haus zu fallen. »Gibt es eine Möglichkeit für mich, die CCTV-Aufnahmen vom Morgen des Unfalls meiner Freundin anzugucken?« Sie streckte ihr Kinn nach vorne, hatte nicht vor, sich abwimmeln zu lassen, und nach außen Entschlossenheit zu demonstrieren, half ihrem Selbstbewusstsein.

Überraschung zeigte sich in seinen Augen. Einen Moment lang schwieg er, schaute sie an, und sein Ausdruck war nicht zu definieren, bevor er dann, betont langsam, als würde er einem Kind etwas erklären, sagte: »Auf den Kameraaufnahmen ist nichts zu sehen. Das wissen Sie doch. Das ist ja gerade das Problem der Polizei.« Er schaute hoch zu der Anzeigetafel. Ihre Augen folgten seinem Blick. Ein Reflex. Noch zwei Minuten bis zur nächsten Bahn.

Er hatte nicht Nein gesagt. Sie wertete das als gutes Zeichen.

»Ich würde es einfach gern selbst überprüfen«, sagte sie.

»Warum bitten Sie nicht die Beamten, Ihnen die Aufnahme zu zeigen?«

Diese Frage hatte sie befürchtet. »Die Polizei …« Sie schlug einen verschwörerischen Tonfall an. »Sie wissen schon.« Emily blickte zu Boden, auf das Schachbrettmuster unter ihren Füßen. Ein Kaugummi klebte einige Meter entfernt auf der gelben Warnlinie.

Sie gab keine weitere Erklärung, hoffte, Graves würde verstehen. Vielleicht war es ein Moment der Solidarität zwischen zwei Zivilisten, die kein Vertrauen in die Behörden hatten. *Wir gegen die.*

Graves zögerte. Doch wieder war sie nicht sicher, ob dieses Zögern echt war. Fast wirkte es, als würde er mit ihr spielen, sie irgendwie zappeln lassen. Vielleicht wollte er auch nur Zeit schinden. Graves' linkes Auge zuckte. »Ich kann es probieren«, sagte er schließlich. »Wie oft bekommt man schon die Möglichkeit zu helfen?«

Der Kommentar irritierte Emily. Würde er ihr die Aufnahmen nur besorgen, um sich selbst besser zu fühlen?

»Sind Sie sicher, dass Sie sich und Ihre Freundin auf dem Video sehen wollen? Das sind vermutlich Bilder, die Sie nie wieder aus dem Kopf kriegen werden«, fragte er dann.

Emily nickte verwundert. Graves war der Erste in den ganzen Monaten, der zu verstehen schien, wie sich das Ganze für sie anfühlen musste, und sie rechnete es ihm an. Vielleicht hatte sie zu schnell über ihn geurteilt.

Er hatte es auf den Punkt gebracht. Ihr Kopf würde sie bis zum Ende ihres Lebens mit den verwackelten Videoaufnahmen quälen, das wusste sie jetzt schon. Doch sie hatte keine Wahl. »Ja.« Sie nickte. »Ganz sicher.«

»Haben Sie versucht, einen offiziellen Antrag zu stellen?«, fragte er. »Es gibt auf der Webseite von TfL ein Formular. Jeder, der auf einer Aufnahme im öffentlichen Nahverkehr aufgezeichnet worden ist, hat nach dem Datenschutzrecht die Möglichkeit, einen *Subject Access Request* zu stellen. Und …«

»Nein«, unterbrach sie ihn, bevor er komplett zurückruderte. »Können wir nicht eine …«, sie suchte nach dem Wort, »… Abkürzung nehmen?«

»Eine Abkürzung nehmen?«, fragte er leise, als wüsste er nicht, was sie meinte. Er blickte sich um. Behielt er den Bahnsteig im Auge, oder wollte er sichergehen, dass niemand ihr Gespräch belauschte. Seine Finger spielten an der Weste.

»Sie wissen schon …« Sie lächelte ihn an. »Sie haben doch ganz andere Möglichkeiten als ich.« Sie neigte den Kopf etwas zur Seite.

»Ich werde gucken, was ich tun kann. Die Videos werden in der Regel nur 14 Tage gespeichert.« Er zuckte mit den Schultern.

»Aber in so einem Fall …«

»In dieser Situation ist das vermutlich eine Ausnahme.« Er nickte. »Ich möchte Sie nur nicht enttäuschen.«

»Ich wäre Ihnen wirklich sehr dankbar.«

Er hob sein Mikrofon in die Höhe. »Ich muss die nächste Ansage machen.«

»Natürlich.« Sie machte einen Schritt zurück. Hob beide Hände, ein Zeichen der Kapitulation. Sie würde ihn nun in Ruhe lassen.

»Ich werde Ihnen die Aufnahmen nicht hier zeigen können«, sagte er.

»Das ist kein Problem«, erwiderte sie. Dankbar, dass er eingewilligt hatte. »Wir können uns gern an einem anderen Ort treffen.«

Sie musste sich bis zum übernächsten Morgen gedulden. Beinahe minütlich hatte sie seit ihrem Treffen mit Graves ihr Telefon zur Hand genommen, in der Hoffnung, eine Nachricht von ihm zu sehen.

Jetzt saß sie regungslos auf einem Küchenstuhl und starrte auf ihr Handy. Ihre Haut kribbelte, ihr ganzer Körper stand unter Strom. Auf diesen Moment hatte sie fieberhaft gewartet, doch plötzlich traute sie sich kaum, die Nachricht von Graves zu öffnen.

Ich habe die Aufnahmen. Heute Abend 21:15 Uhr. The Coach & Horses Pub. Soho.

Mehr stand da nicht. Doch mehr brauchte da auch nicht stehen. Eine Welle der Erleichterung überkam Emily, sie spürte beinahe, wie ein Gewicht von ihren Schultern genommen wurde, als sei die Aussicht, die Aufnahmen der Überwachungskamera ansehen zu können, bereits die Lösung ihrer Probleme.

Es war ein erster kleiner Sieg: Sie musste Schritt für Schritt vorgehen, um eine Beweiskette aufzubauen, dass Livs Tod kein Unfall oder Selbstmord gewesen war.

Ihre Finger tippten die Antwort. Sie zögerte. Löschte die Zeilen und begann wieder von vorne. Das einzige Geräusch in dem Appartement kam jetzt vom Tippen ihrer Finger auf dem Bildschirm. Sie las die Nachricht ein letztes Mal, und bevor sie noch länger zögern konnte, drückte sie auf »Senden«.

Danke. Ich werde dort sein.

Die Nachricht wurde sofort zugestellt. Ihr Blick klebte auf dem Display. Mehrere Minuten tat sich nichts. Keine Antwort. Keine Lesebestätigung.

Mit dem Zeigefinger fuhr sie über den Bildschirm, fast löschte sie die Nachricht aus Versehen. Dann legte sie das Telefon zur Seite.

Wie sollte sie den Tag bis heute Abend überstehen? Sie stand auf und fütterte Milo, der bereits seit einer Weile in der Küche auf und ab lief. Der Kater schien sich mittlerweile an sie gewöhnt zu haben. An guten Tagen begrüßte er sie sogar, wenn sie nach Hause kam.

Plötzlich überkam Emily das Verlangen nach einer Zigarette. Ihr Blick fiel auf ihre Handtasche, die an der Lehne eines Küchenstuhls hing. In dem Innenfutter hatte sie eine Notzigarette versteckt. Sie hatte das Rauchen vor einem Jahr aufgegeben, von einem Tag auf den anderen. Alex war damals einigermaßen beeindruckt gewesen. Vor seinen Augen hatte sie alle Zigaretten, die sie an jenem Tag in ihrer Wohnung finden konnte, im Müll entsorgt, ein symbolischer Akt, ein totales Klischee und doch wirkungsvoll.

»Du willst die Zigaretten wegschmeißen?« Er hatte sie entsetzt angeguckt. »Gib sie mir!«

»Nein«, hatte sie gesagt. »Diese Zigaretten müssen zerstört werden, sonst funktioniert es nicht.« Und genau das hatte sie getan. Bis auf eine.

Sie hatte diese Zigarette aufgehoben, ihre Notzigarette, die sie seither in dem gerissenen Innenfutter der Handtasche vor sich selbst versteckt hielt. Auf diese Weise hatte sie die Zigarette immer dabei, sie war ihr Geheimnis, und es gab Monate, da dachte sie nicht einmal dran. Das eingerissene Innenfutter war das perfekte Versteck, denn sie griff dort nicht versehentlich rein, und die Zigarette konnte ihr auch nicht plötzlich in die Hände fallen.

War jetzt der Moment gekommen? Hatte die Zigarette auf diesen Augenblick gewartet? Nein, allein der Gedanke, nach dieser langen Zeit schwach zu werden, verursachte ihr ein schlechtes Gewissen.

Emily ging zurück ins Wohnzimmer, griff automatisch nach ihrem Handy. Sie las ihre Nachricht an Graves ein zweites Mal. Keine Lesebestätigung. Keine Antwort.

Es war ja auch alles gesagt.

Sie atmete aus. Es waren noch Stunden, bevor sie sich auf den Weg machen musste. Kurz spielte sie mit dem Gedanken, Livs Mutter anzurufen, doch sie verwarf die Idee. Sie konnte an nichts anderes denken als an den heutigen Abend.

Wie würde ihr Gehirn auf das Video reagieren? Eine Situation zu sehen und trotzdem die Erinnerung nicht abrufen zu können, wie zwei Schablonen, die nicht aufeinanderpassten.

Ein Klopfen an der Tür riss sie aus ihren Gedanken.

Sein Blick klebte an dem Türrahmen der Nachbarwohnung. Tiefe Risse zierten das Holz, die weiße Farbe war abgeblättert. Trotzdem war der Rahmen in einem besseren Zustand als bei Wyndhams Wohnung.

Er hatte schon zweimal geklopft, und langsam verlor er die Geduld. Die Frau war zuhause, das wusste er, denn was sie nicht ahnte, war, dass er über eine Spiegelung in dem kaputten Sichtschutz erkennen konnte, ob sich in der Nachbarwohnung etwas bewegte. Da die Frau an einer Stelle das Zeitungspapier vor den Scheiben wieder entfernt hatte, konnte er ihren Schatten in der Wohnung herumlaufen sehen.

Warum öffnete sie nicht?

Er klopfte ein drittes Mal. Dieses Mal mit mehr Kraft, es war ein Klopfen, das seine Ungeduld zum Ausdruck brachte, aber das war ihm egal. Er hämmerte jetzt förmlich gegen die Tür.

Während er wartete, inspizierte er seine zerrissene Jeans. Mehrere Fäden hingen lose herunter, das Loch auf der rechten Seite wurde immer größer. Er trug diese Hose schon so viele Jahre. Er hatte sie auf dem Broadway Market gekauft, lange bevor der Markt zu einer Touristenattraktion geworden war; die Preise waren damals noch erschwinglich gewesen. Was hatte er für die Jeans zu der Zeit bezahlt?

Wieder fragte er sich, wie es sein musste, das Gedächtnis zu verlieren und damit auch einen Teil der eigenen Identität. Auch wenn es nur ein paar Stunden oder Tage waren, die fehlten, jeder Moment, jede Sekunde trug dazu bei, die eigene

Existenz zu leben, zu ordnen und zu verstehen. Das Vergessen einer Kleinigkeit, wie den Preis einer Jeans, das war nicht schlimm. Das Gehirn hatte diese Information gelöscht, weil sie nicht wichtig war. Doch wie musste es einem Menschen gehen, der eine Katastrophe vergessen hatte?

Mit einem Ruck wurde die Tür aufgerissen. »Hi.« Emily stand mit verschränkten Armen vor ihm, und eine Pause entstand. Zum ersten Mal fiel ihm das Muttermal neben ihrer linken Schläfe auf. Es gab ihrem Gesicht einen überraschten Ausdruck, beinahe, als würde sie dauerhaft eine Augenbraue nach oben ziehen.

»Hi«, sagte er schließlich. Streng dich an, dachte er, sie muss dich mögen. Er verzog den Mund zu einem Lächeln, und die Bewegung seiner Muskeln im Gesicht fühlte sich so verkehrt an, dass er Zweifel hatte, ob der Versuch nicht einer fürchterlichen Grimasse glich.

Er ging einen Schritt zurück in den Flur, als würde er sie nicht bedrängen wollen, fuhr sich durch die Haare, als wäre er unsicher.

Er war nicht gut darin, andere Menschen zu manipulieren. Konnte keine Emotionen vortäuschen, doch im Gefängnis hatte er gelernt, seine Körpersprache einzusetzen, falls eine Situation es erforderlich machte. Seine, wie er zumindest hoffte, defensive Haltung sollte der Frau ein Gefühl von Sicherheit geben.

»Was ist los?«, fragte sie.

»Ich wollte nur …« Er machte mit Absicht eine Pause. »Ich wollte nur fragen, ob alles in Ordnung ist.« Er schielte an ihr vorbei in die Wohnung. Überall lagen Gegenstände auf dem

Boden verstreut. Im Flur standen ein Staubsauger, ein Bügelbrett und ein Wäscheständer. Das Sofa war als Bett umgebaut, Decke und Kissen lagen auf dem Teppich. Schlief sie im Wohnzimmer? Das Appartement sah aus, als hätte eine Bombe eingeschlagen.

»Ja.« Sie hatte einen Schutzwall aufgebaut, keine Emotion zeigte sich in ihrem Gesicht. »Danke.«

Er kannte diesen Ausdruck nur zu gut. Er war der Meister der Ausdruckslosigkeit.

Für einen Augenblick fürchtete er, sie würde ihm wie beim letzten Mal die Tür vor der Nase zuschlagen wollen, doch sie schien sich einen Ruck zu geben. Lächelte ihn sogar an und bedeutete ihm mit einer Handbewegung einzutreten. »Komm rein.«

Das ließ er sich nicht zweimal sagen. Die Einladung war eine Überraschung. Der Polizist hatte ihr also noch keine Lügen erzählt.

»Entschuldige das Chaos«, sagte sie. »Ich habe angefangen auszusortieren, und es sieht etwas wild aus.« Das war eine Untertreibung.

Zumindest hatte sie damit bestätigt, was er wissen wollte, und es zeigte ihm, dass er keine Zeit verlieren durfte.

Sie lief voraus, zeigte auf eine Kommode, die an der Wand unter dem Fernseher stand, und sagte: »Die Korrespondenz einer anderen Person zu sortieren, ist am schlimmsten. Rechnungen, Verträge – ich muss mir das alles anschauen. Entscheidungen treffen. Und ich bin wirklich nicht gut bei diesen bürokratischen Dingen. Die ganze Schublade ist voll mit Briefen.«

Die Kommode also.

Sie fing an, das Bettzeug auf dem Sofa zur Seite zu räumen, um für eine Sitzgelegenheit zu sorgen. Sie plapperte, als wäre sie nervös. »Ich kann nicht schlafen«, erklärte sie, während sie die Decken und das Kissen auf einen Stuhl legte. Sie machte mit dem Kopf eine Bewegung zu den mit Zeitungspapier abgeklebten Fenstern. »Liv hat hier im Wohnzimmer keine Vorhänge oder Jalousien.«

Liv hat … Sie sprach von ihrer Freundin, als sei diese noch am Leben.

Das war also die Erklärung für die verdunkelten Fenster.

Sie deutete auf das Sofa, als sie alles frei geräumt hatte. »Setz dich.«

Die Tatsache, dass sie ihn in die Wohnung gelassen hatte und ihm einen Platz anbot, verriet ihm, dass sie sich noch immer nicht erinnert hatte. Sonst würde er jetzt nicht hier sitzen.

Trotzdem wollte er es aus ihrem Mund hören, er brauchte diese Rückversicherung. »Ich will nicht stören. Aber diese ganze Sache …« Er atmete aus. »Liv war immerhin meine Nachbarin.«

Emily schaute ihn einen langen Moment an, ohne etwas zu sagen. Ihr Blick war abwartend, fast lauernd.

»Du erinnerst dich immer noch nicht?«, fragte er dann und musste schlucken.

»Nein.« Sie schüttelte den Kopf. »Es ist alles weg.«

Das war gut.

»Ich habe allerdings ziemlich … intensive Träume«, sagte sie.

Ihm gefror das Blut in den Adern. Die Erleichterung war nur von kurzer Dauer gewesen. *Träume also.*

Träume waren nicht gut.

Die Frau verschränkte wieder die Arme vor der Brust. Sie vertraute ihm nicht. Warum aber hatte sie ihn in die Wohnung gelassen?

Aus irgendeinem Grund verunsicherte ihn ihr Verhalten, es wirkte beinahe irrational. »Woher kanntet ihr euch denn? Liv und du?«, fragte er. Neue Taktik.

»Wir sind zusammen aufgewachsen, waren schon in der Grundschule befreundet und …« Sie brach ab, schüttelte den Kopf, als würde sie die Erinnerung an die Vergangenheit nicht ertragen.

»Solche Freundschaften sind selten«, sagte er. »Nicht, dass ich aus Erfahrung spreche.« Er guckte nach unten. »Ich bin eher ein Einzelgänger.« Er musste authentisch bleiben, wenn er ihr Vertrauen gewinnen wollte.

»Manche Leute haben die Fähigkeit, uns aus der Reserve zu locken. Liv war ziemlich gut mit Freundschaften.« Sie guckte nach unten, starrte auf ihre Knie, ihre Hände ineinander verknotet.

»Ich hatte mal einen Kumpel, aber wir haben uns immer nur gestritten«, sagte er, weil er nicht wusste, was er sonst sagen sollte. Das war eine Lüge, denn diesen Freund gab es nicht.

Das Einzige, was einer Freundschaft am nächsten kam, war der gemeinsame Schulweg mit Kieran gewesen, der im Nachbarhaus in Dalston aufgewachsen war, als seine Mutter noch lebte, und den er aus den Augen verloren hatte, nachdem er zu Onkel Wyndham gezogen war – fast als wäre er in ein anderes Land ausgewandert und nicht nur einen Stadtteil weiter. Und Pete, sein ehemaliger Zellengenosse.

Er dachte wieder an die Telefonnummer, die Pete ihm gegeben hatte. Wie wichtig Freundschaften sein konnten, begriff er irgendwie erst jetzt.

»Vielleicht ist das die ehrlichste Art von Freundschaft, die man sich wünschen kann«, sagte Emily und riss ihn aus seinen Gedanken.

Shakes räusperte sich. Das Gespräch drohte ins Stocken zu geraten. Es wurde Zeit. »Kann ich vielleicht ein Glas Wasser bekommen?« Er fasste sich an den Hals. »Ich habe irgendwie …«

»Entschuldige.« Sie schlug sich die Hand vor den Mund und sprang auf. »Ich hätte dir natürlich etwas anbieten müssen. Wasser oder Tonic Water? Was anderes habe ich gerade nicht da.«

»Wasser ist gut.«

Emily verschwand in die Küche. Kaum war sie durch die Tür, stand er auf und sah sich um, versuchte das Chaos zu ignorieren und ein System zu erkennen. Sein Blick flog über Kommode und Wohnzimmertisch. Zeitungen. Papiere. Er scannte die Einrichtung. Welche Sachen hatte sie bereits durchgeschaut? Wo war der Rest? Vielleicht im Schlafzimmer?

Doch bevor er einen weiteren Gedanken fassen konnte, kam Emily schon zurück und sah ihn in der Mitte des Zimmers stehen. »Alles okay?«, fragte sie verwundert und hielt ihm das Glas entgegen.

»Ja.« Gierig trank er das Wasser in einem Zug aus, er war tatsächlich durstig gewesen. Er würde wiederkommen müssen.

»Ich will herauszufinden, was mit Liv passiert ist«, sagte Emily plötzlich. Er hörte Entschlossenheit in ihrer Stimme. Und noch etwas anderes. Provokation?

Er setzte sein Pokerface auf. »Was mit Liv passiert ist? Die Polizei hat ihre Ermittlungen doch eingestellt.«

»Die Polizei ...« Emily lachte verächtlich. »Gibt es keinen Beweis für eine Straftat, dann gehen die Beamten nach der Statistik. Die Wahrscheinlichkeit, durch einen Unfall oder Selbstmord auf die Gleise zu stürzen, ist höher als ein Fremdverschulden.«

»Straftat?« Alarmiert zog er eine Augenbraue hoch.

Emily zuckte mit den Schultern. »Werde nie Opfer einer Gewalttat, wenn eine U-Bahn neben dir einfährt.«

Er wusste nicht, was er sagen sollte.

Am besten wäre es wohl, er würde sich von ihr fernhalten. Diese Frau war ein Problem. Das verstand er nun. Sie hatte keinen blassen Schimmer, in was für eine Angelegenheit sie verstrickt war. Durch ihre verlorene Erinnerung und die Suche nach der Wahrheit konnte sie ein Erdbeben auslösen.

»Vielleicht werden die CCTV-Aufnahmen meinem Gedächtnis auf die Sprünge helfen. Die sehe ich heute Abend zum ersten Mal«, sagte sie. Wieder klang ihre Stimme herausfordernd. Sie erzählte ihm das nicht ohne Grund, das war eindeutig. Wollte sie seine Reaktion testen? Irgendwie hatte er das Gefühl, dass nicht nur er keine ehrlichen Absichten hatte, sondern auch diese Frau ein Spiel mit ihm spielte.

Dann fiel ihm etwas anderes auf. Er riss die Augen auf, denn er konnte seine Überraschung nicht verbergen. »Du hast das

Video aus der Station bisher nicht angeschaut?« Er dachte an ihr Gespräch mit DS Wood, das er vom Balkon aus beobachtet hatte.

»Nein.«

»Wird die Polizei dir die CCTV-Aufnahmen zeigen?« Das Wichtigste war, dass die Aufzeichnung ihre Erinnerung nicht plötzlich zurückbrachte.

Sie schüttelte den Kopf. »Der Mitarbeiter von TfL hat mir das Video besorgt.«

Beinahe lachte er auf. Das Ganze war absurd. Glaubte sie, Informationen zu bekommen, die der Polizei entgangen waren? Doch vermutlich musste man ihr zugutehalten, dass eine fehlende Erinnerung jeden Menschen in ein naives Wesen verwandelte. Das war nur verständlich, denn die Alternative wäre, von Paranoia getrieben zu sein und voller Misstrauen durch die Welt zu gehen.

»Die Polizei …« Sie brach ab. »Ich weiß auch nicht …« Sie ließ ihren Satz unvollendet.

Er nickte ihr zu. Sie sollte bloß nicht die Polizei involvieren. »Triff dich mit dem Mitarbeiter von TfL.«

Was musste er anstellen, um ihr Vertrauen zu gewinnen? Er wusste es nicht, doch er hatte immer noch einen Joker in der Hinterhand. Wenn er diese Karte ausspielte, gewann er das Spiel. Es war ein Risiko. Der Einsatz hoch. Doch die Frau würde ihm vertrauen. Sie konnte gar nicht anders. »Viel Erfolg«, sagte er und stand auf.

Er durfte sie nicht mehr aus den Augen lassen. »Sag Bescheid, wenn ich dir in den nächsten Tagen irgendwie helfen kann.« Er zeigte unbestimmt auf das Chaos in Flur und Wohnzimmer. »Oder wenn du Gesellschaft möchtest«, sagte er und bereute es sofort, denn er wollte sie nicht bedrängen. »Sorry, ich wollte nicht …«

Die Frau schüttelte den Kopf. »Schon gut«, sagte sie. Dann: »Vielleicht kannst du das tatsächlich. Mir Gesellschaft leisten.«

Er lächelte. Na bitte.

Es war gut gelaufen. Und auch wenn er nicht gerade stolz auf seine nächsten Taten sein würde – so hatte er doch keine Wahl.

LIVS TAGEBUCH

Sterne und Unwetter machen den Menschen bewusst, wie klein wir alle sind. Ich habe die Theorie, dass Leute, die in Hochhäusern und Wolkenkratzern wohnen, eine ganz andere Perspektive auf das Leben haben.

Ich liebe alles an dieser Wohnung, aber der Blick ist das Beste. Die meisten Bewohner haben die Tendenz, falls sie irgendwann im Barbican eine andere Wohnung ergattern können, in einen Tower zu ziehen. Doch selbst hier, in der sechsten Etage des Gilbert House, kann ich das Wetter aus Richtung Westen aufziehen sehen. Das Versprechen von Regen zum Beispiel, schwarze Wolken, eine Naturgewalt, die niemand aufhalten kann und die ohne Erbarmen auf London zusteuert.

Ich liebe Unwetter, kann Stunden in den Himmel starren, und wenn schlaue Architekten die Gebäude so ausrichten, dass der Blick unverbaut ist, wird der Himmel zum Gemälde.

Das interessanteste Gespräch über meinen Ausblick und Menschen in Hochhäusern hatte ich auf meiner Einweihungsparty. Auch wenn sie schon zwei Jahre her ist, erinnere ich mich an jedes einzelne Wort dieser Konversation. Wie könnte ich das Gespräch je vergessen? Diese Party war der Auslöser. Der Urknall, der Big Bang, auch wenn mir das in dem Moment natürlich nicht klar war.

»Eine Studie hat herausgefunden, dass Leute in Hochhäusern häufig unter psychischen Problemen leiden«, hatte er gesagt und mir ein Glas Sekt entgegengehalten.

Ich hatte ihn tatsächlich einen Augenblick fassungslos angestarrt, denn ich war vom Gegenteil überzeugt. »Dann wohnen die aber nicht im Barbican. Die Idee der Architekten war es, das Leben auf einer höheren Ebene stattfinden zu lassen, weil es den Geist befreit.«

»Du meinst den See und die Grünflächen zu unseren Füßen, Straßen, die im Untergrund verschwinden, und Fußgängerbrücken, wie die High Walks, die zwischen den Gebäuden gebaut wurden?«

Ich glaube, das war der Start. In Gedanken gratulierte ich mir in diesem Moment dazu, ihn eingeladen zu haben.

Aus irgendeinem Grund hatte ich ein paar Tage vor der Party Bedenken gehabt, dass nicht genug Leute kommen würden; es war diese uralte Angst, dass man nicht beliebt genug sein könnte. Die Vorstellung einer Handvoll Gäste, die vor einem Buffet mit zu viel Essen und Getränken steht, hatte mich in der Nacht nicht schlafen lassen. Ich hatte Kollegen von der Arbeit eingeladen. Emily war da, natürlich. Doch zu guter Letzt lud ich spontan einige Leute aus dem Barbican ein, mit denen ich mal einige Worte gewechselt hatte.

Hätte ich geahnt, was diese Entscheidung für Auswirkungen haben würde, hätte ich mir diese Einladungen zweimal überlegt.

Ich hatte Maura aus 2353C eingeladen, mit der ich an meinem ersten Tag im Barbican im Fahrstuhl ein Gespräch über die Wohnanlage geführt hatte und wie leicht man sich als neuer Bewohner verlaufen kann.

Maura wohnt auf der 23. Etage in einer WG im Cromwell Tower mit zwei anderen Frauen, und sie versprach, die ganze Bagage zu meiner Party zu bringen. Sie hielt ihr Versprechen, doch die drei tranken ausschließlich Prosecco, und zwar in solchen Mengen, dass um 22:00 Uhr nichts mehr da war. Ich musste beim Tesco auf der anderen Straßenseite Nachschub kaufen gehen. Und ich lud Alex ein.

Alex. Alex. Alex.

Alex hatte ich erst am Vortag bei dem Versuch kennengelernt, eine Abkürzung durch das Barbican zu finden. Schon als ich ihn einige Meter entfernt stehen sah, in seinen schwarzen Sportklamotten, gefiel er mir. Seine Körperhaltung strahlte irgendwie Männlichkeit aus, seine Oberarme zeichneten sich unter dem T-Shirt ab. »Das Barbican ist ein Labyrinth«, lachte er.

Schon in dem Moment wusste ich, dass es kein Zurück gab. Der und kein anderer. Das Ganze war perfekt: Ich hatte eine neue Wohnung und bekam den Mann direkt dazu.

Für einen kurzen Moment schien jedes Puzzleteil in meinem Leben an die richtige Stelle zu fallen. Und dann verliebt sich der Idiot in Emily. Auf meiner Einweihungsparty. Während ich im Tesco auf der anderen Straßenseite Prosecco kaufe.

Ich meine, wer kann das bitte vorhersehen?

Doch das ist Vergangenheit. Ich habe das abgehakt. Wie ich vor einer Weile schon schrieb: Ich habe lange genug gewartet. Im Job. Privat. Jetzt bin ich an der Reihe. Ich habe ein neues Ziel.

Er wird sich in mich verlieben.

Er weiß das bloß noch nicht.

EMILY

Bunte Pfützen auf dem Gehweg. Die Lichter der Theater, Nachtclubs, Bars und Restaurants spiegelten sich auf den nassen Gehwegplatten in Soho, verwandelten den Asphalt in ein Meer aus Farben. Ein Gemälde. Moderne Kunst.

Emily lief Slalom um die Überreste eines Burgers, den jemand fallen gelassen hatte, vielleicht hatte er auch nicht geschmeckt. Zwiebeln und Salat lagen neben einem halben Brötchen und Hackfleisch. Moderne Kunst abgelöst durch ein Stillleben.

Sie eilte die Shaftesbury Avenue hinunter. Menschen kamen ihr entgegen, alle jene, die nicht ihren Abend im Theater verbrachten, denn um diese Uhrzeit liefen gerade die Vorstellungen im West End. In weniger als einer Stunde würden die Zuschauer durch die Türen strömen, auf dem Weg nach Hause oder in eine Bar – und die Straßen für eine kurze Zeit in ein Tollhaus verwandeln, ein Albtraum für die Bewohner des Stadtteils, bevor die Gehwege sich im Anschluss wieder leerten. »Ebbe und Flut«, hatte Liv es immer genannt. Ebbe und Flut in Soho.

Emily überquerte eine Straße, eilte weiter, hatte keinen Blick für die Theater oder die Schaufenster der Geschäfte. Sie war spät dran, was vor allem daran lag, dass sie entschieden hatte, den gesamten Weg vom Barbican bis Soho zu Fuß zu laufen. Auf diese Weise hatte sie sich selbst einen Ausweg gelassen. Sie konnte jederzeit abbiegen, einen Umweg laufen, zurückgehen – anders als eine Fahrt mit der U-Bahn, die sie ohne Erbarmen direkt in Soho ausgespuckt hätte.

Kurz hatte sie tatsächlich überlegt, das Treffen mit Graves in letzter Sekunde abzusagen. Wobei das natürlich keine Option gewesen war, keine echte Option zumindest, mehr ein Gedankenspiel, um das Gefühl von Beklemmung in ihrem Brustkorb loszuwerden. Allein der Gedanke an das Video ließ ihre Eingeweide zusammenziehen. Doch sie hatte keine Wahl, denn eine zweite Chance würde sie nicht bekommen.

Sie sprang über eine Pfütze und stieß beinahe mit einem Pärchen zusammen, das gerade aus einem Taxi stieg. »Sorry.«

Die Frau guckte sie angesäuert an. Sie trug einen Pelz um die Schultern, vielleicht sogar einen echten, und Stilettos. Emily zuckte mit den Schultern und lief weiter.

Während sie an der nächsten Ecke in die Dean Street bog, rein ins nächtliche Soho, das ehemalige Künstlerviertel und Auffangbecken aller Unangepassten der Stadt, musste sie an Shakes denken, wie er vor ihrer Tür gestanden hatte, seine Locken, der durchdringende Blick. Die Narbe auf der Wange. Er sah im Grunde ziemlich gut aus hinter dieser harten Fassade. *Von Hill hältst du dich fern.*

Sie hatte Alex' Warnung im Ohr gehabt, als sie Shakes in die Wohnung gelassen hatte. Doch sie hatte gute Miene zum bösen Spiel gemacht und alle Bedenken in den Wind geschossen. Sie musste freundlich zu ihm sein; Zeit mit ihm verbringen, anders würde sie sein Vertrauen nicht gewinnen können. Und sein Vertrauen brauchte sie, um ihm auf den Zahn zu fühlen, ihm Informationen zu entlocken und vielleicht einen Beweis zu finden, dass sie recht hatte.

Doch wie gewann man das Vertrauen einer Person, der man nicht über den Weg traute? Zudem schien Shakes nicht gerade ein Mensch zu sein, der leichtfertig Vertrauen schenkte.

Er hatte sich überhaupt nichts anmerken lassen, schien keinen Gedanken daran zu verschwenden, dass er mit der Freundin der Toten in deren Wohnung saß. In der Wohnung jener Frau, die ihn einen Tag vor ihrem tödlichen Sturz auf die Gleise bei der Polizei wegen eines körperlichen Übergriffs angezeigt hatte.

Es war eine perfekt inszenierte Doppeltäuschung gewesen. So viel stand fest.

Emily zog ihre Schultern hoch, der Wind war kalt an diesem Abend, und starke Böen fegten über die Dean Street und peitschten ihr den Regen erbarmungslos entgegen. Einen Schirm hatte sie nicht dabei. Doch immerhin war ihr, kurz bevor sie die Wohnung verlassen hatte, im letzten Moment das Polaroidfoto von Shakes auf dem Sofa eingefallen, das sie zwischen den Zeitschriften gefunden hatte. Sie wollte Graves den Abzug zeigen, wollte wissen, ob er sich an den Mann auf dem Bahnsteig erinnerte.

Sie lief gerade an einem weiteren Taxi vorbei, das neben ihr angehalten hatte, dieses Mal war sie vorsichtig, wollte keinen weiteren Zusammenstoß riskieren, da blieb sie plötzlich stehen. Irgendetwas stimmte nicht.

Sie drehte sich um.

Merkwürdig, dachte sie. Sie konnte nicht erkennen, was der Auslöser ihres Gefühls war. An der Ecke sprang eine Ampel auf Rot. Eine Gruppe Touristen stand unter dem Vordach einer Imbissbude. Sie schaute zur Seite. Da war niemand. Nichts. Neben ihr war ein winziges Lebensmittelgeschäft, ein Feinkostladen mit Marmelade, Pasteten und Schweizer Schokolade im Schaufenster. Es war geschlossen, und sie konnte den Verkaufsraum in der Dunkelheit kaum erkennen. Hatte sich dort gerade etwas hinter dem Tresen bewegt?

Emily ging etwas näher an die Scheibe des Schaufensters.

Sie sah ihre Spiegelung. Emily Moore. Lange Haare, nicht gebürstet. Gehetzter Blick. Eingefallene Wangen. Selbst in der Weichzeichnung der Scheibe sah sie zehn Jahre älter aus, als sie war. So weit, so schlecht. Dann riss sie die Augen auf.

Neben ihr stand *Liv*.

Emily sprang mit einem Satz nach hinten.

Weg von der Scheibe.

Vorsichtig drehte sie den Kopf zur Seite. Niemand war in ihrer Nähe. Natürlich nicht. Sie stand allein auf dem Gehweg.

Als sie wieder zum Schaufenster schaute, sah sie nur die Spezialitäten. Und sich selbst. Liv war verschwunden.

Die Geister hatten sich aufgelöst.

Weiter, dachte sie. Geh einfach weiter, denk nicht drüber nach. Sie trat vom Gehweg auf die Straße, wollte die Seite wechseln, da hupte ein Auto, und sie sprang erschrocken zurück. Der Fahrer machte eine eindeutige Handbewegung.

»Entschuldigung«, rief sie und zuckte mit den Schultern. Sie ließ den Passat vorbeifahren und überquerte einige Meter entfernt den Zebrastreifen, drehte sich im Gehen noch einmal um. Doch die Straße, in der sie lief, war bis auf wenige Menschen leer.

Es gab keine Erklärung für ihr Gefühl. Ihre Nerven lagen wohl einfach blank.

Nun gesellt sich also auch noch Paranoia zu all den Dingen, die mit meinem Gehirn nicht stimmen, dachte sie. Oder war es der Entzug des Amitriptylin? Ihr Arzt hatte sie gewarnt.

Nein, sie glaubte es nicht. Die Verfolgung fand nicht hier auf der Dean Street durch eine andere Person, Geister oder fehlende Chemie in ihrem Blut statt, sondern in ihrem Kopf. Sie jagte sich selbst.

Ein paar Minuten später stand sie vor dem The Coach & Horses in der Greek Street. Die Scheiben der Sprossenfenster waren beschlagen, doch sie konnte sehen, dass drinnen viel los war. Soho wurde seinem Ruf als Ausgeh- und Partymeile an jedem Wochentag, zu jeder Stunde und Minute gerecht. Sie warf einen Blick auf ihr Handy. 21:15 Uhr. Sie war pünktlich.

Emily atmete tief ein, roch die Abendluft, eine Mischung aus nassem Asphalt, Bier, Tabak- und Marihuana und dem untrüglichen Geruch nach Herbst. Süß. Erdig. Faulig. Selbst im unangepassten Soho hielten die Jahreszeiten Einzug. Der Stadtteil musste sich dem Lauf der Natur beugen.

Bevor sie zögern konnte, öffnete sie die Tür.

Wärme schlug ihr entgegen. Die stickige Luft raubte ihr für einen Augenblick die Luft. Der Innenraum war mit Menschen gefüllt, Musik dröhnte aus den Lautsprechern, und der Geräuschpegel war beachtlich. Das Licht war dämmerig, nur an der Bar hingen einige Strahler, deren Schein auf die Flaschen im Regal gerichtet waren. Die Wände und der Boden, ja sogar die Decke waren mit Holz vertäfelt.

Hier hatte sich seit mindestens vier Jahrzehnten nichts verändert, und plötzlich hatte Emily eine Vision des Pubs in den

Siebziger- oder Achtzigerjahren, wie es bevölkert war mit Gästen, deren Mode sich im Lauf der Zeit gewandelt hatte, während die Einrichtung stets dieselbe geblieben war. Nur die Kleidung der Leute und die Alkoholmarken hinter der Theke verrieten, dass sie nicht aus der Zeit gefallen war und eine Reise in die Vergangenheit gemacht hatte.

Emily schaute sich um und entdeckte Paul Graves. Er saß in einer Ecke, die Schultern hochgezogen, an einem Tisch im hinteren Bereich des Pubs. Ein Pint Bier stand vor ihm, es war fast leer. Er war also schon länger hier. Aus irgendeinem Grund irritierte sie das, als hätte er mit seinem frühen Erscheinen das Territorium abgesteckt.

Graves schien auf sein Handy zu starren, und sie konnte nicht einschätzen, ob er sie noch nicht gesehen hatte oder nur so tat.

Sie atmete erneut tief ein, musste irgendwie ihre Nerven beruhigen, dann ging sie als Erstes zur Theke. Sie konnte die Anspannung kaum aushalten und brauchte einen Drink, sofort. Nein, sie brauchte zwei Drinks. »Einen doppelten Gin Tonic«, sagte sie zu dem Barkeeper, als sie an der Reihe war. Sie war für einen Augenblick ein Gast wie jeder andere, auf der Suche nach Entspannung.

»Hey.« Kurz darauf stellte sie ihr Glas auf dem Tisch ab und setzte sich gegenüber von Graves. Ihre Stimme strahlte ein Selbstbewusstsein aus, das sie selbst erstaunte. Sie schien eine andere Person zu sein, als würde sie diese Szene von außen betrachten, und diese Vorstellung half ihr, die Nerven zu behalten.

Graves schaute überrascht hoch. »Ich hätte Ihnen einen

Drink ausgegeben«, sagte er und klang beinahe enttäuscht. Er lächelte, und das Erste, was sie dachte, war, dass ihr das Lächeln nicht gefiel.

»Ist nicht nötig«, sagte sie schnell. »Ich schulde wohl eher *Ihnen* ein Getränk.« Sie nahm einen großen Schluck von ihrem Gin Tonic. Direkt einen zweiten. »Haben Sie das Video?« Sie wollte das Ganze so schnell wie möglich hinter sich bringen und sich nicht mit Höflichkeiten aufhalten.

Graves trug ein enges Jeanshemd zu seiner schwarzen Hose. Seine kurzen Haare waren nass. Oder war es Gel? Er wirkte ganz anders als in der Holborn Station mit seiner Weste. Er hatte sich für dieses Treffen zurechtgemacht.

»Small Talk ist nicht Ihre Stärke, was?« Er legte sein Handy zur Seite und faltete die Hände.

»Tut mir leid.« Sie leerte mit einem Zug ihr komplettes Glas. Kurz überlegte sie, zurück an die Theke zu gehen und für Nachschub zu sorgen, doch sie verwarf den Gedanken. Sie musste das Video bei klarem Verstand anschauen. »Und?«, fragte sie dann. Sie konnten das Ganze hier abkürzen, falls er die CCTV-Aufnahme doch nicht hatte und nur bluffte. »Ich bin etwas nervös.« Sie hoffte, dass ihre Ehrlichkeit und ein entwaffnendes Lächeln halfen.

»Ich habe das Video«, sagte er knapp. Er bewegte sich nicht, keinen Millimeter, sein Blick durchbohrte sie. Er spielte mit ihr.

Warum?, dachte sie. Sie war eine Freundin des Opfers. Kein Mensch, der einen Funken Empathie hatte, legte so ein Verhalten an den Tag. Oder bildete sie sich das alles ein? Emily kniff die Augen zusammen. »Dann zeigen Sie es mir. Bitte.« Neue Strategie: klare Ansagen. Es kostete sie Kraft, aber sie durfte sich nicht von ihm verunsichern lassen. Für einen kurzen Moment glaubte sie, er würde den Kopf schütteln, doch dann griff er nach seinem Handy. Seine Finger fuhren über den Bildschirm, schließlich legte er das Telefon auf dem Tisch ab, drehte es in ihre Richtung, so dass sie das Display sehen konnte.

Emily konnte nicht sitzen bleiben, stellte sich hin, doch ihre Knie wackelten, ja, ihre Beine zitterten plötzlich so stark, dass sie sich mit den Armen am Tisch abstützen musste.

»Dies sind die Aufnahmen der zweiten Kamera unten am Bahnsteig. Die Bilder sind relativ unscharf. Mein Kontakt hat das Video für mich mit seinem Handy abgefilmt. Aber CCTV-Aufnahmen sind immer unscharf«, erklärte er.

Sie starrte auf den Bildschirm, auf das Standbild, das nur darauf wartete, abgespielt zu werden. Ein Riss zog sich quer über das Display seines Telefons, an einer Ecke war das Glas gesplittert, so dass man bis auf das Innenleben des Handys sehen konnte.

»Sind Sie sicher, dass Sie das Video angucken wollen?« Er schaute sie prüfend an, als trüge er irgendeine Art von Verantwortung. Er legte ihr seine Hand auf den Arm, und sie erwartete, dass sich die Berührung unangenehm anfühlte, doch das tat es nicht. Sie spürte gar nichts.

Emily nickte. Mechanisch. »Bitte.«

Graves nahm die Hand wieder weg und drückte auf »Play«.

Die Aufnahmen waren schwarz-weiß und tatsächlich unscharf. Die Kamera hatte nur alle paar Sekunden ein Bild gemacht, so dass das Video wie eine Aneinanderreihung von Fotos wirkte. Ein Daumenkino, bestehend aus Einzelbildern, das ihrem Gehirn die Illusion einer Bewegung vorgaukelte. Die Menschen bewegten sich wie Roboter.

Emily hielt den Atem an. Es dauerte nur ein paar Sekunden, dann sah sie ihre Freundin. Da war Liv! Sie lief gerade vor einem Werbeplakat den Bahnsteig runter.

Liv, die lebende Liv. Liv, die immer etwas federte, wenn sie einen Schritt vor den anderen setzte, als hätte sie zu viel Energie. Selbst in dieser Sequenz von Einzelbildern konnte Emily diesen Gang erkennen. Und neben Liv ging eine Frau, die in diesem Moment mit den Händen gestikulierte: Sie selbst.

Emily konnte es nicht fassen. Natürlich hatte sie gewusst, dass sie dort am Bahnsteig gewesen war, aber sich selbst zu sehen, die Emily in dem Video, und sich trotzdem die Erinnerung nicht ins Bewusstsein rufen zu können, war ein Schock. Alles, was sie hier sah, war genau so passiert.

Dies war kein Albtraum.

Dies war kein Film.

Dies war die Realität.

Nur eine Handvoll Leute war auf dem Bahnsteig, trotzdem herrschte ein Kommen und Gehen an jenem Morgen in der Holborn Station. Aus dem Tunnel trat ein Mann, gleichzeitig verschwanden zwei Frauen in Richtung Treppe. Ein Kind ging an der Hand der Mutter und lachte, während es einen Hüpfer nach vorne zu einer Bank machte.

Emily entdeckte jetzt auch Graves auf dem Video. Er hielt sein Mikrofon in der Hand und lief in diesem Augenblick – genau wie sie und Liv – Richtung Bahnsteigende. *Er ist in unserer Nähe gewesen.*

Mittel und Gelegenheit, dachte sie plötzlich und warf Graves einen Blick zu. Doch schnell zwang sie ihren Blick zurück zum Bildschirm, wollte keine Sekunde des Videos verpassen. Die zu diesem Zeitpunkt noch quicklebendige Liv zeigte plötzlich auf irgendetwas, und es sah aus, als würde die Video-Emily den Kopf schütteln. Wie konnte sie das alles vergessen haben? *Worüber haben wir uns unterhalten?*

Emily wusste nicht, wie lange sie noch durchhalten würde. Zu wissen, dass diese Frau, ihre Freundin, die dort zu sehen war, nicht ahnte, dass sie in wenigen Sekunden tot sein würde, war mehr, als sie ertragen konnte.

Dann waren Liv und sie plötzlich verschwunden. Genau wie Graves und auch eine junge Frau, die kurz zuvor neben ihnen gewesen war. Der Erdboden hatte sie alle verschluckt.

Der tote Winkel.

»Es sind nur vier bis fünf Meter«, sagte Graves, der das Video ebenfalls anschaute. Er deutete mit einem Zeigefinger auf einen Punkt auf dem Bildschirm. »Hier hätte die andere Kamera übernehmen sollen, aber wegen der Bauarbeiten …«

Emily hörte nicht zu.

Sekunden verstrichen.

Sekunden, über die sie nicht nachdenken wollte.

Sekunden, in denen das Leben eines Menschen ausgelöscht wurde.

Die Zeit stand still.

Und dann tauchte plötzlich die Video-Emily wieder im Bild auf. Allein. Sie eilte jetzt in die entgegengesetzte Richtung, lief auf die Kamera zu, drehte sich im Laufen noch einmal um. *Weg. Ich muss hier weg.*

Emily sah mehrere Passagiere, die gestikulierend auf die

Gleise zeigten, ein Mann rannte aus dem Bild. Dann kam die U-Bahn ins Bild geschossen.

Emily starrte auf die Lok, die Waggons, alles sah genauso aus wie bei jeder anderen Piccadilly Line. Mit dem Unterschied, dass diese U-Bahn gerade einen Menschen getötet hatte.

Sie ging noch etwas näher an das Handy. *Was mache ich da?*

Die Video-Emily stand einen Moment lang auf dem Bahnsteig, so, als würde sie zögern. Dann verschwand sie mit großen Schritten durch die Unterführung, Richtung Central Line. Genau wie Alex gesagt hatte.

Emily atmete aus. Sie spürte, dass Graves sie beobachtete, doch ihr Blick blieb auf den Bildschirm geheftet. Die Aufnahme war noch nicht zu Ende.

Und dann sah sie ihn.

Ein Mann lief über den Bahnsteig. Gesenkter Kopf. Schwarze Baseballkappe. Das durfte nicht wahr sein. Sie hielt sich eine Hand vor den Mund, unterdrückte in letzter Sekunde einen Aufschrei. Eine Sekunde später war der Mann verschwunden.

Das Video war unscharf, aber die schwarze Kappe – sie war plötzlich sicher, Shakes gesehen zu haben.

Alex hatte behauptet, die Beamten hätten Shakes nur auf der Rolltreppe und auf Bahnsteig 4 entdeckt. Konnte so ein Fehler passieren?

Vielleicht produzierte ihr Gehirn Bilder, weil sie wollte, dass Shakes dort gewesen war. Eine schwarze Baseballkappe war nicht gerade selten. *Das Gehirn mag keine fehlenden Puzzleteile. Also erfindet es welche.*

Das Video stoppte. Die Show war vorbei. Emily schwieg einen Moment. Dann sagte sie das Erste, was ihr in den Sinn kam: »Kann ich das Video noch einmal sehen?«

»Klar.« Paul Graves startete die Aufnahme erneut.

Dieses Mal beobachtete sie nicht nur sich und Liv, sondern auch die anderen Menschen am Bahnsteig. Gab es irgendein Muster? Ein auffälliges Verhalten? Von *irgendwem?*

Natürlich war ihr klar, dass die Profis der Polizei das Bildmaterial analysiert hatten. Trotzdem. Sie beobachtete zwei Jungs, vielleicht zwölf oder dreizehn Jahre alt. Sie trugen Sporttaschen über der Schulter und setzten sich auf die Sitzbänke unter der Anzeigetafel. Dann wanderte ihr Blick zu Paul Graves im Video, der in diesem Moment wieder hinter ihnen herlief.

Warum war er ihnen gefolgt? War es Teil seines Jobs, dafür zu sorgen, dass er den gesamten Bahnsteig zu jedem Zeitpunkt im Blick hatte? Ging er vor und zurück? Die Male, wo sie mit ihm am Bahnsteig gesprochen hatte, hatte er das nicht getan.

Warum hatte *er* denn eigentlich nichts gesehen?, fragte sie sich plötzlich. Er war so nah gewesen, mit ihnen gemeinsam im toten Winkel. Und was war mit der jungen Frau?

Warum, verdammt, hatte niemand etwas beobachtet? Der Sturz musste zu schnell passiert sein. Eine Sekunde, in der niemand auf Liv geachtet hatte.

Emily warf Graves einen Blick zu. Plötzlich war ihr seine körperliche Nähe bewusst, er stand jetzt direkt neben ihr, genau wie im Video, und hatte keine Ahnung, welche Gedanken ihr durch den Kopf gingen.

Ihre Augen brannten, doch es lag nicht an der Wärme im

Pub oder an Tränen – nein, sie traute sich nicht zu blinzeln aus Sorge, ein Detail zu verpassen.

Wann war Shakes aufgetaucht? Ihre Augen suchten nach der vertrauten Gestalt. Und tatsächlich. Sie erkannte den Moment genau, er trat auf den Bahnsteig in der Sekunde, in der zwei Frauen Richtung Rolltreppe verschwanden. Leider verdeckten sie den Mann zur Hälfte, und das Gesicht war nicht zu erkennen. *Aber diese Kappe …*

Die Polizei hatte einen Fehler gemacht, sie war jetzt sicher. Sie war die ganze Zeit schon sicher gewesen, und hier hatte sie endlich den Beweis.

»Was ist«, fragte Graves, »haben Sie etwas entdeckt?« Neugier sprach aus seiner Stimme. »Sie sehen aus, als hätten Sie einen Geist gesehen.«

»Nein, ich dachte nur …« Er hatte ja nicht unrecht. Sie wurde von Geistern verfolgt.

Sie starrte weiter auf das Video. »Ich dachte, ich hätte jemanden erkannt.«

»Und?«

»Ich habe mich getäuscht«, log sie. »Die Bilder sind zu unscharf.«

Kurz darauf stoppte die Aufnahme. »Können Sie mir das Video schicken? Ich verrate auch niemandem, dass …«

»Nein, das geht nicht«, unterbrach er sie, aber er startete das Video erneut, fast als würde er sie quälen wollen, die Bilder wieder und wieder anzusehen. Es war wie ein Zwang, sie *musste* hinsehen, und so beobachtete sie jetzt ein drittes Mal jene Liv, die nur noch wenige Sekunden zu leben hatte.

Als die Aufnahme stoppte, steckte Paul Graves sein Handy in die Hosentasche.

»Warten Sie«, sagte Emily. »Kann ich ein Foto von einer Person auf dem Video machen?«

Graves schien zunächst zu zögern, doch dann schüttelte er den Kopf, wie sie befürchtet hatte. »Nein«, sagte er. »Aber Sie können jederzeit den offiziellen Antrag stellen, Subject Access Request.«

Sie versuchte sich ihre Enttäuschung nicht anmerken zu lassen und griff nach ihrem Glas. Durch die geschmolzenen Eiswürfel hatte sich inzwischen wieder etwas Flüssigkeit angesammelt. Es reichte für einen Schluck. Gierig trank sie, denn ihr Mund war so trocken, als hätte sie die letzte halbe Stunde in einer Wüste verbracht.

»In Ordnung.« Sie nickte. »Ganz andere Frage …«, sagte sie dann betont unaufgeregt und mit einer Beiläufigkeit, als würde sie über das Wetter sprechen. Sie griff nach ihrer Handtasche und zog den Fotoabzug raus, der Shakes auf Livs Sofa zeigte. Sie hielt Graves das Bild entgegen. »Kennen Sie den?«

Das Gesicht des Mannes versteinerte für eine Sekunde, beinahe wirkte er verärgert über die Frage. Dann zog er eine Augenbraue hoch. »Nein. War der am Gleis?«

Interessant, dass er das fragte. Sie entschied sich für die Wahrheit. »Ich weiß es nicht.«

»Was wollen Sie eigentlich von mir?«, fragte Graves plötzlich. »Geht es hier wirklich um Ihre Freundin?«

Sie schaute ihn überrascht an. »Natürlich.«

»Ich habe einige Nachforschungen über Sie angestellt«, sagte er. »Ihr Podcast, *Courtroom Whispers*. Sind Sie eine Journalistin?«

»Nein«, rief sie. Er musste sie völlig falsch verstanden haben. »Der Podcast hat nichts …« Sie schüttelte den Kopf. »Ich mache den Podcast überhaupt nicht mehr. Das war ein Projekt, das ich im Studium …«

Graves griff nach seiner Jacke, die neben ihm auf einem Stuhl lag, und zog sie über seine Schultern. »Ich muss los.«

»Danke für die CCTV-Aufnahmen«, rief sie ihm hinterher, denn er war schon auf dem Weg zum Ausgang.

Für einen Moment stand sie einfach nur da und versuchte ihre Gedanken zu ordnen. Dann setzte sie sich, kam sich albern vor mit ihrem leeren Glas.

Hatte sie gerade ein Puzzleteil gefunden? Sie konnte nicht einschätzen, welche Relevanz ihre Erkenntnis hatte, dass Shakes am Gleis gewesen war. Sie hatte ja nicht einmal erkennen können, ob er im toten Winkel gewesen war oder nicht.

Emily stand wieder auf und verließ ebenfalls das Pub.

Kühle Nachtluft empfing sie vor dem The Coach & Horses. Es regnete noch immer. Wie sie vorausgesehen hatte, waren die Straßen jetzt voll mit Menschen. Die meisten Vorstellungen waren vorbei und die Leute auf dem Weg nach Hause oder auf der Suche nach dem nächsten Vergnügen.

Lautes Lachen und Rufe schallten durch die Straßen von Soho, als eine Rikscha mit lilafarbener Beleuchtung und dem Sound von Dr. Alban gerade Richtung Old Compton Road fuhr. »Sing Hallelujah!« tönte durch die Nacht, und eine Gruppe von Freunden fing trotz des Regens auf der Straße an zu tanzen.

Ein normaler Abend in Soho.

Der Untergang von Soho. So würden es wohl die Alteingesessenen nennen, die dem Kommerz, der in ihrem Stadtteil Einzug gehalten hatte, mit Abneigung und Misstrauen begegneten.

Mit großen Schritten eilte Emily die Greek Street runter, lief um die nächste Ecke und bog auf die Shaftesbury Avenue. Paul Graves war nicht mehr zu sehen.

Schirme ragten in den Nachthimmel, und neben ihr kreischten zwei Frauen laut auf, als sich ein Schwall Wasser von einer Markise löste und über ihre Köpfe ergoss.

Einige Geschäftsleute liefen an Emily vorbei, die Schultern hochgezogen, in ihren teuren Anzügen und Mänteln, fluchend, weil der Regen ihre italienischen Lederschuhe ruinierte.

Sie überlegte, den Bus zu nehmen, und entschied sich schließlich dagegen. Aus irgendeinem Grund wählte sie nach ihren Treffen mit Graves jedes Mal den Weg zu Fuß nach Hause, fast als würde sie die U-Bahn in diesen Situationen nicht aushalten können, zu eng, zu wenig Luft, zu viele Menschen.

Doch »zu viele Menschen« war ironischerweise auch hier das Stichwort: Touristen, Obdachlose, Partyvolk – ein Haufen aufgeschreckter Hühner in der Nacht. Sie hätte es ahnen müssen. Es gab kein Vorankommen auf der Shaftesbury Avenue, der Gehweg war blockiert und die Straße verstopft mit Bussen und Taxis. Emily fluchte innerlich, als sie schließlich an einer Ampel auf die andere Seite wechselte und durch Chinatown lief. Sie würde einen Umweg in Kauf nehmen, sie wollte einfach nur allein sein.

Sie hatte erwartet, dass das Video ihr zu schaffen machen würde, vor allem der Anblick der lebendigen Liv. Doch gerade beschäftigte sie etwas ganz anderes. Graves hatte am Ende ihres Gesprächs plötzlich Misstrauen ausgestrahlt. *Geht es hier wirklich um Ihre Freundin?*

War es ihre Frage nach einer Kopie des Videos gewesen? Das Foto von Shakes? Warum hatte er so eine Abwehr gegenüber Journalisten? Natürlich war das Interesse an ihm nach Livs Tod groß gewesen, aber er hatte sich doch nichts zuschulden kommen lassen. Vor allem ihr Podcast schien ihm nicht zu gefallen – und das, obwohl sie seit Monaten keine neue Folge von *Courtroom Whispers* aufgenommen hatte. Ein Satz von ihm schoss ihr plötzlich durch den Kopf: *Ich habe Nachforschungen über Sie angestellt.*

Das war doch seltsam. Warum hatte er das getan? Hatte Graves etwas zu verbergen?

An der Kreuzung zu Holborn lief sie durch eine schmale Gasse und war kurz darauf am Lincoln's Inn Fields, einem zu dieser Uhrzeit verlassenen Square, an dem sich zwei kleine Museen befanden, die sich den ungewöhnlichen Dingen des Lebens verschrieben hatten: das Hunterian Museum mit seinen medizinischen Ausstellungsstücken und Sir John Soane's Museum mit seiner exzentrischen Sammlung an Kuriositäten. Erst letztes Jahr hatte sie die Museen mit Liv besucht und insbesondere das in Formaldehyd eingelegte Augenlid einer Giraffe und die langen, schön geschwungenen Wimpern des Tieres bestaunt. Man erinnert sich immer an die merkwürdigsten Dinge, dachte sie und musste lächeln. Waren das die Erinnerungen, die am Ende übrig blieben?

Sie überquerte die Chancery Lane und suchte sich ihren Weg durch das nächtliche London. Sie hatte den Trubel des West End nun endgültig hinter sich gelassen; vereinzelte Fußgänger waren zwar auch hier unterwegs, doch insgesamt verirrten sich nur wenige Menschen zu dieser Uhrzeit in den Osten der Innenstadt. Nur Londoner, dachte sie. Menschen, die die Stadt kennen und hier leben.

Je länger sie durch die Straßen lief, desto mehr trat jetzt der Gedanke an Graves in den Hintergrund, als hätte sie den Mann in einem anderen Teil der Stadt gelassen. Wie erwartet begannen nun die Bilder der Überwachungskamera durch ihren Kopf zu spuken. Immer wieder sah sie die schwarzweiße Version der Ereignisse auf dem Bahngleis vor ihrem inneren Auge, als hätte sich der kurze Film auf ihrer Netzhaut eingebrannt.

Ihr Instinkt, vor einigen Monaten das Angebot der Polizei abzulehnen, sich das Bildmaterial anzuschauen, war richtig gewesen, das begriff sie jetzt. Ihr Gehirn hatte sie schützen wollen, und sie hatte heute Abend nicht nur den Finger in ihre Wunde gelegt, sondern mit voller Absicht Salz darauf gestreut.

Sie dachte an die Video-Emily, kurz bevor sie sich in diesen Geist verwandelt hatte, der sie seither war, und sie dachte an Liv. Die Spiegelung in der Schaufensterscheibe auf ihrem Hinweg fiel ihr wieder ein. Sie waren tatsächlich zwei Gespenster, das eine gefangen im Hier und Jetzt, das andere in der Welt der Toten.

Erst als sie strauchelte und mit einem Fuß umknickte, bemerkte sie, dass ihr Tränen über die Wangen liefen. Schmerz schoss in ihren Knöchel. Sie blieb stehen, suchte in ihrer Handtasche nach einem Taschentuch, fand keines und wischte dann mit ihrem nassen Schal über Augen und Nase. Ein Schauder überkam sie. Zuhause würde sie eine heiße Dusche brauchen, die den Dreck, den Regen und vielleicht auch das Video für eine kurze Zeit von ihrem Körper waschen würde.

Mit großen Schritten lief sie weiter durch eine schmale Gasse, die sich zwischen der Farringdon Station und Smithfield Market durchschlängelte. Der Fleischmarkt war um diese Uhrzeit verlassen, erst in wenigen Stunden, in der Mitte der Nacht, würde er zum Leben erwachen. Dunkel lagen die riesigen Markthallen zu ihrer rechten Seite. Der Geruch von totem Fleisch hing in der Luft.

Emily zog ihre Jacke enger um ihren Körper. Ihr Knöchel protestierte, mochte das Tempo nicht, mit dem sie durch die Nacht eilte. Doch mit jedem Schritt wurde der Schmerz weniger. Sie hatte sich nur vertreten, in ein paar Stunden würde sie nichts mehr davon merken.

Als sie um die nächste Ecke bog, sprang ein Fuchs mit einem Satz hinter einer Mülltonne hervor und blieb mitten auf dem Gehweg stehen. Emily schrak zusammen. Sie waren nur ein paar Meter voneinander entfernt, taxierten sich einen Moment lang. Die Augen des Tieres blitzten im Schein einer Laterne. Doch Emily lief einfach weiter, und der Fuchs verschwand hinter einem Gebüsch.

Und dann kam plötzlich das Gefühl zurück, das sie schon auf dem Hinweg verspürt hatte.

Jemand beobachtete sie.

Emily blickte sich um. Doch wieder war da niemand. Sie war allein. Sie konnte sich auf ihren Instinkt verlassen, das wusste sie, und genau das machte ihr Angst. Emily konnte die Anwesenheit einer anderen Person förmlich spüren. Ihre Augen suchten die Umgebung ab. Die Hauseingänge. Eine schmale Unterführung, kaum breiter als ein Kanal. Die Schatten hinter einer verlassenen Bushaltestelle. Nichts.

Ihr Blick schoss von einer Seite zur anderen. Sie drehte sich um die eigene Achse. Da war jemand. Versteckte sich. Beobachtete sie. Emily war sicher. Die Haare in ihrem Nacken richteten sich auf.

Sie musste hier weg. Die Laterne in der Gasse hinter ihr spendete nicht genug Helligkeit, und die dunklen Fenster der Häuser strahlten Trostlosigkeit aus. Kaum ein Licht brannte hinter den Scheiben, kein Mensch würde sie hören oder reagieren, wenn sie um Hilfe rufen würde. Vielleicht war es keine gute Idee gewesen, allein durch diesen Teil der Stadt zu laufen. Es gab Straßen und Gegenden, die man ab einer bestimmten Uhrzeit besser vermied.

Sie lief schneller, rannte fast. Warum hatte sie die Stiefel mit dem hohen Absatz angezogen, mit denen sie kaum vorwärtskam? Ihr Atem ging stoßweise, und Emily hatte das Gefühl, ihren Herzschlag hören zu können. Sie spürte die Vibration in ihrem Brustkorb.

Gerade als sie um die nächste Ecke bog, schoss aus einem Hinterhof, nur wenige Meter von den Markthallen entfernt, eine Gestalt auf sie zu. Ein Schatten in der Nacht.

Sie riss die Augen auf. Wollte aufschreien. Doch es war zu spät. Ein Arm griff nach ihr. Eine Hand legte sich über ihren Mund.

Emily trat mit den Beinen um sich, versuchte sich zu wehren. Ohne Erfolg. Mit einem Ruck wurde sie in die Dunkelheit einer Gasse gezerrt.

HIS MAJESTY'S PRISON WANDSWORTH

Er war zu einem Roboter geworden, zu einem Insassen ohne Gefühle, er hatte in den Überlebensmodus geschaltet, denn das Überleben war alles, was zählte. Sein Wille, lebendig aus dieser Sache rauszukommen, war größer als alles andere, und seine Entlassung von der Krankenstation fühlte sich an wie ein Sieg. Er atmete, sein Körper funktionierte, und das war das Wichtigste.

In wenigen Minuten würde er zurück in seiner Zelle sein. Er hatte seit fünf Tagen nichts gegessen, sein Magen und sein Gehirn erholten sich nicht, und der Schmerz brachte ihn um.

Wiederholt hatte er um Wasser, Medikamente, Essen gebeten, ja gebettelt. »Du hast eine Gehirnerschütterung«, hatte der Pfleger gesagt. »Dein Körper braucht Ruhe, kein Essen.«

Irgendwie hatte Shakes den Schmerz, die Qual, die Demütigungen, ja, den Verlust seiner Würde überlebt. Weder die Art, wie man ihn behandelte, noch die Aussicht, viele weitere Monate im HMP Wandsworth verbringen zu müssen, machte ihm noch etwas aus.

»Nein«, sagte er jetzt und stieß den Arm des Wärters zur Seite, der ihm helfen wollte aufzustehen. Pritchard, seit mehr als zwanzig Jahren im Dienst der Krone und der Vorgesetzte der Strafvollzugsbeamten, zog eine Augenbraue hoch. »Na, dann viel Glück.«

»Gute Besserung«, sagte Goff – doch die Worte klangen hohl, das Ganze war eine Phrase, die sich anfühlte wie eine Ohrfeige.

In einem Tempo, das dem einer Schnecke glich, schlich Shakes in seine Zelle zurück. Jeder Schritt kostete Überwindung, und die Treppe erforderte einen fast nicht zu bewältigenden Kraftakt. Beinahe schaffte er die letzten Stufen zur zweiten Etage nicht, allein das Bein hochzuheben erforderte eine Anstrengung, die ihm unmenschlich erschien. Doch er wollte keine Pause machen, denn eine Pause bedeutete Schwäche, und er durfte keine Schwäche zeigen – wobei das ein sinnloses Unterfangen war, denn man brauchte ihn nur anzuschauen.

Er hatte in fünf Tagen fast sechs Kilo abgenommen. Auf der Hälfte seines Kopfes fehlten Haare – teils rasiert, um die Wunde zu versorgen, teils beim Verbandswechsel rausgerissen. Pflaster klebten auf seinem Schädel und am Handgelenk. Die Schnittverletzung im Gesicht hatte man nicht genäht, sondern medizinisch geklebt; eine Mischung aus Blutkruste und Klebstoff zierte seine Wange.

Seine Kleidung hing an seinem Körper, als gehörte sie ihm nicht. Sein Gang war der Gang eines alten Mannes, unsicher und darauf bedacht, nicht zu stürzen. Seine Finger krallen sich an das Geländer, so stark, dass seine Knöchel weiß hervortraten. Er zählte jeden Schritt und hatte Angst, das Gleichgewicht zu verlieren.

Shakes musste sich derartig anstrengen, dass er in der zweiten Etage warmen Speichel über seine Unterlippe laufen spürte.

Als er schließlich die Zelle betrat, starrte Pete, sein Zellengenosse, ihn mit offenem Mund an.

EMILY

Ein Feuerwerk explodierte vor ihren Augen. Schmerz schoss durch ihren Kopf, allumfassend. Brutal. Dann wurde alles schwarz. Finsternis. Ein Sog zog sie nach unten, ein Strudel, tiefer, immer tiefer. Sie taumelte, versuchte zu verstehen, was passierte. Doch bevor sie einen weiteren Gedanken fassen konnte, krachte ihr Schädel ein zweites Mal gegen die Hauswand. Jetzt verstand sie: Jemand schleuderte sie mit Gewalt gegen den Backstein.

»Hilfe!« Doch sie hörte den Schrei nicht. In ihren Ohren rauschte es.

Sie riss die Arme hoch, wollte sich wehren, ihren Kopf schützen, doch es gelang ihr nicht. Erneut wurde sie gegen die Wand gestoßen. Dieses Mal sah sie Sterne. Nein, dachte sie. Ein Funkenhimmel, direkt vor ihren Augen. Ein neues Feuerwerk. Dann wieder diese Finsternis. Stechender Schmerz.

Sie roch Schweiß, war das der Angreifer? Sie selbst?

Ein Pochen entstand hinter ihrer rechten Schläfe, und einen Augenblick später spürte sie etwas Warmes ihre Wange hinunterlaufen. Ihre Knie wackelten und gaben schließlich nach. Sie sackte auf den Boden.

Eine Sekunde verstrich. Oder eine Minute. In Emilys Mund breitete sich ein metallischer Geschmack aus. Sie lag auf dem Asphalt, zog ihre Beine an, umklammerte mit den Armen ihren Kopf. Ein Instinkt der schützen wollte, was zu schützen war. Sie rollte sich auf dem Gehweg zusammen wie ein Ball, eine Kugel, sie wurde zu einer Festung, durch die sie niemanden reinlassen würde. Sie wartete auf den nächsten Angriff, war vorbereitet auf den Schmerz, richtete ihre Aufmerksamkeit nach innen, denn das war das Einzige, was sie tun konnte.

Doch nichts passierte. Sie hörte ein Fluchen. Dann Schritte.

Stille.

Der Angriff war so schnell vorbei, wie er begonnen hatte.

Emily spürte, wie ihre Hose den Regen aufsog und an der Haut ihrer Beine klebte – eiskalt, klamm. Sie dachte noch, wie merkwürdig es war, dass ihr ausgerechnet die Kälte in diesem Moment auffiel. Mit einer Hand fuhr sie über den Asphalt, ihre Finger suchten nach einem Halt, da waren Steine und Sand. Nass, alles war nass.

Dann fiel sie in einen Abgrund. Sie sträubte sich nicht, leistete keinen Widerstand. Sie genoss den Sturz ins Nichts, ließ es zu, immer weiter, immer tiefer, und es fühlte sich gut an – eine Erlösung. Dann glitt sie in eine tiefe Bewusstlosigkeit hinüber.

Jemand zog sie hoch. »Nein«, schrie sie sofort. »Lass mich in Ruhe.« Ihr Gesicht war heiß, der Schmerz tobte in ihrem Kopf. Ihre Schädeldecke würde keinen weiteren Stoß gegen die Hauswand überstehen. »Hilfe.« Dieses Mal war der Schrei laut, kräftig. Ihre Stimmbänder vibrierten, schmerzten geradezu, mit so viel Kraft hatte sie gerufen.

Panik überkam sie, und sie trat in der Luft um sich, spuckte. Kratzte. Sie musste sich aus dem Griff befreien, diese Hände, die sie umklammerten, ihr keine Wahl ließen. Doch sie hatte einfach nicht genug Energie.

»Emily, ich bin es.« Jemand schüttelte sie vorsichtig an den Schultern. Eine Hand strich über ihr Gesicht. »Mach die Augen auf.« Die Stimme kann ihr bekannt vor. »O Gott, Emily.«

War das Alex? Irgendwie schaffte sie es, mit aller ihr zur Verfügung stehenden Willenskraft, die Augenlider zu öffnen. Es war Alex.

»Du brauchst sofort einen Arzt.«

Sie konnte sehen, wie ihr Exfreund zum Handy griff. Mit dem anderen Arm hielt er sie fest, zog sie weiter hoch, sie hing fast auf ihm drauf. Ihre Beine zitterten, aber sie stand jetzt.

»Nein, es geht schon.« Sie stöhnte, denn es ging nicht. Gar nichts ging.

»Das sieht mir aber nicht so aus.« Alex deutete auf einen Hauseingang, einige Meter entfernt, neben dem eine Laterne stand. »Schaffst du es mit meiner Hilfe dorthin? Da kannst du sitzen. Ich will mir deinen Kopf ansehen.«

Emily nickte und zuckte zusammen, denn die Bewegung ließ ihre Schläfe zerbersten.

Zusammen gingen sie vorsichtig, Schritt für Schritt, und fast kam es ihr vor, als wäre ihr Körper dankbar für die Bewegung, als sei jeder Schritt ein Beweis, dass sie noch am Leben war.

Alex blickte sich um, in verschiedene Richtungen, die Straße hoch und runter, als würde er jemanden suchen. »Tut mir leid«, sagte er dann knapp. »Verdammte Scheiße.«

»Was meinst du?« Adrenalin durchströmte ihre Adern, selbst ihre Haarspitzen fühlten sich elektrisiert an. Sie war zu durcheinander, um einen klaren Gedanken zu fassen, und war gleichzeitig fokussiert. »Hast du gesehen, was passiert ist?«, fragte sie Alex.

Er gab ihr keine Antwort. Emily ließ sich kurz darauf auf die Stufen vor dem Hauseingang sinken. Neben ihr stapelten sich Mülltonnen, und der süße Geruch von Abfall und verfaulten Essensresten lag in der Luft. Sie hielt sich eine Hand vor den Mund, spürte die Tränen, die noch immer – oder schon wieder – über ihre Wangen liefen. In der Ferne heulte die Sirene eines Polizeiautos auf.

Alex setzte sich neben sie auf die Treppe. Vorsichtig drehte er ihren Kopf zur Seite, untersuchte die Verletzung an ihrer Schläfe. Anschließend bewegte er einen Finger vor ihren Augen hin und her. »Kannst du mir folgen?«

»Ja.« Sie wollte nicken, doch ihr Nacken protestierte. Ihr Hals schien das größte Problem zu sein.

»Wir sollten in die Notaufnahme fahren. Ich glaube, die Wunde an der Schläfe muss genäht werden.«

»Nein, das ist nicht nötig.«

»Das entscheide ich.«

»Alex, bitte …« Sie hatte keine Kraft, sich zu wehren. »Ich möchte nach Hause.«

Er atmete tief ein. »Das Barbican liegt auf dem Weg zum Krankenhaus. Ich bringe dich nach Hause. Dort schauen wir uns deine Verletzung in Ruhe an. Und dann sehen wir weiter. Kompromiss?«

Sie seufzte. »Danke.«

Alex tippte etwas auf seinem Handy, dann nickte er. »Das Taxi kommt in zwei Minuten.« Er steckte das Telefon in seine Hosentasche. Dann zog er ein Paket Taschentücher aus seinem Rucksack. »Hier, drück das auf die Wunde.« Er hielt ihr ein Taschentuch entgegen. »Ich hatte dir doch gesagt, du sollst dich von Lee Hill fernhalten.«

Sie schwieg.

»Warum hörst du einfach nicht auf mich.« Alex schüttelte

den Kopf. »Ja, ich bin dein Exfreund. Wir hatten Probleme, und du kannst mir nicht verzeihen. Und ja, ich weiß – ich verdiene diese Behandlung. Aber ich bin auch Polizist. Kannst du nicht zumindest auf einen Polizisten hören?« Er starrte sie an. »Ich kann das nicht begreifen.«

»Ich weiß nicht, wovon du sprichst.« Woher wusste Alex, dass sie Shakes in die Wohnung gelassen hatte? »Mir geht es nicht gut. Können wir das ein anderes Mal klären?«

Ein Bus fuhr an ihnen vorbei, hielt in einiger Entfernung. Zwei Fahrgäste stiegen aus und verschwanden mit einem Lachen in der Nacht. Regen fiel noch immer vom Himmel, das bemerkte sie jetzt erst. Sie musste vollkommen durchnässt sein, doch sie spürte nichts außer dem Schmerz an ihrer Schläfe und in ihrem Nacken. »Ich kann nicht verhindern, dass der Typ vor meiner Tür auftaucht«, flüsterte sie und zuckte zusammen. Sobald sie ihren Kiefer bewegte, schien ihr gesamter Schädel zu explodieren.

»Er war in deiner … in Livs Wohnung? Hast du ihn reingelassen?«

»Was meintest du denn?«

»Diesen Angriff natürlich!« Alex sprang auf. Seine blonden Haare klebten vom Regen durchnässt an seiner Stirn.

Emily war unfähig, etwas zu sagen. Das war Shakes gewesen? »Hast du das gesehen?«, brachte sie schließlich heraus.

»Nein«, Alex zögerte. »Aber er hat dich den ganzen Weg verfolgt, seit ihr zusammen aus dem Pub gekommen seid.«

Ihr Gefühl war also richtig gewesen. Jemand war tatsächlich hinter ihr hergelaufen. Sie litt nicht an Paranoia. Dann erst fiel ihr auf: »Wieso sind wir zusammen aus dem Pub gekommen?«

Alex starrte sie an. »Ich glaube, du hast eine Gehirnerschütterung.« Er sah nun wirklich besorgt aus. »Vielleicht sollten wir doch direkt in die Notaufnahme fahren.«

»Welches Pub?«, fragte sie, ohne auf seinen Einwand einzugehen.

»The Coach & Horses in Soho. Greek Street. Ich spreche von deinem Besuch mit Hill gerade in dem Pub«, rief er und sah sie verständnislos an.

»Nein, ich …« Sie brach ab. »Machst du Witze?« Sie rutschte etwas auf der Stufe nach vorne. Die Gewichtsverlagerung half gegen den Schmerz in ihrem Nacken. Sie widerstand der Versuchung, mit der Hand an ihren Hals zu fassen, zu prüfen, wo der Schmerz genau herkam, denn sie wusste, dass dies keine gute Idee war: Als Kind hatte sie nach einem Fahrradsturz eine Verletzung an einem Wirbel gehabt und ihren Arm plötzlich nicht mehr senken können, nachdem sie sich aus Reflex vor Schmerz an den Nacken gefasst hatte. Ein Muskelspasmus, der erst durch eine Spritze gelöst werden konnte.

»Erst kam Lee Hill aus dem The Coach & Horses gestürzt, und keine fünf Sekunden später läufst du raus …« Alex räusperte sich. »Das kann ja wohl kein Zufall sein. Und dann hat er sich an deine Fersen geheftet.«

Emily starrte Alex ungläubig an. »Shakes war in dem Pub?«

»Willst du mir erzählen, ihr wart nicht zusammen dort?«

»Nein, waren wir nicht.«

»Das verstehe ich nicht.« Alex schüttelte den Kopf. »Er hat dich verfolgt. Die ganze Zeit.«

»Und wo ist er jetzt?« Vorsichtig drehte sie ihren Kopf, schaute die Straße hoch. Shakes war nirgendwo zu sehen,

Alex und sie waren allein. »Du hast mir nachspioniert«, stellte Emily fest und spürte Wut in sich aufsteigen. Sie war also nicht nur von einer Person, sondern von zwei Leuten verfolgt worden. Kein Wunder, dass all ihre Sinne in Alarmbereitschaft gewesen waren. »Dein Beruf macht dich paranoid.«

»Mein Beruf lehrt mich so einige Dinge.«

»Das muss nicht immer gut sein.«

»Bist du verletzt oder nicht?«

Sie schwieg. Alex hatte ja recht.

»Ich habe mir Sorgen gemacht. Und wie es scheint, zu Recht«, sagte er schließlich. »Leider habe ich den Abstand zu groß werden lassen.«

Hatte Shakes sie angegriffen? Sie dachte an ihr Gespräch am Nachmittag. Was hatte sie gesagt, das ihn zu dem Angriff verleitet hatte? »Wir müssen Shakes in jedem Fall befragen«, sagte sie dann. Sie dachte an die CCTV-Aufnahme aus der Holborn Station und an die Baseballkappe.

»Es wird eine offizielle Vernehmung geben«, sagte Alex. Dann fragte er: »Du hast den Angreifer nicht gesehen?«

»Nein. Es ging alles zu schnell.«

»Verdammt.« Alex zog eine Packung Zigaretten aus seiner Lederjacke. Er schaute sie fragend an. Emily schüttelte den Kopf, obwohl die Versuchung groß war.

Alex zündete die Zigarette an. »Mit wem warst du im Pub?«

Die Frage brachte sie aus dem Konzept. »Hast du das nicht gesehen?«, fragte sie. Emily war immer noch wütend, dass er ihr gefolgt war, auch wenn sich seine Anwesenheit als Segen herausgestellt hatte. Bevor er antworten konnte, fragte sie: »Seit wann bist du mir überhaupt hinterhergelaufen?«

»Nein, ich habe nicht gesehen, mit wem du da warst, und es schadet nicht, es mir zu erzählen.«

Ihre zweite Frage hatte er nicht beantwortet.

Sollte sie Paul Graves erwähnen? Sie entschied, Alex noch nichts von den Kameraaufnahmen zu erzählen und auch nichts von ihrer Vermutung, Shakes auf dem Video entdeckt zu haben. Sie musste zuerst irgendwie an die Baseballkappe kommen, dann hätte sie etwas Konkretes in der Hand. Nur dann würde man ihr glauben.

Doch eine Sache konnte sie vielleicht direkt klären. »Alex …« fing sie an, »… weil du Lee Hill gerade erwähnst. Du sagtest doch, dass er oben in der Holborn Station war und ihr ihn später auf Bahnsteig 4 gesehen habt, Richtung Osten.«

»Ja.«

»Erinnerst du dich, was er auf dem Video der Überwachungskamera für Kleidung getragen hat?«

Alex klang resigniert, als er sagte: »Nein.«

»Ich frage mich, ob deine Kollegen ihn auf den Aufnahmen übersehen haben könnten? Falls er zum Beispiel plötzlich eine Kappe aufgesetzt hatte oder so.«

»Das Bildmaterial wurde von mehreren Kollegen analysiert. Ich erinnere mich aber, dass sein Gesicht zu erkennen war. Also eher keine Kappe *oder so*.« Er kniff die Augen zusammen. »Deine Frage hat doch einen Grund?«

»Nein.« Warum hatte Shakes oben in der Station und später keine Kappe getragen und auf Bahnsteig 3 schon? *Weil er nicht gesehen werden wollte.*

»Du hast meine Frage nicht beantwortet«, sagte Alex.

»Du meine auch nicht.«

»Was?«

»Seit wann du mich verfolgt hast.«

»Seit du das Barbican verlassen hast und ich Lee Hill beobachtet habe, der hinter dir hergeschlichen ist.«

Emily verdrehte die Augen. »Hast du nichts zu tun – Arbeit, Hobbys, Therapie?« Sie wusste, dass Alex' Arbeitgeber ihn seit dem Vorfall mit der toten Studentin in Highbury zu mehreren Therapiestunden verpflichtet hatte, auch wenn ihr Exfreund nicht gern darüber sprach. »Oder gehst du da nicht mehr hin?«

»Also?«, fragte Alex, ohne auf ihre Fragen einzugehen.

»Also was?«

»Mit wem hast du dich im Pub getroffen?«

»Ich habe Paul Graves getroffen.« Sie konnte sehen, dass er mit dem Namen nichts anfangen konnte. »Der Mitarbeiter von TfL, der an jenem Tag Dienst hatte.« Sie drückte das Taschentuch etwas fester gegen die Wunde an ihrer Schläfe. Sie konnte ihren Puls unter der Haut spüren. Der Regen, oder vielleicht war es auch Blut, hatte das Taschentuch bereits vollständig durchnässt.

»Was wolltest du denn von dem?«, fragte Alex.

»Ich wollte wissen, ob Graves sich an etwas erinnert.«

Alex stöhnte auf. »Emily, was ist denn bloß mit dir los?«

»Ich wollte wissen, ob er sich an *mich* erinnert und mir vielleicht sagen kann, was ich gemacht habe in dem Moment, als Liv stürzte.«

Als sie es ausgesprochen hatte, fiel ihr auf, dass sie Graves ausgerechnet das tatsächlich nicht gefragt hatte. Bei ihrem ersten Treffen hatte sie ihn gefragt, und er hatte die Frage nicht beantwortet. »Mir ist jedes Mittel recht, meinem Gedächtnis auf die Sprünge zu helfen.«

Alex guckte sie einen langen Moment an. »Und?«

»Er hat sich nicht erinnert«, log sie, weil sie die Antwort nicht kannte.

Alex schwieg einen Moment. »Ich weiß nicht, was hier los ist, aber du hast in ein Wespennest gestochen.«

Emily presste die Lippen aufeinander. Genau das hatte sie auch gerade gedacht.

LIVS TAGEBUCH

Es ist erstaunlich, was man über Menschen herausfinden kann, wenn man gründlich genug sucht. Ich schätze, wir alle haben Leichen im Keller, die Frage ist nur, wie viele und ob jemand sie findet.

Die Vergangenheit ist unser Freund, sie versteckt unsere Geheimnisse. Doch wir können uns nicht schützen. Durch einen Zufall, eine Unachtsamkeit oder weil eine andere Person danach sucht, können diese Geheimnisse ans Tageslicht geraten.

Und wenn Geheimnisse einmal gelüftet sind, verschwinden sie nicht mehr. Im Gegenteil …

EMILY

Ich bin im Himmel. Das war ihr erster Gedanke, als sie die Augen öffnete. Das Licht war gleißend hell, ein transzendentales Weiß, das sie von allen Seiten umgab. Ihr Körper schwebte in der Mitte dieses Universums, sie lag in der Luft, über den Wolken, ganz leicht, sie war eine Feder. Entspannt. Ruhig.

Nur ihr Kopf war schwer, und sie hatte Mühe, ihn zu halten, wie ein Baby, das auf die Hand der Eltern angewiesen war, um den Nacken zu stützen. Doch zumindest schmerzte ihr Schädel nicht mehr. Gar nichts tat weh, das fiel ihr jetzt erst auf. Ihr Körper schien in Watte gepackt. Watte war gut.

Sie schloss die Augen wieder. Genoss diesen Zustand. Sie hörte Stimmen und Schritte; sie kamen und gingen. Für eine Weile gab sie sich dem Gefühl absoluter Entspannung hin. Fast dämmerte sie wieder weg. Dann stöhnte neben ihr ein Mann auf. Jemand rief etwas. Ein Gerät fing an zu piepen.

Sie war nicht im Himmel.

Emily drehte den Kopf, doch die Bewegung war keine gute Idee. Tausende kleine Nadelstiche schossen jetzt durch ihren Schädel.

Das Piepen wenige Meter entfernt wurde lauter. Hektik schien sich mit einem Mal um sie herum auszubreiten. Sie blinzelte, doch sie konnte nicht erkennen, wo das Geräusch herkam. Ein blauer Vorhang trennte sie von der Nebenkabine.

Sie war in einer Notaufnahme.

Emily erinnerte sich plötzlich. Das Taxi hatte sie tatsächlich zum Barbican gefahren, wie Alex versprochen hatte. Der Fahrer hatte sich zunächst darüber mokiert, wie kurz die Fahrt war und der Weg nicht lohnte. Dann hatte er ihre Wunde am Kopf entdeckt, und ein Schwall Entschuldigungen war über sie hereingebrochen.

Eine weitere Erinnerung blitze auf. Sie und Alex im Fahrstuhl des Gilbert House.

»Das Röntgenbild zeigt keine ernste Verletzung. Sie haben Glück gehabt.« Ein Arzt, der aussah wie direkt nach dem Studium, schob mit Schwung den Vorhang zur Seite. In der einen Hand hielt er ein Medikament und streckte die Packung in die Luft, als hätte Emily einen Preis gewonnen. »Ihre Halswirbelsäule hat etwas abbekommen, aber mit ein paar Tagen Schonung wird das wieder. Sie haben ein leichtes Schleudertrauma. Wir geben Ihnen zur Sicherheit eine Zervikalstütze für ein paar Tage mit. Das Ganze hätte schlimmer ausgehen können. Der Angreifer wurde entweder gestört oder hat nicht mit ganzer Kraft zugeschlagen.« Er verschwand wieder und kam wenige Sekunden später mit einer Halskrause in der Hand zurück.

Emily setzte sich vorsichtig auf. »Es fühlt sich aber schlimm an.«

»Das glaube ich Ihnen. Wir haben die Wunde an der Schläfe genäht«, fuhr er fort. »Zwei Stiche. Aber keine Sorge – davon wird nichts zurückbleiben.« Er hielt ihr das Medikament entgegen. »Dreimal am Tag eine Tablette, kein Alkohol.« Dann zeigte er auf die rechte Seite ihres Gesichts: »Das wird eine Schwellung geben. Bitte kühlen Sie die Stelle. Heute Abend noch.«

Emily wollte nicken, doch genau in dem Moment legte ihr

der Arzt die Schiene um den Hals. »Zum Schlafen können Sie die Stütze abnehmen.«

»Aha.«

»Ihr Partner ist hier und wird Sie nach Hause bringen?« Der Arzt warf einen Blick auf den Bildschirm des Computers, der neben der Pritsche auf einem Tisch stand und ihre Daten anzeigte.

»Er ist nicht mein …«

»Ach, da sind Sie ja.« Der Arzt nickte Alex zu, der in diesem Moment an ihre Seite trat, als hätte er nur auf sein Stichwort gewartet. In der Hand hielt er eine Dose Cola und einen Schokoriegel. »Sie haben nur die gesunden Sachen in Ihrem Automaten«, sagte er zu dem Arzt.

Der brach in ein schallendes Gelächter aus. »Irgendwie müssen wir unsere Doppelschichten überstehen.« Dann wurde der Mediziner ernst. »Wir müssen bei solchen Verletzungen die Polizei verständigen, aber mir wurde gesagt, Sie seien bei der Metropolitan Police?« Der Arzt sah Alex fragend an. Die Aussicht, sich in der Spätschicht einen bürokratischen Akt ersparen zu können, schien dem Arzt zu gefallen.

»Ich kümmere mich um die Sache«, sagte Alex. Er zog seinen Dienstausweis aus der Jacke. »Die Kollegen sind schon informiert.«

Der Arzt streckte Emily die Hand entgegen. »Gute Besserung.« Keine Sekunde später war er verschwunden, auf dem Weg zum nächsten Patienten, der seine Hilfe benötigte. Seine Schuhe quietschten bei jedem Schritt auf dem Linoleum, als er sich entfernte.

»Heißt das, ich kann jetzt gehen?«, fragte Emily, die ohne ein Wort zu sagen das Gespräch zwischen Alex und dem Arzt verfolgt hatte. Ihr gefiel nicht, dass ihr Exfreund für sie sprach, doch gleichzeitig war sie dankbar für seine Hilfe.

Alex nickte. »Ich glaube, ja.«

Einen Moment sagte keiner von ihnen etwas.

»Du bist ohnmächtig geworden«, erklärte Alex dann, der ihren fragenden Ausdruck im Gesicht richtig gedeutet hatte. »Ich habe deine Wohnungstür aufgeschlossen, und du bist einfach zusammengesackt, direkt auf der Fußmatte. Wir haben es nicht einmal in die Wohnung geschafft. Ich habe dich direkt hier ins St. Barts gebracht.«

Sie zeigte auf das Pflaster, das die Naht an ihrer Schläfe verdeckte. »Das juckt.«

Alex begleitete sie zum Gilbert House. »Bist du sicher, dass du allein zurechtkommst?«

»Ganz sicher.« Sie wollte den Abend hinter sich lassen, die Schmerztabletten einwerfen, die ihr der Arzt in der Notaufnahme mitgegeben hatte, und sich im Bett verkriechen.

»In Ordnung. Ich werde mich in der Zwischenzeit um deinen Nachbarn kümmern.«

»Danke. Für alles«, sagte sie.

Kurz darauf schloss sie die Tür auf und atmete tief ein, als sie die Wohnung betrat. Einen Augenblick lang stand sie einfach nur da, in der Dunkelheit. Der Abend war definitiv nicht so verlaufen, wie sie es sich vorgestellt hatte. Sie dachte an Shakes, Alex und Graves – alle drei Männer tauchten in ihrem Kopf auf, buhlten um ihre Aufmerksamkeit. Doch sie hatte die Schnauze voll von jedem einzelnen.

Ihr Blick fiel auf die Wand zur Nachbarwohnung. So musste sich Liv an ihrem letzten Abend gefühlt haben, dachte sie. Wand an Wand mit einem Gewalttäter.

Warum hatte Shakes sie angegriffen? Einschüchterung? Ahnte er, dass sie ihn auf den Videoaufnahmen entdeckt hatte? War ihm das schon am Nachmittag klar geworden, als sie ihm von dem bevorstehenden Treffen mit Graves berichtet hatte?

Zum ersten Mal, seit sie vor fast einer Woche hier eingezogen war, schloss Emily die Wohnungstür nicht nur hinter sich ab, sondern legte zusätzlich die Kette vor. Eine Schutzmaßnahme, die allerdings nur bedingt etwas brachte. Die Bewohner des Gilbert House teilten sich schließlich auf der gesamten Etage denselben Balkon – unterbrochen nur von dem Sichtschutz zwischen den Wohnungen, der ja an vielen Stellen nur noch aus einem Skelett bestand.

»Milo«, rief sie, als sie die Jacke auszog und an die Garderobe hing. Doch der Kater ließ sich nicht blicken.

Sie ging ins Badezimmer, wusch sich die Hände mit der Seife von Aesop, die vierzig Pfund kostete und von der sie sich immer fragte, wer sich das leisten konnte. Der Geruch von Zedernholz, Mandarine und Rosmarin strömte in ihre Nase. Liv hatte in ihrem Job gut verdient.

Emily inspizierte ihr Gesicht im Spiegel. Auf ihrer rechten Schläfe klebte ein Pflaster, und nachdem sie sich ihre Hände abgetrocknet hatte, zog sie vorsichtig ein paar Haare zur Seite, die sich unter dem Klebestreifen verirrt hatten. Vorsichtig strich sie mit zwei Fingern über ihr Jochbein, spürte die Schwellung unter dem Auge und sah, dass die Haut bereits anfing, sich blau zu verfärben. Sie würde ein ordentliches Veilchen davontragen, doch zumindest war nichts Schlimmeres passiert.

Die Halskrause, die ihren Nacken stützte, war aus grauem Plastik gefertigt und konkurrierte mit ihrer Gesichtsfarbe. Innen war die Stütze mit einem roten Polster ausgekleidet, auf dem ihr Kinn auflag. Sie sah aus wie ein Legomännchen. Emily versuchte eine Grimasse zu ziehen, doch die Frau im Spiegel schaute ernst zurück.

Kurz spielte sie mit dem Gedanken, sich ein Bad einzulassen, aber sie hatte keine Energie mehr. Nur mit Mühe konnte sie die Augen offen halten.

Als sie aus dem Badezimmer trat und das Licht hinter sich ausschaltete, blieb sie plötzlich stehen. Emily stutzte. Ihr Zeigefinger schwebte über dem Lichtschalter. Ihr Herz setzte aus. Die Lampe. Im Badezimmer.

Als sie wenige Minuten zuvor die Wohnung betreten hatte, war der Flur dunkel gewesen. Natürlich. Sie hatte dort gestanden, im Dämmerlicht, und die Kette vor die Tür gelegt. Dann war sie direkt ins Badezimmer gegangen, hatte sich die Hände gewaschen. In den Spiegel geschaut. Doch erst jetzt fiel ihr auf: Sie hatte das Licht im Bad gar nicht angeschaltet. Die Lampe über dem Waschbecken war bereits an gewesen.

Mit einem Schlag war sie wieder wach. Hatte sie das Licht vergessen auszuschalten, bevor sie sich vorhin auf den Weg nach Soho gemacht hatte? Eine Unaufmerksamkeit konnte leicht passieren.

Langsam ging sie in die Küche, setzte sich auf einen Stuhl. Sie musste Alex anrufen, ihn fragen, ob sie das Appartement betreten hatten, nachdem sie auf der Fußmatte ohnmächtig geworden war. Das wäre eine Erklärung für das Licht im Badezimmer. Dann fiel ihr ein, was er gesagt hatte. *Wir haben es nicht einmal in die Wohnung geschafft.*

Ihr Blick fiel auf Milos Fressnapf. Wo war der Kater überhaupt? Er hatte sie nicht begrüßt, als sie nach Hause gekommen war. In den letzten Tagen hatte er sich jedes Mal blicken lassen, sobald sie die Tür aufgeschlossen hatte.

»Milo«, rief sie. Emily stand mit einem Stöhnen wieder auf, ging durch die Wohnung, suchte seine Lieblingsecken ab, den Sessel. Nichts. Der Kater war nirgendwo zu sehen.

Sie ging zurück in die Küche, holte eine Packung seines Lieblingssnacks aus dem Schrank. Normalerweise reichte das Knistern der Verpackung, um den Kater aus der Reserve zu locken. Die Aussicht auf getrockneten Lachs und Hähnchenleber ließ ihn zuverlässig in Sekunden auftauchen. »Milo.«

Ein seltsames Gefühl begann sich in ihren Adern auszubreiten, doch sie kämpfte dagegen an. Mit dem Katzensnack in der Hand lief sie wieder ins Wohnzimmer, ging auf die Knie und legte sich vorsichtig auf den Fußboden, so gut es ging mit der Stütze um ihren Hals. Doch sie konnte den Kopf nicht drehen. Soweit sie aus dieser Position erkennen konnte, war der Kater nicht unter dem Sofa. Milo schien vom Erdboden verschluckt.

Emily krabbelte auf allen vieren zum Sessel, zog sich an dem Polster hoch. Für einen Augenblick wurde ihr schwarz vor Augen, und sie musste sich an der Lehne abstützen, warten, bis der Schwindel vorbei war. Sie dachte an das Licht im Badezimmer.

Emily versuchte nachzudenken, brauchte eine logische Erklärung. Möglicherweise spielte ihr Verstand ihr einen Streich. Waren es die Medikamente? Wieder dachte sie an den Entzug von dem Amitriptylin.

Plötzlich spürte sie einen Luftzug auf der Haut. Ihre Augen suchten nach einer Erklärung, doch die Fenster und die Balkontür waren geschlossen. Der Luftzug musste aus dem Schlafzimmer kommen, das war die einzige Möglichkeit, denn die Wohnungstür hatte sie ja gerade verriegelt.

Sie schluckte, hart, trocken, als sie nun vorsichtig, mit klopfendem Herz, Schritt für Schritt, an der Garderobe vorbei, durch den Flur lief.

»Milo.« Sie betrat das Schlafzimmer. Ihr Blick fiel auf das Bett. Den Kleiderschrank. Die Kleidung, die auf dem Fußboden verstreut war. Nachdenklich betrachtete sie die Kissen auf dem Bett. Hatte dort jemand gesessen?

Ihre Finger fuhren über den Bezug des Kopfkissens. Hatte Milo hier gelegen und geschlafen? In dem Kissen war eindeutig eine Vertiefung.

Sie hielt noch immer die Tüte mit dem Snack für Katzen in der Hand. Emily raschelte mit dem Plastik. Nichts.

Dann schaute sie zum Fenster, und tatsächlich: Es war einen Spalt geöffnet. Kalter Wind zog durch den Schlitz in das Schlafzimmer. Die Vorhänge wehten vor und zurück.

Erleichterung überkam sie. Niemand hatte die Wohnung betreten. Sie hatte einfach vergessen, das Fenster zu schließen.

Verdammt, dachte sie dann. Milo! War der Kater entwischt?

Mit ein paar Schritten war sie an der Scheibe, schaute durch das Glas, in das Dunkel, auf den Balkon und – nichts.

Milo blieb verschwunden.

SHAKES

Schon als es an der Tür hämmerte, wusste er, wer dort vor seiner Wohnung auf dem Flur stand.

»Mach auf.« Die Stimme des Bullen schallte durch die Tür. »Ich kann dich auch offiziell vorladen lassen, falls dir das lieber ist.«

Es war ihm lieber. Er würde sich auf keinen Fall auf ein Gespräch mit dem Bullen einlassen. Nicht nur, weil ein Gespräch mit den Behörden nie eine gute Idee war. Nein – das Problem war der Polizist selbst. Shakes traute ihm nicht, und er hatte gute Gründe dafür.

Mit angehaltenem Atem stand er hinter der Tür, nur einen Meter von dem Mann entfernt.

Eigentlich war der Abend gut gelaufen, alles hatte geklappt. Sogar besser, als er sich vorgestellt hatte. Bis zu dem Angriff. Dann war alles schiefgegangen. Was hatte der Bulle plötzlich dort gemacht?

Das Hämmern ging weiter. »Mach auf!«

Shakes schüttelte den Kopf. Nein, er würde nicht öffnen. Falls der Mann ihn für eine Aussage auf das Präsidium holen würde, waren zumindest Zeugen dabei. Doch er brauchte sich keine Sorgen machen. Man würde ihm nichts anlasten können.

Das einzige Problem war das Vertrauen der Frau – sein Plan war in Gefahr. Aber das konnte er jetzt nicht ändern. Er musste weitermachen. Einfach weitermachen.

Mit einer Hand strich er dem Kater über den Kopf und lächelte.

EMILY

In ihrem Kopf tobte ein Sturm. Liv war tot. Heute Nacht war sie selbst angegriffen worden. Und nun war auch noch Milo verschwunden. Wie sollte sie das mit dem Kater Margaret erklären? Zwar hatte Livs Mutter Milo wegen einer Allergie selbst nicht übernehmen können, doch Emily wusste, dass Margaret an dem Tier hing.

Vermutlich war der Kater durch das Fenster entwischt. Was bedeutete, dass er jetzt auf irgendeinem der anderen Balkone saß. Emily überlegte, wie viele Appartements es auf dieser Etage gab. Sie würde von Tür zu Tür gehen müssen und nach Milo fragen. Doch es war bereits nach Mitternacht, sie konnte die Nachbarn jetzt nicht aus dem Bett holen. Sie musste die Suche nach dem Kater auf morgen früh verschieben. Sicherlich hatte ihn jemand bemerkt und über Nacht reingeholt, redete sie sich ein, um sich zu beruhigen. Emily schaute ein letztes Mal auf ihren Balkon. »Milo«, rief sie. Nichts.

Sie spürte, wie die Wirkung der Schmerztabletten, die man ihr in der Notaufnahme gegeben hatte, nachließ. Als habe jemand den Schalter umgelegt, begann es in ihrem Kopf zu hämmern.

Aus ihrer Jacke, nein aus Livs Jacke, zog sie die Medikamentenpackung, die der Arzt ihr in die Hand gedrückt hatte. Sie konnte sich nicht erinnern, was er zu der Dosierung gesagt hatte, also entschied sie, gleich zwei Tabletten zu nehmen. Kurz überlegte sie, noch etwas zu essen, eher aus Gründen der Vernunft, Hunger hatte sie keinen – dann entschied sie sich dagegen.

Emily gähnte. Und dann passierte es plötzlich.

Ohne Vorwarnung, von einer Sekunde auf die andere brach eine Erinnerung durch. Ein Fetzen. Ein Fragment, nein – ein Splitter. Er schoss durch ihren Kopf, aus den Tiefen ihrer Gehirnwindungen, wie ein Blitz am Himmel. Ja! Das war eine Erinnerung, eine *echte* Erinnerung. Sie wusste es jetzt wieder. Emily stand mitten in der Küche, die Packung mit den Tabletten in der Hand, alle Muskeln angespannt. Elektrisiert. Fassungslos.

Sie hielt den Atem an, wagte es nicht, sich zu bewegen. Sie versuchte die Erinnerung zu fassen, doch was immer ihr Gehirn ihr vor einer Sekunde einfach so entgegengeschleudert hatte: Es entglitt ihr wieder. »Nein.« Emily heulte fast. »Nein. Nein. Nein.«

Das durfte nicht wahr sein. Sie hatte es doch gerade noch gewusst. Doch je mehr sie nachdachte, verzweifelt auf der Suche nach der Erinnerung, desto mehr verschloss sich ihr Gedächtnis und bewahrte sein Geheimnis für sich.

Wie wird es sich anfühlen, dachte sie, wenn die gesamte Erinnerung zurückkommt, falls das jemals der Fall sein wird? Würde die Erinnerung mit einem Schlag zurück sein, plötzlich und unerwartet, als wäre sie nie weg gewesen? Oder würde ihr Gehirn die Informationen Stück für Stück preisgeben und an die richtige Stelle in ihrem Gedächtnis einsortieren wie ein Puzzleteil, bis irgendwann das ganze Bild wieder komplett sein würde?

Sie hätte sich so gern mit einer anderen Person über die Ereignisse der letzten Tage ausgetauscht; erzählen wollen, was ihr passiert war. Einfach zum Telefon greifen. Doch sie hatte die wenigen Freunde, die verblieben waren, seit Monaten vernachlässigt. Ihre Schwester wollte sie nicht beunruhigen. Genauso wenig wie ihre Eltern. Und Liv war tot.

Es blieb niemand übrig, das war die traurige Realität. Und weil niemand übrig blieb und der Tag ereignisreich und deprimierend genug gewesen war, beschloss sie, ins Bett zu gehen.

Sie wachte mit einem dröhnenden Kopf in der Morgendämmerung auf, fühlte sich benebelt und vollkommen zerschlagen. Sie war in der Nacht in einen Tiefschlaf gefallen. Das Medikament aus der Notaufnahme wirkte noch besser als das Amitriptylin.

Nur mit größter Mühe gelang es ihr, die Augen zu öffnen, ihre Lider waren schwer. Zumindest hatte sie keinen Albtraum gehabt.

Emily drehte sich auf die Seite, und ein stechender Schmerz durchfuhr sie. Sie trug immer noch die Halsmanschette und hatte heute Morgen das Gefühl, sich gar nicht mehr bewegen zu können. Vermutlich hätte sie die Nackenstütze zum Schlafen besser abgenommen. Jeder Muskel, jede Zelle in ihrem Körper schien an der falschen Stelle zu sein und gegen jede Art von Bewegung zu protestieren. Mit einem Stöhnen stand sie auf.

Plötzlich fiel ihr Milo wieder ein. Der Kater. Wie spät war es?

Kurz nach acht.

Emily entschied, dass sie sofort bei den Nachbarn klingeln musste, bevor diese auf dem Weg zur Arbeit waren, ihre Kinder zur Schule brachten oder zur Uni fuhren. Sie zog nur schnell ein paar Klamotten über.

Als sie gerade aus der Wohnung stürmen wollte, fiel ihr ein, dass sie zumindest noch Zähne putzen sollte.

Sie vermied den Blick in den Spiegel, konnte es dann doch nicht verhindern und erschrak, als sie ihr Gesicht sah. Eine Schwellung zog sich von ihrer Schläfe bis zur Hälfte ihrer Wange, und die Haut unter ihrem Auge hatte sich fast schwarz verfärbt.

Die Farbe würde sie mit einem Concealer überschminken können, die Schwellung nicht. Erst jetzt fiel ihr wieder ein, dass der Arzt ihr gestern Abend geraten hatte, die Verletzung zu kühlen. Das hatte sie in der Aufregung um Milo vollkommen vergessen.

Sie versuchte sich zu erinnern, ob sie in der Wohnung eine Sonnenbrille gesehen hatte, doch dann entschied sie, dass für optische Eitelkeiten keine Zeit war. Es war schon peinlich genug, den Nachbarn zu beichten, dass der Kater abgehauen war. Da brauchte sie sich nicht auch noch um ihr Aussehen Sorgen zu machen.

Wie sich herausstellte, waren diese Bedenken unbegründet, denn kaum jemand war zuhause. Emily schien entweder zu früh oder zu spät dran zu sein. Erst an der dritten Tür war sie erfolgreich.

Eine junge Frau im Bademantel öffnete ihr. Ihre Haare waren raspelkurz und fast weiß. Modisch weiß. Sie sah aus wie einem Fashion-Magazin entsprungen. Auf ihrem Arm trug sie ein schlafendes Baby. Emily erklärte ihr Anliegen, und die Frau machte große Augen. »Milo ist weg?« Dann: »Das ist Liv letztes Jahr auch passiert. Der Kater liebt es, auf Achse zu sein.« Die Frau hatte eine freundliche, leise Stimme. »Ich schaue auf unserem Balkon nach, warten Sie.« Schon war sie verschwunden.

Emily spürte Erleichterung. Milo war also Liv ebenfalls entwischt. Sicherlich würde er auch dieses Mal wieder auftauchen.

Während sie wartete, hörte sie aus der Wohnung die sonore Stimme eines Radiomoderators, der gerade ein Interview mit einem Politiker ankündigte. Der Geruch von Toast stieg in Emilys Nase und erinnerte sie an ihre WG-Zeiten und die gemeinsamen Frühstücke mit ihren Mitbewohnern. Ein anderes Leben.

»Bei uns ist der Kater nicht.« Die Frau war zurück. »Tut mir leid. Und auf den Nachbarbalkonen ist er auch nicht. Der Sichtschutz …« Sie wollte gerade zu einer Erklärung ansetzen, als Emily sie unterbrach. »Danke.« Sie winkte ab. »Ich weiß, alle kaputt.«

Die Frau lächelte und strich dem Baby über den Kopf, als es anfing, unruhig zu werden. »Nicht aufwachen, bitte.« Dann schaute sie wieder zu Emily. Sie konnte den Blick der Frau sehen, der über ihr geschwollenes Auge und die Nackenstütze wanderte. »Fahrradunfall?«

Emily schüttelte den Kopf. »Falls Sie Milo sehen …«

»Sage ich Bescheid. Er wird schon wieder auftauchen.« Der Optimismus der Frau tat gut. »Gute Besserung«, rief sie Emily hinterher, als diese sich verabschiedete, um ihren Weg über den Flur fortzusetzen.

Doch sie hatte keinen Erfolg. Nur zwei weitere Nachbarn, ein älterer Herr und ein Pärchen, waren zuhause – niemand hatte Milo gesehen. Damit blieb nur noch eine Wohnung übrig.

Shakes.

Ihr Herz schlug bis zum Hals, als sie überlegte, ob sie auch ihn fragen sollte. Er wohnte schließlich direkt nebenan. Hatte Alex mit dem Mann schon gesprochen?

Sie stand vor Shakes' Wohnungstür, eine Hand bereits angehoben, um zu klingeln, dann beschloss sie, dass sie erst mit ihrem Exfreund reden musste.

Mit ein paar Schritten war sie zurück in Livs Wohnung. Zurück in einer Wohnung, die ohne Liv und ohne Milo eine Einsamkeit ausstrahlte, die allumfassend war. Die Stille war laut. Die Leere beengend.

Emily schickte Alex eine Nachricht und wartete einen Moment, doch als er nicht sofort antwortete, legte sie ihr Handy zur Seite.

Sie dachte an den gestrigen Abend. Ihr gefiel nicht, dass Alex sie verfolgt hatte. War es wirklich nur Sorge? Sein Verhalten war irgendwie seltsam in den letzten Tagen. Und warum hatte er ihr nicht helfen können, wenn er Shakes doch eigentlich die ganze Zeit im Auge behalten wollte? Das war doch der Sinn seiner Aktion gewesen.

Sie öffnete alle Fenster in der Wohnung, kalte Luft strömte von draußen in die Zimmer.

Ihre Gedanken wanderten zurück zu Milo. Was konnte sie noch tun? Sie hatte allen Nachbarn, mit denen sie gesprochen hatte, ihre Telefonnummer gegeben. Sollte sie zusätzlich noch einen Aushang machen?

Emily fing an, nach einem Zettel zu suchen. Der Blick auf das Chaos in der gesamten Wohnung verursachte ihr augenblicklich ein schlechtes Gewissen. Sie musste dringend weiter aussortieren, auch wenn Margaret keine Eile hatte. Trotzdem durfte sie nicht endlos ihre Zeit verschwenden.

In der Küche knirschte der Zucker unter ihren Füßen. Sie hatte ihn noch immer nicht aufgefegt, und mittlerweile waren die Zuckerkristalle auf dem gesamten Fußboden verteilt.

In einer Schublade fand Emily schließlich einen Schreibblock. Doch der Text, den sie schrieb, las sich wie eine rührselige Vermisstenanzeige. Sie zerknüllte das Papier und startete einen neuen Versuch. Als sie schließlich zufrieden war, schrieb sie das Ganze ein zweites Mal, dann ging sie auf den Hausflur und klebte beide Zettel auf die Wände gegenüber der zwei Fahrstühle. Jeder, der auf der Etage ankam, würde als Erstes die Suchmeldung sehen.

Einigermaßen zufrieden ging sie zurück in Livs Wohnung und sah, dass Alex in der Zwischenzeit geantwortet hatte. Er hatte Shakes noch am Abend einen Besuch abgestattet – ohne Erfolg. Er schrieb, er sei in der Polizeistation und werde in dieser Sekunde eine Vorladung in die Wege leiten.

Zumindest das war geklärt. Es blieb nichts, was Emily noch tun konnte.

Sie ließ Leitungswasser in den Wasserkocher laufen, holte einen Filter aus dem Schrank und füllte ihn mit gemahlenem Kaffee. Sie wartete, bis das Wasser sprudelte, dann goss sie es über das Pulver. Wartete wieder. Goss weiteres Wasser nach. Der Geruch von Kaffee stieg in ihre Nase.

Nachdem sie ein paar Schlucke genommen hatte, überkam sie plötzlich Unruhe. Vielleicht war es das Koffein, das ihre Lebensgeister weckte, oder die Erkenntnis, zum Nichtstun verdammt zu sein, doch sie hatte das Gefühl, auf irgendeine Weise sofort aktiv werden zu müssen. Sie eilte mit ein paar Schritten zu den Fenstern im Wohnzimmer. Schloss die Fenster und riss mit einer energischen Handbewegung das Zeitungspapier von den Scheiben. Schließlich holte sie aus der Küche einen Müllbeutel und stopfte alles hinein.

Sie lief zu dem Tisch neben dem Sofa, nahm den ganzen Stapel Zeitschriften, brauchte beide Hände, um alles zu greifen, war überrascht, wie schwer die Magazine waren, und schmiss sie ohne Zögern in den Müllsack. Sie kontrollierte nicht, ob weitere Fotos, Briefe oder sonstige Unterlagen in den Zeitungen verborgen waren.

Als Nächstes würde sie mit der Schublade voller Briefe, die sie vor einigen Tagen mit Entsetzen wieder geschlossen hatte, weitermachen. Es gab keinen Grund, das Ganze weiter hinauszuschieben. Die ungeordnete Post durfte nicht länger warten.

Emily beschloss, am Abend mit Margaret zu telefonieren. Sie musste absprechen, was mit den Behörden noch zu klären war, denn sie hatte bisher keinen Überblick über die Rechnungen und Verträge. Sicherlich hatte Livs Mutter die dringlichsten Dinge erledigt, doch Emily wollte sich zumindest rückversichern, dass sie nichts Wichtiges übersah. Außerdem musste sie Margaret von Milos Verschwinden berichten.

Also los. Sie zog die Schublade auf.

Sag die Wahrheit.

An die Drohung hatte sie gar nicht mehr gedacht. Der Brief lag oben in der Schublade – die Worte sprangen ihr förmlich ins Gesicht. Wer hatte Liv bloß diesen Brief zukommen lassen?

Nein, dachte sie. Umgekehrt. Was hast du rausgefunden, Liv? Wer sollte der Empfänger dieser Worte sein? Musstest du deswegen sterben?

Es war eher Intuition als rationales Wissen, und sicher sein konnte sie natürlich nicht, aber irgendetwas sagte ihr, dass Liv diesen Brief geschrieben hatte.

Emily legte die Drohung oben auf der Kommode ab. Es gab nun drei Stapel: Wichtige Dokumente. Unwichtige Dokumente. Drohungen.

Ein noch verschlossener Brief, dem Logo nach zu urteilen die Mitteilung einer privaten Krankenversicherung, fiel ihr als Nächstes in die Hände. Es blieb ihr keine Wahl, als den Umschlag zu öffnen. Es war die Bestätigung der jährlichen Beitragszahlung. Das Schreiben wanderte auf den Stapel mit den wichtigen Dokumenten.

Emily richtete sich auf. Ihr gesamter Körper war seit dem Angriff verspannt, fast als befände er sich in einer dauerhaften Verteidigungshaltung. Sie ließ die Schultern kreisen, so gut es mit der Nackenstütze eben ging. Doch ihre Muskeln protestierten bei der Bewegung. Mit einem Seufzen nahm sie den nächsten Brief, und genau in dem Moment sah sie es.

Sie starrte auf das schlichte Notizbuch. Grüner Einband. Auf dem Cover stand in schwarz gedruckten Buchstaben ein Wort: *Diary*.

Hatte Liv ein Tagebuch geführt? Schon wollte Emily zugreifen, da hielt sie in der Bewegung inne. Sollte sie …? Nein. Man las nicht in den Tagebüchern anderer Leute. Das war der ultimative Vertrauensbruch.

Sekunden verstrichen. Dann griffen ihre Finger doch danach.

Die Tatsache, dass Liv nicht mehr am Leben war, verursachte Emily ein noch schlechteres Gewissen, denn Tote konnten sich nicht mehr wehren. Trotzdem schlug sie die erste Seite auf.

Als Dreijährige habe ich mich mit einer Spinne angefreundet.

Sie klappte das Tagebuch wieder zu. Mit zitternden Händen legte sie es auf den Stapel mit den wichtigen Unterlagen, als würde sie sich verbrennen, wenn sie das Tagebuch noch eine Sekunde länger in den Händen hielt.

Der Gedanke, dass in Livs eigener Handschrift, diesen geschwungenen Buchstaben, die Emily seit ihrer Kindheit so gut kannte, Auszüge aus Livs Leben zu lesen waren, einem Leben, das es nicht mehr gab, war mehr, als sie ertragen konnte.

Emily schloss für einen Moment die Augen. Und schrie beinahe auf, als es an der Tür klingelte. Milo, dachte sie dann. Mit einem Satz war sie auf den Beinen. Hatte jemand den Kater gefunden? Bitte, dachte sie. Bitte.

Sie riss die Tür auf – und tatsächlich. Milo schaute sie mit zusammengekniffenen Augen an. Sie brauchte einen Moment, um sich zu sammeln. »Da bist du ja«, brachte sie hervor.

Shakes hielt den Kater im Arm, der nun anfing, sich zu winden, und ganz offenbar keine große Lust hatte, länger bei dem Mann zu bleiben.

»Hey«, sagte Shakes. »Suchst du einen Kater?« Er grinste und setzte Milo auf dem Boden ab, der sofort in die Wohnung schoss.

»War er bei dir?« Blöde Frage.

»Er stand gestern Abend auf meinem Balkon und guckte in mein Wohnzimmer.« Shakes lächelte. »Ich habe ihn direkt reingeholt, weil es schon spät war. Ich wollte ihn dir rüberbringen, aber du warst nicht da.« Shakes wurde plötzlich rot. Emily versuchte sein Gesicht zu lesen, wollte jede Unsicherheit erkennen. Sagte er die Wahrheit?

»Danke.« Sie ging einen Schritt zurück. »Ich hatte das Fenster im Schlafzimmer offen gelassen.«

»Also dann«, sagte Shakes.

Nachdem sie sich verabschiedet hatten und Emily den Kater begutachtet hatte, der unversehrt schien und bereits Richtung Küche zu seinem Napf steuerte, fiel ihr auf: Shakes hatte sie nicht auf ihre Verletzung angesprochen. Er hatte überhaupt nichts dazu gesagt, als trüge sie keine Nackenstütze und hätte kein blaues Auge.

Wäre nicht die erste Frage, wie es zu der Verletzung gekommen war? Sie dachte an die Frau mit dem Baby, eine Fremde, die sie noch nie zuvor in ihrem Leben gesehen hatte. Selbst die hatte wissen wollen, was ihr zugestoßen war. Hatte Alex recht? War Shakes der Angreifer?

»Was ist bloß passiert?«, fragte sie Milo, doch der Kater schaute sie nur konsterniert an und leckte sich eine Pfote.

Für den verbleibenden Teil des Mittags arbeitete sich Emily verbissen durch den Rest der Schublade, bis der gesamte Inhalt sortiert war.

Sie schaute auf die Stapel mit den Unterlagen. Zumindest hatte sie nun einen ungefähren Überblick, um was sie sich zuerst kümmern würde und welche Angelegenheiten Livs Mutter als Erstes in die Wege leiten musste.

Dann glitt ihr Blick wieder zu dem Tagebuch. Was, wenn darin Dinge standen, die Margaret besser nicht lesen sollte?

Die Sache mit Tim, zum Beispiel. Liv hatte letztes Jahr eine Affäre mit einem Mann gehabt, der nicht nur verheiratet, sondern auch ihr Vorgesetzter gewesen war.

Was war mit dem Rausschmiss bei Foster & Partner, bevor Liv ihren neuen Job gefunden hatte? War es nicht Emilys Aufgabe als Freundin, dafür zu sorgen, dass Livs Geheimnisse ihre Geheimnisse blieben? Livs Gedanken und Sorgen waren nicht für die Augen einer anderen Person bestimmt.

Vielleicht sollte sie das Tagebuch einfach entsorgen?

Ihr Blick fiel auf die Drohung, die oben auf der Kommode lag. *Sag die Wahrheit.*

Was, wenn das Tagebuch Aufschluss über jenen letzten Morgen in Livs Leben geben konnte? Über die Drohung?

Hatte sie nicht die Verantwortung, das zu überprüfen?

Livs Handschrift war schwer zu entziffern. Die Buchstaben waren groß, aber dicht nebeneinander und etwas nach links geneigt. Doch Emily kannte diese Schrift seit über zwanzig Jahren.

Sie erinnerte sich an ihre Schulzeit und wie sie in der Grundschule neben Liv gesessen und in deren Heften gelesen hatte. Der Trick war, die Worte mit etwas Abstand zu betrachten, sich nicht an einzelnen Buchstaben aufzuhalten. Auf diese Weise verstand man zuerst den Kontext – und plötzlich ergaben dann auch die Worte einen Sinn.

Emily fuhr mit dem Finger über die Seiten, spürte die Abdrücke, die der Kugelschreiber auf dem Papier hinterlassen hatte. Es würde eine Weile dauern, bis sie alles gelesen hatte, doch immerhin war das Tagebuch nur zur Hälfte vollgeschrieben.

Als Dreijährige habe ich mich mit einer Spinne angefreundet.

Emily begann zu lesen, ihre Augen glitten über die Seiten, Zeile für Zeile arbeitete sie sich durch die ersten Abschnitte und Passagen. Mit jedem Wort wurde ihr schlechtes Gewissen größer.

Sie hatte Mühe, sich zu konzentrieren, immer wieder stoppte sie. Immer neue Fragen tauchten in ihrem Kopf auf. Wussten die Beamten von dem Tagebuch? Wurde nach dem Tod eines Menschen, der als Unfall oder Selbstmord eingeschätzt worden war, die Wohnung des Opfers von der Polizei routinemäßig durchsucht? In solchen Fällen wäre doch ein Tagebuch oder Abschiedsbrief ein Dokument, das wertvolle Hinweise, ja sogar eine Erklärung liefern könnte.

Plötzlich kam Emily der Gedanke, dass sie nie, nicht auch nur ein einziges Mal ernsthaft in Erwägung gezogen hatte, dass Liv sich mit Absicht auf die Gleise gestürzt haben könnte.

Was, wenn es keinen Abschiedsbrief gab, aber einen Eintrag in diesem Tagebuch, der dieselbe Funktion erfüllte oder eine Andeutung machte? Nein, dachte sie. Liv hat sich nicht umgebracht.

Seite für Seite offenbarten sich ihr mehr Details aus der Gedankenwelt ihrer Freundin. Wer war dieser Mann, von dem Liv die ganze Zeit schrieb? Liv hatte ihr gegenüber nie von ihren Gefühlen für diese Person berichtet.

Emily musste einfach weiterlesen, weiter und weiter – doch die Liv aus dem Tagebuch wurde ihr mit jeder Seite fremder.

Nach einer Weile kam sie bei einem Eintrag über Livs Einweihungsparty vor über zwei Jahren an. Emily erinnerte sich noch gut an jenen Abend, schließlich hatte sie dort Alex kennengelernt.

Sie las den Eintrag. Traute ihren Augen nicht. Fassungslos starrte sie auf die Buchstaben:

Und dann verliebt sich der Idiot in Emily.

Livs Worte fühlten sich an wie eine Ohrfeige. Ihre Freundin hatte ihr übelgenommen, dass sie Alex auf ihrer Party kennengelernt hatte.

Liv hatte nie etwas in der Richtung verlauten lassen. Woher hätte Emily wissen sollen, dass Liv ebenfalls Interesse an Alex gehabt hatte?

Sie merkte, wie sich Trotz in ihr ausbreitete. Es war ja immer noch Alex' Entscheidung, mit wem er eine Beziehung eingehen wollte.

Emily las den Eintrag ein weiteres Mal. Die Worte ließen keinen Zweifel an der Absicht ihrer Freundin. Alle Einträge, die sie zuvor gelesen hatte, alle Andeutungen über diesen Mann, bezogen sich auf Alex. Seit über zwei Jahren war Liv heimlich in ihren Exfreund verliebt und hatte offenbar nach Emilys Trennung eine Chance gesehen, ihn für sich zu gewinnen.

Er wird sich in mich verlieben.

Er weiß das bloß noch nicht.

Emily legte das Tagebuch zur Seite. Sie rief sich den Abend der Party ins Gedächtnis, an dem Liv ihren Einzug in das Barbican gefeiert hatte.

Sie hatte Sekt getrunken. Zusammen mit den Frauen aus der WG, Maura, die sich später um Milo gekümmert hatte, und ihren Mitbewohnerinnen. Emily hatte viel gelacht an jenem Abend. Sie hatte in Livs Arm gelegen. Und irgendwann hatte sie in Alex' Arm gelegen. Ja, sie hatte bereits auf der Party mit ihm rumgemacht.

Am nächsten Tag hatte sie Liv eine Textnachricht geschickt. Daran konnte sie sich erinnern, obwohl es schon so lange her war, denn sie hatte an jenem Abend mit ihren Prinzipien gebrochen und war direkt nach der Einweihungsparty mit zu Alex gegangen. Wo sie die Nacht verbracht hatte.

Sie stand auf, holte ihr Handy aus der Küche und fing an, im Chat jene Nachricht zu suchen, die sie Liv damals geschickt hatte. Sie hielt die Luft an, als sie durch die vielen Nachrichten scrollte, die sie und ihre Freundin sich in den letzten Jahren geschickt hatten. Die Worte einer Toten.

Dank der Suchfunktion wurde sie schnell fündig:

Vielen Dank für die tolle Party. Bin noch im Shakespeare Tower. ;-)

Die Beichte über einen One-Night-Stand. Emily musste schlucken bei dem Gedanken, wie diese Nachricht von ihrer Freundin aufgenommen worden sein musste.

Sie blätterte auf die nächste Seite des Tagebuchs, wollte nicht weiterlesen, hatte Angst vor den Zeilen, die noch kommen würden, doch es war zu spät. Sie musste es zu Ende bringen.

Bei jeder Seite, die sie umschlug, nicht wissend, was sie erwartete, fragte sie sich, ob es besser wäre, das Tagebuch zurück in die Schublade zu legen.

Sie wunderte sich, als sie auf einen besonders kurzen Eintrag stieß. Weniger als eine halbe Seite hatte Liv an jenem Tag geschrieben.

Es ist erstaunlich, was man über Menschen herausfinden kann, wenn man gründlich genug sucht. Ich schätze, wir alle haben Leichen im Keller, die Frage ist nur, wie viele und ob jemand sie findet.

Einen Moment saß Emily da, starrte auf das Papier. Was hatte Liv über ihren Exfreund herausgefunden?

Eine Gänsehaut bildete sich auf Emilys Haut. Wollte Alex deswegen nicht, dass sie in Livs Appartement wohnte und deren Sachen ausräumte? Hatte er Angst, auch sie könnte etwas über ihn herausfinden? Sag die Wahrheit, dachte sie plötzlich.

Ihre Finger blätterten durch das Tagebuch, sie wollte sehen, wie viele Seiten noch kamen, doch es gab nur noch einen weiteren Eintrag.

Sie starrte auf den ersten Satz des letzten Eintrags.

Männer lieben Opfer.

LIVS TAGEBUCH

Männer lieben Opfer. Es macht sie größer – und stärker. Welcher Mann lässt sich die Möglichkeit entgehen, den Beschützerinstinkt raushängen zu lassen oder den Helden zu spielen, gerade in einer Zeit, in der die traditionelle Rollenverteilung aufgebrochen wird?

Gerade hat Alex meine Wohnung verlassen. Ich muss es einfach aufschreiben, sofort, und ich schreibe es ein zweites Mal, weil es sich so verdammt gut anfühlt.

Gerade hat Alex meine Wohnung verlassen.

Ich war noch im Bademantel, als es an der Tür klopfte. Ich hatte ihm eine Textnachricht geschickt. »Kannst du vorbeikommen? Ich habe bei meiner Aussage gestern etwas vergessen.«

Gestern. Der Tag, auf den ich seit Monaten hingearbeitet habe. Gestern war ich bei der Polizei und habe eine Anzeige gemacht.

Die Anzeige gibt mir die Möglichkeit, Alex' Aufmerksamkeit zu bekommen. Er wird mir nicht länger aus dem Weg gehen oder mich mit einer knappen Ausrede abspeisen, weil er nicht weiß, wie er seit der Trennung von Emily mit der Situation umgehen soll. Diese Zeiten sind vorbei, denn ich habe jetzt einen neuen Status. Ich bin nicht mehr nur die Freundin seiner Ex. Ich bin jetzt ein Opfer. Und Männer lieben Opfer.

Gestern marschierte ich in die Polizeidienststelle an der Tolpuddle Street und verlangte DS Alexander Wood zu sprechen. Der diensthabende Beamte am Schalter informierte mich, das sei nicht möglich, aber damit hatte ich gerechnet. Nachdem ich sagte, ich sei ein Opfer von Gewalt geworden und Alex ein Bekannter, und ich würde nur mit ihm sprechen, holte man ihn schließlich doch.

Ich konzentrierte mich auf Alex' braune Augen, die heller sind als jedes Paar braune Augen, die ich je gesehen habe, und gab die Straftat zu Protokoll.

Mein direkter Nachbar, Lee »Shakes« Hill, hatte sich Zutritt zu meiner Wohnung verschafft. Ich berichtete bis ins letzte Detail von dem Ausbruch an Gewalt, der ohne Vorwarnung über mich hereingebrochen war. Zählte die Verletzungen auf, die Shakes mir angetan hatte.

Wie ich schon schrieb: Es ist erstaunlich, was man über Menschen herausfinden kann, wenn man gründlich genug sucht. Jeder Mensch hat ein Geheimnis. Ein paar Anrufe hier und da. Datenschutz? Kein Problem, wenn man als Architektin mit Hausverwaltern, Behörden und Banken arbeitet.

Shakes war im Gefängnis. Er ist ein Exknacki. Wer hätte das geahnt?

Ich hatte meine Glaubwürdigkeit auf dem Silbertablett serviert bekommen.

Shakes war die Spinne, die ich essen musste, denn ich habe etwas getan, was man in den Augen anderer Menschen nicht tut. Ich habe eine Lüge erzählt. Ursache und Wirkung.

Meine Worte, die ich bei Alex in der Polizeidienststelle zu

Protokoll gab, klangen überzeugend. Beinahe glaubte ich mir selbst.

Denn Shakes war an jenem Morgen gar nicht in meiner Wohnung. Ich habe ihn seit Tagen nicht gesehen. Er hat mich nicht verletzt.

Shakes hat jetzt seinen Zweck erfüllt. Ein bisschen Flirten hier und da. Eine Einladung auf ein Feierabendbier, denn ich brauchte ja seine Fingerabdrücke in meiner Wohnung. Gestern habe ich noch die Bierflasche, aus der er bei seinem Besuch getrunken hat, auf den Boden geschmissen. Seine Fingerabdrücke sind auf den Scherben, und die zwei Beamten, die ihm einen Besuch abgestattet haben, waren am Abend bei mir und haben das »Beweismaterial« abgeholt.

Natürlich wird Shakes alles abstreiten. Er hat ja nichts getan. Doch niemand wird ihm glauben.

Ich habe zusätzlich einen Bericht aus der Notaufnahme des University College London Hospital, um meine Aussage zu untermauern. Die Selbstverletzungen waren ein notwendiges Übel.

Aus diesem Grund schreibe ich hier jedes Detail auf, um mich in Zukunft daran zu erinnern, wie wichtig eine sorgfältige Vorbereitung für das Gelingen eines Plans ist.

Alex hörte mir zu, während ich in der Polizeidienststelle meine Geschichte erzählte. Er bot an, eine Kollegin dazuzuholen, das sei übliches Prozedere in solchen Fällen, doch ich lehnte ab. Alex nahm mich in den Arm, fragte, ob das in Ordnung sei.

Nachdem alles geklärt war, wollte er wissen, ob ich einige Tage bei Freunden unterkommen könnte. Ich verneinte, und das gefiel ihm nicht. Sein Gesichtsausdruck war besorgt, er be-

kommt dann dieses Grübchen auf der Wange. Er versicherte mir, künftig ein Auge auf mich zu haben, denn der Täter wohnt ja Tür an Tür. Er sagte, ich könnte mich jederzeit bei ihm melden. Ich verkniff mir ein Lächeln.

Gerade hat Alex meine Wohnung verlassen. Ja, ich habe es jetzt ein drittes Mal geschrieben.

Alex hatte noch keine zwei Schritte auf dem Flur gemacht, und ich hob eine Hand zum Abschied, da kam Emily den Gang runter, um mich abzuholen.

Wir sind heute zu unserem Ausflug nach Surrey verabredet, und sie wollte mir vorher noch ein Paar Schuhe bringen, die ihr nicht passten.

In Zukunft werde ich mich von ihr fernhalten, damit sie mir nicht ein weiteres Mal in die Quere kommt. Emily ist jemand, für die der Ex einer Freundin tabu ist, als sei das ein Sakrileg. Ein Verstoß gegen die Regeln einer Freundschaft, dabei ist sie diejenige, die sich nicht an die Regeln gehalten hat.

Es war meine Einweihungsparty. Alex war mein *Gast. Und sie hat ihn mir damals vor der Nase weggeschnappt.*

Alex kommt also aus meiner Wohnung. Und Emily läuft direkt auf ihn zu. Ein Zufall, der mit einem Schlag die Katze aus dem Sack gelassen hat.

Ihr Gesicht. Ein Schock. Und dabei ahnt Emily nicht, was ich ihr gleich noch erzählen werde.

EMILY

Sie starrte auf das Papier. Auf die Worte ihrer Freundin, verfasst am Morgen ihres Todes. Ein letzter Gruß, so fühlte es sich beinahe an, und gleichzeitig ein ausgestreckter Mittelfinger in … ja, in wessen Richtung eigentlich?

Die Worte verschwammen vor ihren Augen.

Sie hatte erwartet, dass ihr beim Lesen des Tagebuchs die Tränen kommen würden, doch das Einzige, was sie spürte, war Verwirrung.

Wie hatte sie sich so in ihrer Freundin täuschen können? Ihr war nicht klar gewesen, wie manipulativ Liv gewesen war.

Emily schaffte es nicht, das Tagebuch zu schließen. Konnte keinen Finger rühren, war erstarrt, unfähig zu verstehen, was sie da gerade gelesen hatte.

Die Polizei hatte das Tagebuch nicht gefunden, so viel stand fest. Alex hatte ihr von der Anzeige gegen Shakes erzählt, und das hätte er nicht getan, wenn er gewusst hätte, dass die Anzeige auf einer Lüge basierte. Alex war zu Livs Spielball geworden. Ja, er selbst war der Grund für diese Manipulation.

Männer lieben Opfer.

Liv, die ihr die Beziehung zu Alex nicht gegönnt hatte. Für die alles ein Spiel gewesen war. Die sich vorgenommen hatte, Alex zu erobern, koste es, was es wolle.

Dann erst verstand Emily: Shakes war unschuldig. Er hatte mit der ganzen Sache nichts zu tun. Liv hatte ihn einer Lüge beschuldigt, nur um die Aufmerksamkeit und Fürsorge von Alex zu bekommen. Was hatte ihre Freundin sich bloß dabei gedacht? Eine Lüge, die nicht nur Shakes schaden konnte, sondern auch allen Frauen, denen so etwas passiert war und denen man nicht glaubte. Emily spürte Wut in sich aufsteigen.

Shakes einziger Fehler war gewesen, neben Liv zu wohnen. Er hatte sich mit Liv getroffen und keine Ahnung gehabt, dass er mit jedem Wort und jeder Minute, die er mit ihr verbrachte, eine Anzeige gegen sich besiegelte. Und fast hätte er dafür mit einem erneuten Gefängnisaufenthalt bezahlt. War Liv diese Konsequenz klar gewesen?

Emily ging in die Küche und begann nach Alkohol zu suchen. Sie musste verdauen, was sie gerade gelesen hatte, und brauchte einen Drink.

Sie öffnete alle Schränke, doch die einzige Ausbeute war eine Flasche Cider, die im Gemüsefach des Kühlschranks lag. Das Etikett zeigte, dass der Inhalt seit zwei Monaten abgelaufen war. Sie beschloss, das Risiko nicht einzugehen, öffnete die Flasche und goss den Inhalt in das Spülbecken, als sei es irgendwie wichtig, den Cider sofort zu entsorgen. Der Geruch von vergorenem Apfel strömte ihr entgegen, als der Inhalt gluckernd und schäumend im Abfluss verschwand.

Emily dachte an ihr erstes Aufeinandertreffen mit Shakes. Alles ergab plötzlich einen Sinn. Sein Verhalten. Die Dinge, die er zu ihr gesagt hatte, ja auf eine Weise sogar sein Interesse an ihrer Person, denn sie war die Freundin von der Person, die ihm ziemlich übel mitgespielt hatte.

Sein Geheimnis, oder zumindest ein Umstand, den er sicherlich lieber für sich behielt – sein Aufenthalt im Gefängnis –, war von Liv nicht nur gelüftet, sondern ausgenutzt worden.

Emily verstand: Liv hatte in ihrem Tagebuch nicht auf Alex und irgendein Geheimnis angespielt, wie sie zunächst gedacht hatte, sondern Shakes und seine Vergangenheit gemeint.

Mit den Fingern spielte sie an ihrer Nackenstütze, klopfte gegen das Plastik, während sie nachdachte. Wer hat mich angegriffen?, dachte sie. Für Alex schien die Sache klar zu sein. Doch welchen Sinn sollte es machen, dass Shakes für diese Tat verantwortlich war?

Sie holte das Tagebuch aus dem Wohnzimmer, setzte sich an den Küchentisch.

Sag die Wahrheit, dachte sie plötzlich wieder. Ohne Zweifel musste diese Drohung von Shakes gekommen sein. Er musste in seiner Wut Liv den Brief am Vorabend ihres Todes zugesteckt haben.

Ihr Blick klebte auf der letzten Seite des Tagebuchs, auf den letzten Zeilen, geschrieben am letzten Tag eines Lebens.

Ihr Gesicht. Ein Schock. Und dabei ahnt Emily nicht, was ich ihr gleich noch erzählen werde …

Die Worte, mit denen Liv sich aus der Welt verabschiedet hatte. Was hatte Liv ihr erzählt?

Emily richtete sich auf. Irgendetwas stimmte nicht. Sie las den Eintrag ein weiteres Mal. *Das* sollten die letzten Worte sein? Geschrieben am Tag der Katastrophe. Kurz bevor Liv in den Tod gestürzt war.

Wann hatte Liv an jenem Morgen die Zeit dafür gefunden, dies alles aufzuschreiben? Emily selbst war ja offenbar kurz zuvor bei Liv in der Wohnung aufgetaucht, um sie zu ihrem Ausflug nach Surrey abzuholen und ihr die Schuhe zu bringen.

Liv hatte sicherlich nicht Tagebuch geschrieben, während sie neben ihr gesessen hatte. War das Tagebuch eine Fälschung? Aber wer sollte ein Tagebuch fälschen, um …

Shakes, dachte sie. Natürlich. Er musste ihr das Tagebuch irgendwie untergeschmuggelt haben. Sie dachte an das Licht im Badezimmer, an das geöffnete Fenster. Milo, der angeblich auf seinem Balkon gesessen hatte.

Nein, dachte sie dann. Dies ist Livs Schrift. Sie kannte diese Handschrift seit ihrer Kindheit. Und woher sollte Shakes Details aus Livs Leben kennen, die Einweihungsparty, zum Beispiel? Sie verwarf die Idee. Aber der Gedanke kam zurück, ließ sich nicht abschütteln. War vielleicht nur der letzte Eintrag, in dem es um die Aussage bei der Polizei ging, eine Fälschung?

Emily schlug Seite um Seite um, verglich jeden einzelnen Buchstaben. War es möglich, diese Schrift so gut nachzuahmen?

Sie hatte ihre Zweifel.

Das bedeutete, dass es nur eine logische Erklärung gab: Liv hatte diese Zeilen tatsächlich an jenem Morgen geschrieben. Emily spürte einen bitteren Geschmack in ihrem Mund. Während sie irgendwo auf Liv gewartet hatte, hatte Liv ihren Triumph in das Tagebuch geschrieben. Sie hatte nicht einmal bis zum Abend warten können, um ihre Freude über diesen Erfolg mit dem Papier zu teilen.

Sie starrte noch immer auf die letzten Worte ihrer Freundin. Das Tagebuch war das Zeugnis einer Lüge, eines Charakters, der wenig mit der Liv zu tun gehabt hatte, die sie gekannt und die Liv der Welt präsentiert hatte.

Dann traf es Emily plötzlich wie ein Schlag. Ihr Herz blieb stehen.

Ihr Gesicht. Ein Schock.

O Gott.

Sie blätterte hastig, suchte die Worte, die sie weiter vorne in dem Tagebuch gelesen hatte.

Emily ist jemand, für die der Ex einer Freundin tabu ist, als sei das ein Sakrileg. Ein Verstoß gegen die Regeln einer Freundschaft.

Emily schluckte. War ihr Gefühl die ganzen Monate richtig gewesen? Hatte sie ihre Freundin auf die Gleise gestoßen? Wegen Alex?

War nicht nur Liv nicht die Person, für die Emily sie ihr Leben lang gehalten hatte, sondern war sie selbst auch nicht die Person, die sie meinte zu kennen? War bei ihr an jenem Morgen eine Sicherung durchgebrannt?

Nein, sie stieß nicht plötzlich ihre Freundin vor einen Zug. Der Gedanke war absurd.

Emily schüttelte den Kopf. Was für ein Blödsinn. Sie hatte kein Motiv. Warum ließ sie bloß immer wieder zu, dass dieser Gedanke wie ein vergifteter Stachel ihren Verstand infizierte? Ihre Beziehung war vorbei. Alex konnte tun und lassen, was er wollte.

Doch sie musste Alex das Tagebuch zeigen. Er sollte die Wahrheit über Liv wissen. Er war einer Intrige zum Opfer gefallen, genau wie Shakes, der keine Ahnung hatte, dass ein Beweis für seine Unschuld aufgetaucht war.

HIS MAJESTY'S PRISON WANDSWORTH

Mindestens dreißig Minuten am Tag durften die Männer im Innenhof verbringen. Das schrieb das Gesetz vor. Doch in vielen Einrichtungen zeigte man sich großzügig, und der Zeitraum wurde auf eine Stunde erweitert – so auch im HMP Wandsworth.

Trotz Dauerregen, der bereits gestern Abend eingesetzt und den Hof mittlerweile in einen kleinen See verwandelt hatte, nutzten auch heute die meisten Insassen die Gelegenheit, frische Luft zu schnappen. Die Zeit draußen war kostbar und schlechtes Wetter kein Hindernis, sondern eine willkommene Abwechslung. Jeder Regentropfen auf der Haut, jede Windbö, Gänsehaut am gesamten Körper – das alles war eine Bestätigung, dass man noch am Leben war.

Shakes saß mit Pete in einer Ecke des Hofs auf einer Bank, deren Holz vom Regen durchgeweicht war. Petes Schuhe standen in einer Pfütze, Wasser lief von seinen Haaren in einem Rinnsal den Rücken runter.

Shakes musterte seinen Kumpel. Dessen Hemd war zerrissen, und Blut tropfte aus seiner Nase. Mit dem Ärmel seines Shirts wischte Pete sich über das Gesicht, hinterließ eine verschmierte Spur auf seiner Wange. Dann spuckte er auf den Boden. Es war das vierte Mal in einem Monat, dass es Pete erwischt hatte.

»Frage«, sagte Shakes und stieß seinen Freund an. »Wer war das?«

»Antwort«, Pete versuchte ein Grinsen: »Zusammenstoß mit Wayne.«

Shakes kniff die Augen zusammen. Seit der ersten Begegnung mit seinem Zellengenossen war ihm klar gewesen, dass Pete es hier drinnen besonders schwer hatte. Zu jung, zu schüchtern, zu unerfahren – und ein Student.

Pete war das Lieblingsopfer der anderen Insassen, die seine zarte Statur als Grund für regelmäßige Übergriffe nutzten, und er war das Lieblingsopfer der Wärter, die sich von seiner stillen Art und seinem Intellekt bedroht fühlten und nicht eingriffen, sondern lieber wegschauten, wenn ihm Gewalt angetan wurde.

Shakes wusste nicht, was er sagen sollte. Vereinzelte Hagelkörner fielen vom Himmel, prallten auf ihre Köpfe und Schultern. Ein Unwetter hatte sich über ihnen zusammengebraut. Er griff nach einem Hagelkorn, das auf seinem Knie gelandet war, es hatte eine beachtliche Größe, und drehte es zwischen den Fingern. »Betrug«, sagte Shakes schließlich, weil er plötzlich das Bedürfnis verspürte, Pete den Grund seiner Inhaftierung zu verraten. »Ich sitze wegen einer Betrugssache hier ein.« Er sprach nicht gern über seine Verurteilung und hätte diese ganze Angelegenheit am liebsten aus seinem Gedächtnis gestrichen.

Die andere Partei hatte den besseren Anwalt gehabt, hatte überhaupt einen Anwalt gehabt, und das war alles, was man darüber wissen musste.

Pete schaute überrascht auf. Seit geraumer Zeit teilten sie eine Zelle, und doch hatten beide nie darüber gesprochen, warum sie in Wandsworth saßen, beinahe als wollten sie nicht zu viel preisgeben, ihre Freundschaft, wenn man es so nennen wollte, nicht riskieren.

»Drogen«, sagte Pete, als hätte er nur auf die Möglichkeit gewartet, sich sein eigenes Vergehen von der Seele zu reden. »Ich bin beim Dealen erwischt worden.« Er verzog das Gesicht. »So lautet zumindest die offizielle Verurteilung.«

Jetzt war es Shakes, der seinen Freund überrascht anschaute. »Deswegen sitzt doch keiner ein?«

»Ich habe mich auf Anraten meines Anwalts schuldig bekannt – Kokain, Speed, Ecstasy. Am Ende habe ich fünf Monate bekommen.« Er klang resigniert. »Das war ein Fehler.«

»Du bist in der Partyszene unterwegs?« Shakes dachte an das Poster in der Zelle.

Pete nickte. »Das war alles für den Eigenbedarf.« Seine Stimme klang trotzig.

Shakes war nicht sicher, ob er Pete glauben sollte. Aber vielleicht war das die Version, die Pete sich selbst erzählte, um nicht vollkommen den Boden unter den Füßen zu verlieren. Jeder hier drinnen hatte eine Strategie, um mit der eigenen Unzulänglichkeit klarzukommen, doch die Menge an illegalen Substanzen, mit denen sein Zellenkumpan erwischt worden war, musste beträchtlich gewesen sein. Niemand bekam als Ersttäter fünf Monate ohne Bewährung für den Eigenbedarf aufgebrummt.

»Du bist also auch nur aufgrund des Platzmangels in den anderen Gefängnissen hier in Wandsworth gelandet«, stellte Shakes fest.

Pete nickte. »Kategorie B.« Er spuckte wieder auf den Boden.

Das HMP Wandsworth war ein Kategorie-B-Gefängnis, das eigentlich nur für die Unterbringung von Schwerverbrechern vorgesehen war. Drogen, Erpressung – solche Vergehen wurden in der Regel unter gelockerten Haftbedingungen in einem Kategorie-C-Gefängnis abgesessen.

»Bei guter Führung wirst du maximal drei Monate bleiben. Das hat der Richter einkalkuliert«, sagte Shakes und ließ die Tatsache unerwähnt, dass er selbst den Glauben an eine Verkürzung der Haftzeit verloren hatte. Die Geschichten der anderen Insassen klangen nicht vielversprechend.

Pete richtete sich auf. »Man muss immer das Ziel im Auge behalten.«

Shakes grinste. »Hast du das aus einem Glückskeks?« Dann klopfte er Pete auf die Schulter. »Das ist ein guter Ratschlag.«

Eine Weile sagte keiner von ihnen etwas. Der Hagel hatte aufgehört. Dafür ertönte in der Ferne ein Donner. Ein Schwarm Krähen flog über den Innenhof, krächzend, aber dennoch majestätisch, aufgescheucht von dem Unwetter. Die Vögel segelten im Wind, ließen sich von Böen durch die Luft treiben. Shakes fiel die riesige Spannweite ihrer Flügel auf, es musste fast ein Meter sein.

»Falls du hier drinnen weiter Probleme bekommen solltest, kannst du dich auf mich verlassen«, sagte Shakes dann.

»Probleme?« Pete lachte laut auf. Dann wurde er ernst. »Danke, Kumpel. Und falls du irgendwann draußen in Schwierigkeiten gerätst – ich kenne auch ein paar Leute.«

»Du kennst Leute?«

Pete grinste. »Ich studiere Informatik.«

Shakes schaute ihn verständnislos an.

»Ein Anruf, und das Pentagon ist lahmgelegt.« Pete zwinkerte ihm zu. »Ich gebe dir eine Telefonnummer.«

»Für den Fall der Fälle?«, fragte Shakes und grinste jetzt. Er hatte wirklich noch nie einen Menschen wie Pete kennengelernt.

»Für den Fall der Fälle«, sagte Pete.

EMILY

Als sie vor der Polizeistation in der Tolpuddle Street in Islington ankam, wurde ihr klar, dass es, sobald sie die Eingangstür öffnete und in dem Gebäude verschwand, kein Zurück mehr geben würde. Sie würde eine Reihe von Ereignissen lostreten, die außerhalb ihrer Kontrolle waren. Doch sie hatte keine Wahl, Alex musste wissen, was sie herausgefunden hatte.

Das unscheinbare Bauwerk aus gelbem Backstein befand sich in einer Nebenstraße westlich von Angel, kurz vor Kings Cross, einem Niemandsland zwischen zwei Stadtteilen.

Islington Police Station stand in Stein gemeißelt über der Tür. Neben einer Handvoll Mannschaftswagen, die vor dem dreigeschossigen Gebäude parkten, war dies der einzige Hinweis darauf, dass es sich um eine Polizeidienststelle handelte. Weiße Jalousien verdeckten die Fensterscheiben im Erdgeschoss, schützten die Beamten vor neugierigen Blicken von draußen.

Emily atmete tief ein und trat durch die Tür. Sie musste an Liv denken, die einen Tag vor ihrem Tod genau diesen Weg genommen hatte.

Innen sah die Polizeistation ähnlich trostlos aus wie von außen. Auf dem Boden lag graues Linoleum. Die Wände hatte man in einem Versuch, für Farbe zu sorgen, dunkelblau gestrichen.

Ein Poster mit dem Slogan *We're Recruiting Police Officers* gefolgt von der Aufforderung *Join Us* hing an der Seite des Flurs. Über dem Werbespruch zierte ein Gruppenfoto das

Plakat: Gut gelaunte Frauen und Männer in Uniform lachten in die Kamera.

Emily lief durch einen Gang, an dem Wartebereich vorbei zum Empfang – ein schlichter Tresen, hinter dem ein Beamter saß. Sie hatte erwartet, dass es hier von Menschen wimmeln würde, doch das Gegenteil war der Fall. Eine einzige Frau saß auf einem Stuhl, ihr linkes Hosenbein hochgezogen, die Haut bis zum Knie dreckig. Neben ihr auf dem Boden stand eine prall gefüllte Plastiktüte, deren Henkel abgerissen waren. In der Hand hielt sie eine Dose Bier. Die Frau schenkte Emily ein zahnloses Lächeln.

Die Tür zu einem Büro in der zweiten Etage wurde wenige Minuten später aufgerissen. Der Beamte am Empfang hatte sie durchgewunken und ihr den Weg in die oberen Stockwerke erklärt, nachdem er Alex per Telefon über ihren Besuch informiert hatte.

»Emily«, sagte Alex. Eine Feststellung. »Wie geht es dir? Dein Gesicht sieht ja abenteuerlich aus.«

»Du warst nicht zuhause«, sagte sie, ohne auf seine Frage einzugehen. Sie hatte es tatsächlich zuerst im Shakespeare Tower versucht und sich dann erinnert, dass er ihr am Morgen geschrieben hatte, bereits im Dienst auf der Polizeistation zu sein.

»Ist etwas passiert?«, fragte Alex. Er klang alarmiert. »Wir können in das Besprechungszimmer gehen.« Er zeigte auf eine Tür am Ende des Ganges. »Ich habe die Vorladung für Lee Hill fertig gemacht. Zwei Kollegen werden bei ihm vorbeifahren.«

»Die Vorladung ist nicht nötig, glaub ich.« Ohne eine Erklärung zu geben, ging Emily an ihm vorbei.

»Wie kommst du denn darauf?« Alex setzte sich ihr gegenüber. Eine leere Kekspackung und eine Teekanne standen auf dem Tisch. Emily war froh, dass es sich hier wirklich um einen Meetingraum und kein Verhörzimmer handelte, irgendwie machte es das Ganze weniger offiziell.

Sie verschwendete keine Zeit. Mit einem ausgestreckten Arm streckte sie Alex das Tagebuch entgegen. »Hast du davon gewusst?«

»Was ist das?«

»Livs Tagebuch. Ich habe es beim Aussortieren gefunden.« Emily beobachtete seine Reaktion. Sie konnte Alex' Überraschung sehen. Er nahm ihr schweigend das Tagebuch aus der Hand, blätterte durch die Seiten. Seine Augenbrauen waren hochgezogen.

»Habt ihr Livs Wohnung nach ihrem Tod durchsucht?«, fragte sie.

»Falls du eine offizielle Hausdurchsuchung meinst – nein. Die Kollegen waren mit dem Einverständnis der Familienangehörigen in der Wohnung, aber es wurde nicht jeder Winkel unter die Lupe genommen. Wir haben schließlich nicht in einem Mordfall ermittelt, sondern wollten nur überprüfen, ob Liv einen Abschiedsbrief hinterlassen hat.«

»Und so ein Dokument wird naturgemäß nicht versteckt.«

»Richtig.«

»Ich schlage vor, du liest das Tagebuch in Ruhe durch. Die Handschrift ist gewöhnungsbedürftig, aber du wirst es schon schaffen.«

»Warum sollte ich Livs Tagebuch lesen? Hat sie darin einen Selbstmord angedeutet?«

»Nein, lies es.«

Alex schüttelte den Kopf. »Das geht nicht.«

»Vertraue mir.« Sie machte eine Pause und konnte an seinem Blick erkennen, dass er ihr nicht vertraute. »Du spielst die Hauptrolle«, sagte sie.

Er starrte sie an. »Was?«

»Ich lasse dir das Tagebuch hier.« Emily zögerte einen Moment. Doch sie brauchte Gewissheit. Bevor sie es sich anders überlegen konnte, fragte sie: »Ist zwischen dir und Liv je etwas gelaufen?« Ihr Herz wurde schwer, als ihr bewusst wurde, dass ihr die Antwort nicht gefallen könnte. Liv hatte in ihrem Tagebuch nichts in der Art angedeutet, im Gegenteil, sie hatte sich eine Intrige überlegt, allein um Alex' Aufmerksamkeit zu bekommen. Doch Emily musste es aus seinem Mund hören.

Würde er ihr die Wahrheit sagen? Alex war immer die sichere Bank gewesen, und plötzlich stellte sie alles in Frage.

»Wie kommst du denn darauf?« Alex schaute sie verblüfft an. Der Themenwechsel hatte ihn kalt erwischt, das konnte sie sehen.

»Steht das in dem Tagebuch?«, fragte er.

Interessant.

»Beantworte einfach meine Frage.« Wie aus dem Nichts erinnerte sie sich an seinen Blick vor ein paar Tagen, als sie Livs Wachsjacke getragen hatte. Er hatte die Jacke sofort erkannt. Wie eng waren er und Liv gewesen in den letzten Monaten?

Er schüttelte den Kopf. »Du bist ja total durch den Wind.«

»Ja oder nein?«

Eine Sekunde verstrich. Eine Zweite folgte. Emily hielt die Luft an.

»Was soll das?« Alex klang wütend. »Nein. Die Antwort ist Nein.«

Sie schloss für einen Moment die Augen.

»Emily?«

Es kostete sie Mühe, ihre Augen wieder zu öffnen, denn sie hatte Angst, die Lüge in seinem Gesicht zu sehen. Doch alles, was sie in seinem Blick ablesen konnte, war Verwirrung.

Okay, dachte sie. Ich glaube dir. »Warst du am Morgen des Unfalls bei Liv in der Wohnung?«, fragte sie dann.

Er starrte sie an. »Ja, war ich. Es ging um die Anzeige vom Vortag. Liv schickte mir am Morgen eine Textnachricht, ihr sei noch etwas eingefallen.«

»Schon gut«, Emily winkte ab. Es stimmte also. Alex war an jenem Morgen bei Liv gewesen. »Hast du mich dort gesehen?«

»Daran kannst du dich auch nicht erinnern?«

»Der komplette Morgen ist weg. War ich da?«

»Du bist genau in dem Moment aufgetaucht, als ich bei Liv aus der Tür kam.«

»Haben wir uns unterhalten?«

»Wer?«

»Du und ich.«

»Nein.«

Sie überlegte. Sortierte ihre Gedanken. »Wie spät war es zu diesem Zeitpunkt?«

Alex kratzte sich am Kopf. »Also, ich weiß nicht ... Es war vor meiner Schicht. Ich schätze, so gegen acht?« Es klang wie eine Frage. »Warum ist das wichtig?«

Sie hatte Alex also gesehen und musste, genau wie es in Livs Tagebuch stand und genau wie es an ihrem Gesicht offenbar abzulesen gewesen war, vollkommen überrascht gewesen sein. *Ihr Gesicht. Ein Schock.*

»Warum ist das wichtig?«, wiederholte Alex seine Frage.

Wenn ich das wüsste, dachte sie. »Schon gut.« Sie stand auf.

»Lässt Hill dich in Ruhe?«, fragte Alex, als sie schon fast an der Tür war. Da war es wieder. Sein Unmut über ihre Anwesenheit im Barbican. Was war bloß sein Problem? War es wirklich Shakes und seine Sorge, der Mann könnte ihr gefährlich werden?

Alex' Verhalten irritierte sie. Emily spürte, dass etwas nicht stimmte. »Ich schlage vor, du liest erst mal das Tagebuch«, sagte sie.

»Möchtest du hierbleiben, während ich es mir anschaue?« Alex zeigte wieder Richtung Tisch. »Ich kann frischen Tee oder Kaffee kommen lassen.«

»Nein«, sie schüttelte den Kopf. Er sollte es allein lesen.

Emily stürmte beinahe aus der Polizeidienststelle, eilte nach Angel und ging ein paar Minuten später am Islington Green in das Camden Head, ein Pub abseits der Hauptstraße. Nur eine Handvoll Leute, den Rucksäcken und Turnschuhen nach Touristen, saßen an einem Tisch am Fenster.

Emily steuerte direkt auf die Theke zu. »Einen Gin Tonic bitte«, sagte sie. »Doppelt.«

Die Kellnerin verzog keine Miene und schob ihr kurz darauf das Glas hin. Emily nickte ihr zu.

Sie leerte das Glas in einem Zug. Es war die Kälte des Getränks, durch die sich ihre Kehle zusammenzog, nicht der Alkohol.

Keine zwei Minuten später verließ sie das Pub. Sie hatte sich nicht einmal hingesetzt.

Die Ruhe, die sie in der Wohnung empfing, kam ihr unwirklich vor – als müsste die Tatsache, dass sie Alex gerade das Tagebuch gebracht hatte, irgendeine sofortige Veränderung bewirken. Was das sein sollte, wusste sie selber nicht, alles, was sie wusste, war, dass sie ein Erdbeben ausgelöst hatte.

Sie hörte das Summen des Kühlschranks. Das Rauschen der Klimaanlage im Badezimmer. Ihren Herzschlag. Der war laut. Viel zu laut.

Erleichterung. Sorge. Angst. Die Gefühle wechselten sich ab, doch ihre Intensität variierte: Erleichterung, dass sie Alex das Tagebuch gegeben hatte. Sorge und Angst, was jetzt passieren würde.

Ihr Puls war viel zu schnell, als sie sich im Wohnzimmer auf das Sofa fallen ließ. Die Wohnung war innerhalb weniger Tage zu ihrem Rückzugsort geworden, die Welt draußen strengte sie an.

Emilys Blick fiel auf Milo, der auf dem Sessel lag und schlief. Eine Pfote hing lässig über der Lehne, und alle paar Sekunden zuckten seine Ohren. »Gut, dass du wieder zuhause bist«, sagte sie.

Nur ein paar Sekunden später stand sie auf, machte Licht im Wohnzimmer. Dann lief sie von Zimmer zu Zimmer, drückte in jedem einzelnen Raum auf den Lichtschalter, so lange, bis die ganze Wohnung hell erleuchtet war.

Hatte Alex bereits angefangen, das Tagebuch zu lesen? Sie griff nach ihrem Handy. Schon zigmal hatte sie seit ihrem Besuch in der Polizeistation ihre Nachrichten überprüft. Nichts.

Die Sache ist die, dachte sie, und die Erkenntnis raubte ihr fast die Luft, dass das Tagebuch vermutlich nur aus meiner Sicht ein Erdbeben ist. Das wurde ihr irgendwie jetzt erst klar. Die Realität war, dass ihre Entdeckung letztlich keinen großen Unterschied machen würde. Was sollte sich ändern? Es gab noch immer keinen Beweis, dass Livs Tod kein Unfall gewesen war.

Aus einer irrationalen Wut heraus griff sie nach einer Vase, die zur Dekoration auf dem Couchtisch stand, und schmiss sie mit voller Kraft gegen die Wand neben der Kommode.

Das Geräusch im Moment des Aufpralls, ein lauter Knall, das Zerbersten der Keramik, war eine Genugtuung. Die Vase zersprang in Tausende Teile, Scherben flogen durch das gesamte Wohnzimmer, bis zu den Fenstern.

Milo sprang mit einem Satz unter das Sofa. Emily atmete tief aus. Sie wusste nicht, woher diese Wut plötzlich kam. Sie konnte förmlich spüren, wie ihr Blutdruck in die Höhe schoss. War es die Hilflosigkeit, in der Situation gefangen zu sein und keinen Ausweg zu sehen? War es Wut auf Liv?

Wie ein Echo hallte der Knall durch ihren Kopf. Am liebsten hätte sie die ganze Wohnung in Schutt und Asche gelegt. Schon schaute sie sich um, sie musste noch etwas zertrümmern, um den Druck abzubauen, sie musste … Stopp!

Sie spürte, wie plötzlich unkontrolliert Tränen über ihre Wangen liefen. Die Anspannung, die Qual, ja das Gefühl, ihre eigene Existenz keine Sekunde länger aushalten zu können, brach aus ihr raus.

Sie starrte auf die Scherben auf dem Fußboden, kleine und große Stücke – ein Haufen ungeordneter Einzelteile, genauso fühlte sie sich selbst gerade.

Emily atmete tief ein. Dann bückte sie sich automatisch, fuhr mit den Händen über die Scherben. Vorsichtig schob sie alles zusammen. Sie musste das sofort sauber machen, denn der Kater durfte sich nicht verletzen. Was hatte sie sich bloß gedacht?

Winzige Splitter blieben in den Innenflächen ihrer Hände hängen, doch es störte sie nicht. Vielleicht war es die Vase, vielleicht der Akt der Gewalt oder der Schmerz auf ihrer Haut, doch mit einem Mal wusste sie, was sie nun tun würde. Sie musste mit Shakes sprechen. Noch heute Abend. Mit Shakes hatte alles angefangen, und mit ihm hörte alles auf. Irgendwie hing alles mit diesem Mann zusammen. Er war der Einzige, der für Klarheit sorgen konnte, davon war sie überzeugt.

Mit dem Tagebuch war ein Beweis für seine Unschuld aufgetaucht – zumindest was Livs Anzeige anging. Sie glaubte nicht mehr, dass er für den Angriff auf sie verantwortlich war. Alex hatte den Überfall nicht gesehen: Es gab überhaupt keinen Hinweis darauf, dass Shakes sie attackiert hatte.

Natürlich ging sie ein Risiko ein, zu diesem Mann zu gehen, doch sicherlich würde er es nicht wagen, ihr etwas anzutun – mit Alex in seinem Nacken. Die Polizei wartete nur darauf, einen Grund für eine Festnahme zu finden.

Emily richtete sich auf. Schmerz schoss bei der Bewegung in ihren Nacken. Sie ging zu der Abstellkammer im Flur und holte aus einem Schrank ein Kehrblech. Dann begann sie, im ganzen Wohnzimmer die Scherben und Splitter zusammenzufegen. »Es tut mir leid, Milo«, flüsterte sie Richtung Sofa. Der Kater würde sich vermutlich eine ganze Weile nicht blicken lassen. Vermutlich plante er nach dieser Aktion bereits den nächsten Ausbruch.

Los, dachte sie, als sie fertig war, bevor ich es mir anders überlege.

Die Klingel neben der Tür von Wohnung 607 funktionierte nicht. Sie klopfte laut, immer wieder, genau wie Shakes es bei ihr jedes Mal tat. Ungeduldig wartete sie auf eine Reaktion. Für einen Moment glaubte sie Musik zu hören, einen Bass, doch sie war nicht sicher, ob das Geräusch aus Shakes' Wohnung kam.

Während sie den langen Gang hinunterschaute, als könnten ihre Augen herausfinden, wo die Musik herkam, fiel ihr auf, dass das Neonlicht repariert worden war. Das Flackern hatte aufgehört.

Sie versuchte sich zu erinnern, ob das bei ihrer Suche nach Milo bereits der Fall gewesen war, doch sie wusste es nicht. Ihre Sorge um den Kater war zu groß gewesen.

Sie klopfte ein weiteres Mal. Legte ein Ohr gegen die Tür. Kein Geräusch drang aus dem Inneren des Appartements, doch gerade, als sie gehen wollte, wurde die Tür aufgerissen.

Als Shakes sah, dass sie es war, lächelte er, aber es war ein Lächeln, das kaum seine Augen erreichte. Die Schatten unter seinen Augen waren heute fast schwarz, die Pupillen glasig. Sein Oberkörper war nackt, er trug nur seine zerrissene Jeans. Sie hatte ihn offenbar geweckt.

Er fuhr sich durch die Haare. »Ja?«, fragte er. Doch es war keine Einladung.

»Kann ich kurz reinkommen?«

Er zögerte. »Okay.« Es klang wie eine Frage. Er ging einen Schritt zur Seite und ließ sie eintreten.

Überrascht stellte sie fest, dass die Wohnung fast leer war. Im Wohnzimmer stand ein weißes Sofa, und ein riesiger Fernseher hing an der Wand – doch es gab keinerlei Dekoration oder Bilder an den Wänden. Es waren auch keine persönlichen Gegenstände zu sehen, keine Pflanzen – nichts. Jemand hatte hier eine Vorliebe für einen minimalistischen Lebensstil. Durch eine offen stehende Tür konnte sie direkt in das Schlafzimmer schauen. Eine Jogginghose lag vor dem Bett, und ein schwarzer Boxsack hing von der Decke. War das die Erklärung für die Geräusche, die nachts aus der Nachbarwohnung zu ihr durch die Wände drangen?

Alles in dieser Wohnung war erstaunlich hell. Die Wände aus Backstein waren weiß gestrichen. Gebleichte Holzbohlen zierten den Fußboden. Aus irgendeinem Grund hatte sie etwas anderes erwartet.

Shakes hatte ihren Blick bemerkt. »Die Wohnung gehört meinem Onkel. Er lebt in Queens.« Dann schob er nach: »New York«, als gäbe es ein weiteres Queens.

Sie standen einen Moment unschlüssig voreinander.

»Du hast ein ziemliches Veilchen.«

»Ja«, sagte sie knapp und versuchte sich ihre Nervosität nicht anmerken zu lassen. Jetzt sprach er ihre Verletzung also doch an. Trotzdem fragte er nicht, wie es dazu gekommen war.

Eine unangenehme Pause entstand.

»Du wolltest mit mir reden?«, fragte er dann und setzte sich auf einen Hocker, der unter dem Fenster stand. Er bedeutete ihr mit einer Kopfbewegung, auf dem Sofa Platz zu nehmen.

Sie biss sich auf die Lippen. Wusste nicht, wie sie anfangen sollte. Dann musste sie an ein Zitat von Lewis Carroll denken. Wider Erwarten musste sie ein Lächeln unterdrücken. Das Zitat hatte ihr in schwierigen Situationen schon häufiger geholfen:

Begin at the beginning, and go on till you come to the end: then stop.

Na schön, dachte Emily und räusperte sich: »Was hast du bei unserem ersten Treffen gemeint, als du sagtest: Manchmal sieht man etwas, was man besser nicht gesehen hätte?« Sie schaffte es kaum, Shakes in die Augen zu sehen, doch sie zwang sich, seinem Blick standzuhalten. Nichts von seiner Reaktion durfte ihr entgehen, kein noch so winziges Zucken.

Shakes' Blick war undurchdringlich. »Warum?« Er saß nach vorne gelehnt, die Muskeln an seinen Oberarmen spannten sich an. »Wie kommst du jetzt darauf?«

Sie suchte nach den richtigen Worten. »Irgendwie geht mir dieser Satz nicht aus dem Kopf.« Das war die Wahrheit. In ihrem Unterbewusstsein nagte seine Aussage die ganze Zeit an ihr.

Er stand auf, lief ein paar Schritte. »Habe ich das gesagt?«

»Ja«, sagte sie. »Und es klang wie eine Drohung.« Sie hielt den Atem an.

Shakes ließ einige Sekunden verstreichen. »Ich muss dir wohl etwas beichten.« Bevor sie reagieren konnte, verschwand er mit ein paar Schritten im Schlafzimmer. Als er zurückkam, hatte er sich ein T-Shirt angezogen. Es war das Batik-T-Shirt von ihrem ersten Treffen.

Emily konnte sehen, dass er tief einatmete. Er setzte sich wieder, zog den Hocker näher zu ihr, fast berührten sich ihre Knie. Emily bewegte sich nicht. Shakes betrachtete seine Hände. »Ich war am Bahnsteig«, sagte er. »An jenem Morgen – von Livs Tod.«

Emily starrte ihn an.

Fassungslos.

Sie hatte also recht gehabt. Es jetzt aus seinem Mund zu hören, war trotzdem ein Schock. Sie brauchte keinen Beweis mehr suchen. Vielleicht war es Instinkt oder eine Art verstecktes Wissen, das – obwohl ihr Gehirn die Erinnerung nicht freigab – die ganze Zeit vorhanden gewesen war. Seit sie ihn zum ersten Mal gesehen hatte, war dieser Verdacht tief in ihr verwurzelt gewesen.

Alex hatte sich geirrt. Die Polizei hatte sich geirrt. Und hier saß Shakes, nur wenige Zentimeter von ihr entfernt, und gab es zu. Einfach so. Nach all dieser Zeit hatte sie eine Person gefunden, die mit ihr und Liv in der Holborn Station gewesen war.

Langsam, dachte sie. Konzentrier dich. »Warum hast du das nicht den Beamten gesagt?«

»Die Polizei.« Er klang abfällig. »Es hatte keine Relevanz.«

»Wieso nicht?« Sie schaute ihn verständnislos an.

»Ich habe dich gesehen«, sagte er, ohne ihre Frage zu beantworten. Seine Finger spielten an dem Loch in seiner Jeans. Er zog an einem Faden.

Emilys Herz blieb mit einem Schlag stehen. Es hörte einfach auf zu schlagen. »Wie meinst du das?«

»Du erinnerst dich wirklich nicht?«, fragte Shakes.

Emily schüttelte den Kopf, und es kostete sie eine Menge

Kraft, nicht komplett die Fassung zu verlieren. *Er hat mich gesehen.*

»Nein«, flüsterte sie. »Mein Gedächtnis setzt erst an der Oxford Street wieder ein.«

Shakes schien ihr zu glauben, denn er nickte, als hätte er diese Antwort erwartet. »Du siehst blass aus.« Kein Mitleid, eine Feststellung.

»Shakes«, sie wusste nicht, woher das plötzliche Verlangen kam, ihm alles zu erzählen. Es musste einfach aus ihr raus. Der verdammte Traum. Ihr Gefühl, die Flucht ergreifen zu müssen. *Weg. Ich muss hier weg.*

»In den Zeitungen und in den Nachrichten stand, Livs Tod war ein Unfall. Oder Selbstmord«, begann sie. »Aber es war kein Selbstmord. Und auch kein Unfall. Nicht, weil ich weiß, dass Liv das nie getan hätte.« Sie machte eine Pause, dachte an ihre Freundin und an die Worte aus dem Tagebuch. *Ihr Gesicht. Ein Schock.*

»Sondern?«, fragte Shakes. Seine Stimme war heiser und rau, sein Gesicht jetzt ganz nah. Emily sah jede einzelne Sommersprosse auf seiner Haut, versuchte seinen Ausdruck zu interpretieren. Doch alles, was sie erkannte, war, dass er wollte, dass sie es aussprach. *Ich habe dich gesehen.*

Er war gut darin, seine Gefühle unter Verschluss zu halten, seine Emotionen drangen nicht an die Oberfläche. Nur dieses Zittern schien ihn wieder zu überkommen, nein, kein Zittern, sein ganzer Körper war unter der Oberfläche in Bewegung, obwohl er still und regungslos vor ihr saß. Motten, dachte sie wieder, genau wie bei ihrem ersten Gespräch, als flatterten Tausende Motten in seinen Adern, die seine gesamte Erscheinung vibrieren ließen.

Emily zögerte, unsicher, ob das Ganze eine gute Idee war, aber nun war es zu spät. »Jemand muss Liv gestoßen haben. Eine andere Möglichkeit gibt es nicht. Und ich habe mich in den letzten Wochen mehrfach gefragt, ob *ich* das eventuell ... getan habe?«

Die Zeit stand still.

»Was?« Er starrte sie an. »Du?« Er lachte laut auf. »Machst du Witze?«

»Das ist keine Erinnerung«, sagte sie schnell. »Es ist nur ein Gedanke, der mich nicht mehr loslässt.«

»Du leidest unter dem Überlebensschuld-Syndrom«, stellte er fest.

Emily ging nicht darauf ein. Sie redete weiter, nicht um sich zu erklären, sondern weil Schweigen schlimmer war. Sie erzählte ihm von der Amygdala und ihrem Traum. Von den Panikattacken und dem Medikament. Dann stoppte sie, mitten im nächsten Satz, denn ihr fiel plötzlich auf, dass Shakes gar nichts mehr gesagt hatte.

Die Atmosphäre im Raum hatte sich plötzlich verändert. Etwas stimmte nicht.

Shakes hatte die Arme vor der Brust verschränkt. Saß einfach nur da.

»Tut mir leid, ich wollte dich nicht mit meinen Problemen langweilen.« Sie versuchte ein Lächeln. Es war offenbar keine gute Idee gewesen, sich alles von der Seele zu reden. Sie sah auf ihre Uhr. »Es ist schon spät. Ich glaube, ich sollte jetzt gehen.«

»Ach ja?« Da war mit einem Schlag eine Härte in seinem Gesicht, und Emily konnte zum ersten Mal sehen, wie dieser Mann auf der falschen Seite des Gesetzes geendet war.

Emily schielte zur Wohnungstür. Da waren noch einige Dinge, die sie fragen wollte, zum Beispiel, warum er sie verfolgt hatte. Und sie wollte seine Reaktion beobachten, wenn sie ihm von dem Überfall erzählen würde. Und von Livs Tagebuch.

Doch aus irgendeinem Grund spürte sie, dass es besser war zu gehen, und zwar so schnell wie möglich. »Also dann«, sagte sie und stand auf. »Ich musste mir das wohl alles einfach von der Seele reden.« Sie versuchte ein Lächeln. *Weg. Ich muss hier weg.*

Betont langsam ging sie durch dieses weiße Wohnzimmer, das ihr plötzlich eng und kalt erschien, steuerte auf den Flur zu.

Kurz vor der Tür schnitt Shakes ihr den Weg ab. »Verarschst du mich?« Seine Stimme war leise. Er stand jetzt zwischen ihr und der Wohnungstür.

»Warum sollte ich das tun?« Ihr Herz raste jetzt.

»Weil du Angst hast«, sagte er. »Das kann ich sehen.«

Sie saß in der Falle.

Shakes griff nach ihrem Arm, fest, unnachgiebig. Dann sagte er: »Du hast einen Fehler gemacht.«

»Was beunruhigt Sie?« Leichte Ungeduld mischte sich in Lydias Stimme. »Ich kann doch sehen, dass Sie etwas belastet.«

Er verzog das Gesicht. Er hasste es, wenn andere Leute ihm vorschrieben, wie er sich zu fühlen hatte. Sie lagen immer falsch.

»Ich bin nicht beunruhigt«, widersprach er. »Ich habe Schuldgefühle.« Eine Lüge. Aber damit würde die Therapeutin arbeiten können, er schaffte sie sich damit vom Hals. Sie durfte kein negatives Bild von ihm bekommen und nichts in ihre Akten schreiben, was in irgendeiner Weise gegen ihn verwendet werden könnte. Daran musste er sich immer wieder erinnern – jedes einzelne Mal, wenn er hier saß. Alles, was in ihren Unterlagen stand, konnte zu einem Problem werden, und das durfte er nicht zulassen. Jeder Besuch bei Dr. Lydia Hobbs musste dem Zweck gewidmet sein, *normal* zu erscheinen.

Lydia ließ sich Zeit mit ihrer Antwort. »Sie leiden unter einer Variante des Überlebensschuld-Syndroms.«

»Überlebensschuld-Syndrom?« Er riss die Augen auf. *Das* war die Diagnose? Fast musste er sich ein Lachen verkneifen. Immerhin trug der Termin heute zu seiner Belustigung bei, und das war in Anbetracht der Umstände gar nicht schlecht.

»Das Überlebensschuld-Syndrom gehört zu den posttraumatischen Belastungsstörungen«, sagte Lydia, als hätte er um eine Erklärung gebeten. »Es kann eine Weile dauern, bis wir das in den Griff kriegen.«

Er starrte sie an. Mit dieser Aussage hatte sie ihm gerade zehn weitere Therapiestunden verpasst. Doch die Psychologin lag so falsch wie ein Mensch, ja eine Therapeutin nur liegen konnte.

»Möchten Sie über den Vorfall sprechen?«, fragte sie.

»Vorfall?« Sie hatten bisher in keiner Sitzung über jenen Tag gesprochen. In ihren Gesprächen hatten sie beide das Thema umzingelt wie ein Raubtier die Beute, unschlüssig, wann der richtige Moment war, den Sprung zu wagen.

Seine Nackenwirbel knackten, als er den Kopf zur Seite drehte.

Er dachte an tote Menschen. An jenen kostbaren Moment der Erkenntnis, in dem ein Mensch begriff, dass sein Leben vorbei war.

»Sie haben die Macht zu gestalten«, sagte Lydia, als könnte sie Gedanken lesen.

Ihm wurde eiskalt. Er starrte die Therapeutin mit offenem Mund an. Hatte sie das gerade wirklich gesagt? Wollte sie ihn provozieren? Ihn zu einem Geständnis zwingen?

»Die Macht zu gestalten?«, fragte er, und seine Stimme klang tonlos.

Hatte Lydia ihn durchschaut?

EMILY

Sie konnte die Hitze in ihrem Gesicht spüren. »Was für einen Fehler?«

Shakes' Blick ging ihr bis ins Mark, es war ein Blick, so kalt und gleichzeitig bitter, dass sie spürte, wie eine Gänsehaut ihren Rücken hinablief. Shakes' Stimme war tonlos, blechern fast, als würde er durch ein Mikrofon sprechen. »Du warst das nicht«, sagte er. »Mein Gott.« Er schüttelte den Kopf. »Das ist doch vollkommen absurd.«

Emily starrte ihn an.

Shakes hielt noch immer ihr Handgelenk, sein Griff fest, er duldete keinen Widerstand. »Ich dachte nicht, dass es so weit kommen würde, dass ausgerechnet ich dir erzählen muss, was passiert ist.«

Emily ließ ihn einfach gewähren. Sie hatte keinen Willen mehr. Doch sie spürte, wie ein Hauch von Erleichterung sie durchströmte. Warm und federleicht.

Ich war das nicht.

Ich war das nicht.

Ich war das nicht.

Shakes zog sie am Arm zurück ins Wohnzimmer. Wieder lief sie durch diesen weißen Raum. »Setz dich«, befahl er ihr und deutete auf das Sofa.

»Ich hole dir ein Glas Wasser.« Er zögerte, als würde er auf eine Bestätigung von ihr warten, doch als diese ausblieb, zuckte er mit den Schultern, und schon war er in der Küche verschwunden.

Emily blieb stehen und tastete in ihrer Hosentasche nach ihrem Handy, wollte Alex eine schnelle Nachricht schicken, nur zur Sicherheit – doch ihre Finger suchten vergeblich. Dann fiel ihr ein, dass sie das Telefon gar nicht mitgenommen hatte. Es lag in Livs Wohnzimmer.

Emily versuchte sich den Moment ins Gedächtnis zu rufen, in dem ihr klar geworden war, dass etwas nicht stimmte. Es war eine minimale Veränderung gewesen, als hätte sich die Luft plötzlich mit Spannung aufgeladen.

Wo blieb Shakes überhaupt? *Er ist schon viel zu lange weg, um ein Glas Wasser zu holen.*

Sollte sie einfach abhauen? Vertraute sie ihm? Irgendetwas sagte ihr, dass sie bleiben sollte, doch ihr Bauchgefühl und ihr Verstand kämpften miteinander.

Hatte Shakes die Wohnungstür abgeschlossen? Bevor sie zu einer Entscheidung kommen konnte, kam er zurück.

Überrascht schaute er sie an, als er sie in der Mitte des Raums stehen sah. Er verstand. Dann zuckte er mit den Schultern, als würde er sagen wollen: Wenn du gehen möchtest, dann geh. Er stellte das Glas mit Wasser auf dem Wohnzimmertisch ab, setzte sich wieder auf seinen Hocker.

Emily rechnete ihm hoch an, dass er sie anscheinend nicht mehr aufhalten wollte, und genau deshalb blieb sie. »Danke«, sagte sie und zeigte auf das Wasser. Sie griff nach dem Glas, denn ihr Mund war ausgetrocknet, ihre Zunge fühlte sich an wie Schmirgelpapier.

»Hör mir genau zu, was ich dir jetzt erzähle«, sagte Shakes. »Du darfst mit niemandem darüber sprechen. Ist das klar?«

HIS MAJESTY'S PRISON WANDSWORTH

Halbzeit, dachte er. Mit dem heutigen Tag hatte er die Hälfte seiner Haftstrafe abgesessen. In der Regel wurde man bei guter Führung nach dieser Zeit entlassen. Doch bisher hatte er keine Antwort auf seinen Antrag bekommen.

Er ließ die letzten Monate Revue passieren. Wenn die Intention des Richters gewesen war, ihn für alle Zeiten von einer Straftat abzuhalten oder aber das Gegenteil zu erreichen und ihn zu einem Berufsverbrecher zu machen, dann hatte er ganze Arbeit geleistet und für beide Alternativen die Basis gelegt.

Er lag im Bett. Die Uhrzeit zwischen fünf und sechs in der Früh war die einzige Zeit, in der er Ruhe zum Nachdenken hatte, auch wenn es im Gefängnis nie richtig still war. Schon lange musste er sich keinen Wecker mehr stellen, wachte auf, kurz bevor die Neonröhren automatisch in dem gesamten Trakt ansprangen, das gleißende Licht die Insassen aus dem Schlaf riss und alle Zellen mit einem lauten Ruck, der durch die Gänge vibrierte, gleichzeitig entriegelt wurden.

Die letzten Wochen waren ruhig verlaufen. Er hatte gelernt, unsichtbar zu sein und sich trotzdem Respekt zu verschaffen. Goff, der Pfleger auf der Krankenstation, hatte zu seinem Erstaunen recht behalten: Es war alles eine Frage der Eingewöhnung.

Shakes suchte keine Konfrontation, doch er scheute sie auch nicht. Er sprach wenig, hatte sich angewöhnt hier drinnen – noch mehr als zuvor in seinem Leben –, Gedanken für sich zu behalten. Alles, was er sagte, kam mit Präzision über seine Lippen, und seine Worte verfehlten nie ihre Wirkung. »Wer viel redet, muss etwas beweisen«, hatte Onkel Wyndham stets gesagt. Er hatte nichts zu beweisen.

Die meisten Probleme hatte er mit den Wärtern und Goff, aber viel mehr noch mit Pritchard. Goff war ausschließlich auf der Krankenstation eingesetzt, ihm konnte er aus dem Weg gehen, solange er nicht krank wurde oder eine Verletzung erlitt. Doch Pritchard machte jeden Tag aufs Neue sein Leben zur Hölle, subtil, durch ein Verbot, die ihm zugeteilte Stunde im Hof zu verbringen, oder durch eine Strafarbeit.

Shakes hatte mehrere Beschwerden bei der Direktion des Gefängnisses eingereicht. Er hatte sogar Kontakt zum Independent Monitoring Board aufgenommen, einer unabhängigen Gruppe von Freiwilligen aus dem Stadtteil, in dem die Justizvollzugsanstalt sich befand, dessen Aufgabe es war, zu überwachen, wie das Gefängnis geführt wurde.

Die Antwort war enttäuschend gewesen. Seine Beschwerde war nicht konkret genug, sie wollten Namen und eine Auflistung aller Vorwürfe – mit Datum.

Der Bitte konnte er nicht nachkommen, denn er hatte mit Absicht keine Namen genannt. Er wollte nicht in einem Plastiksack aus dem Gefängnis getragen werden.

Vermutlich hatte das Independent Monitoring Board sein Anliegen als die Beschwerde eines Mannes abgestempelt, der Probleme mit Autoritäten und zu viel Zeit hatte.

Immerhin hatte er erreicht, dass sowohl Goff als auch Pritchard zu einem Gespräch mit der Gefängnisleitung zitiert worden waren. Denn es gab eine Sache, die Shakes keine Ruhe ließ, und er wollte eine offizielle Untersuchung: Terry Biggs war gestorben.

Der Tod hatte den Siebzigjährigen vor ein paar Tagen auf der Krankenstation ereilt. Terry, jener Insasse, der im Nachbarbett auf der Krankenstation gelegen hatte, als Shakes mit seiner Gehirnerschütterung ebenfalls dort eingewiesen war.

Terry war nach fünfzehn Jahren Haft – wegen versuchten Mordes im Zusammenhang mit Drogenhandel (was er immer bestritten hatte) – kurz vor der Entlassung gewesen. Er hatte sich auf seine Enkelkinder gefreut und jedem erzählt, dass er mindestens neunzig werden wollte, um noch zwanzig Jahre »mit den Kleinen« verbringen zu können.

Pritchard hatte Terry provoziert und behauptet, spätestens nächstes Jahr würde Terry zurück in Wandsworth sein. Das hatte zu einer handfesten Auseinandersetzung geführt, weil Terry sich in seiner Ehre gekränkt sah. Die Situation eskalierte. Allerdings nur verbal. Pritchard war nicht dumm. Niemand fügte Terry Biggs körperlichen Schaden zu. Der Mann hatte nicht nur die besten Anwälte, sondern auch seine Familie im Hintergrund.

Ein paar Tage nach dem Vorfall entzündete sich eine Wunde an Terrys Fuß. Da Terry an Diabetes litt, wurde er zur Vorsicht auf die Krankenstation gebracht. Nach einer Woche unter der Obhut von Goff musste Terry in einem Krankenhaus in einer Notoperation der halbe Unterschenkel amputiert werden.

Einige Wochen später, zurück im Gefängnis, landete Terry ohne sein linkes Bein erneut auf der Krankenstation und fiel durch einen Insulinschock erst ins Koma und verstarb einige Tage später.

Seit Wochen diskutierten Pete und Shakes über Terrys Tod. Pete war zunächst überzeugt, dass mangelnde Hygiene und die Diabeteserkrankung für Terrys Tod verantwortlich waren. »Die Krankenstation ist mit Vorsicht zu genießen. Überleg mal, in welchem Zustand du zurückgekommen bist«, hatte er zu Shakes gesagt. »Du bist als gesunder Mensch mit einer Platzwunde und einer Gehirnerschütterung eingeliefert worden und als Wrack mit einer Platzwunde und einer Gehirnerschütterung wieder rausgekommen. Verdammt, ich habe gedacht, du überlebst die Nacht nicht.« Pete hatte den Kopf geschüttelt. »Das ist kein Zufall.«

»Nein, das ist es nicht«, stimmte Shakes ihm zu. Doch er hatte eine andere Theorie als sein Zellenkumpan. Nein, dies war nicht einfach nur ein Drecksloch. »Warum hatte Terry plötzlich einen Insulinschock? Seine Zuckerwerte waren seit Jahren stabil.« Er machte eine Pause. »Außer zu Zeiten, in denen er auf der Krankenstation war.«

»Meinst du, das war ein Behandlungsfehler?«

Shakes schwieg.

Er hatte sich nach Terrys Tod wieder an jene Nacht auf der Krankenstation erinnert, als er bei dem Versuch, sich ins Badezimmer zu schleichen, Goff beobachtet hatte, der an Terrys

Bett stand. Terry hatte am nächsten Morgen ein Kreislaufversagen erlitten, ausgelöst durch eine Unterzuckerung. Was hatte Goff in der Nacht an Terrys Tropf gemacht?

Shakes hatte seiner Beobachtung damals keine große Bedeutung beigemessen. Erst jetzt, nach Terrys Tod, hatte er den Vorfall gemeldet. Doch schon als er sein Anliegen bei dem Direktor von Wandsworth vorbrachte, spürte er, dass man ihm nicht glaubte.

»Es ist doch nicht ungewöhnlich, dass ein Pfleger in der Nacht einen Patienten versorgt? Im Gegenteil, es besteht eine Verpflichtung, das Wohlergehen der Patienten zu überprüfen.«

»Können Sie trotzdem Rücksprache mit dem Arzt halten?«, hatte Shakes gefragt. »Wieso hatte Terry jedes Mal auf der Krankenstation eine gravierende Unterzuckerung?«

»Ich werde sehen, was ich tun kann.« Der Direktor hatte ihn abgewimmelt.

»Mitkommen.« Pritchard stand plötzlich vor der Tür seiner Zelle und riss ihn aus seinen Gedanken. Shakes wechselte einen schnellen Blick mit Pete, der ebenfalls wach war und im Liegen mit den Schultern zuckte.

Pritchard machte ihm mit einer Handbewegung deutlich, dass er keine Widerrede duldete. »Beeilung.«

Die Aktion war ungewöhnlich für diese Uhrzeit. Shakes stand auf.

»Hey«, sagte Pete leise, bevor Shakes die Zelle verließ. »Du hast keine Familie draußen, die sich kümmert, wenn dir hier etwas passiert. Und auch keinen teuren Anwalt.«

Pritchard stieß ihn zur Treppe, die vor ihrer Zelle in die Tiefe führte. »Runter in den Keller.«

Das konnte nichts Gutes bedeuten. Pritchard und Goff waren Kumpels.

Shakes stieg die Stufen hinab. Welche Strafe würde ihn erwarten? Würde er heute für die interne Untersuchung, die er angeleiert hatte, bezahlen müssen?

Pritchard schubste ihn durch die Tür, in einen Raum, den alle nur den Bunker nannten.

Der Bunker war der ehemalige Heizungsraum und stand seit Jahren leer. Man hatte alle Gegenstände, Leitungen und sonstigen Gerätschaften entfernt und nur die Wände und den Boden aus Beton übrig gelassen. Es gab keine Kameras im Bunker.

Es war die perfekte Spielwiese für die Wachen.

Bevor er einen weiteren Gedanken fassen konnte, spürte Shakes einen Schlag in die Magengrube.

EMILY

Der nächste Tag begann mit dunklen Wolken vor den Fenstern und Nebel. Emily starrte auf die undurchdringliche Wand aus Grau. Mehrere Minuten lang schaffte sie es nicht einmal, den Kopf minimal zu drehen, ihr Nacken war steif. Die einzige Bewegung, die ihr gelang, war ein Blinzeln.

Mit einem Seufzen stand sie schließlich auf, griff erst nach der Nackenstütze und legte die Manschette sorgfältig um ihren Hals, dann nahm sie ihr Handy und schaltete es ein. Es war kurz nach acht. Sie hatte nicht gut geschlafen, nein, sie hatte eigentlich gar nicht geschlafen, trotz der Medikamente, doch das machte keinen Unterschied mehr. Sie war den Schlafentzug mittlerweile gewöhnt.

Das Durcheinander in ihrem Kopf, das sie gestern Abend in Shakes' Wohnung gespürt hatte, war heute einer alarmierenden Gefasstheit gewichen. Es musste der Schock sein, mit einem Mal zu wissen, was an jenem Morgen in Holborn passiert war.

Shakes hatte ihr die fehlenden Puzzleteile geliefert. *Hör mir genau zu, was ich dir jetzt erzähle.*

Das Rätsel war gelöst.

Das Display ihres Telefons teilte ihr mit, dass sie drei Anrufe von Alex verpasst hatte. Außerdem hatte ihr jemand auf die Mailbox gesprochen. Vermutlich eine weitere Nachricht von Alex, doch wirklich sicher konnte sie nur sein, wenn sie ihre Mailbox abhörte, und das würde sie jetzt nicht tun.

Alex, dachte sie. Sie durfte ihrem Exfreund auf keinen Fall

unter die Augen treten. Er würde ihr ansehen, dass etwas nicht stimmte. Sie durfte sich nicht verraten.

Kurz schloss sie die Augen, es gab so viele Dinge zu klären, dass sie nicht wusste, womit sie anfangen sollte.

Emily legte das Handy wieder zur Seite.

Sie ging in die Küche und machte sich einen Kaffee, wunderte sich weiter über ihre Selbstbeherrschung, denn tief in ihrem Inneren tobte die Unruhe.

Sie nahm einen großen Schluck Kaffee. Doch sie verschluckte sich und spuckte die heiße Flüssigkeit sofort wieder aus.

Sie dachte an den gestrigen Abend. An die Dinge, die Shakes ihr erzählt hatte. Die Dinge, die er ihr nicht erzählt hatte.

Konnte sie Shakes überhaupt vertrauen? Vertrauen beruhte auf Erfahrung und Zeit, beides fehlte. Sie drehte den Kaffeebecher. Gedankenverloren.

Dann tippte sie eine Nachricht auf ihrem Handy. Zögerte. Ihr Herz raste. Sie brauchte ein paar Sekunden, bevor sie den Widerstand überwunden hatte. Schließlich drückte sie auf »Senden«.

Kurz darauf schickte sie eine zweite Nachricht.

Als Nächstes fütterte sie Milo. Sie funktionierte jetzt, erledigte, was zu erledigen war.

Dann ging sie rüber zu Shakes. Sie musste noch einmal mit ihm sprechen.

»Komm rein.« Shakes sah genauso müde aus wie sie. Er lächelte sie an. »Ich wollte gerade los. Kings Cross und Notting Hill.«

»Was ist mit Holborn?« Sie versuchte ein Grinsen. Es gelang ihr nicht.

Als Emily seine Wohnung etwas später wieder verließ, entschied sie aus einer Laune heraus, sich Frühstück im Barbican Kitchen zu kaufen. Statt den Lift zu nehmen, lief sie durch das Treppenhaus und stand ein paar Minuten später in dem überfüllten Café. Teller und Bestecke klapperten, Menschen lachten und unterhielten sich, und soweit sie erkennen konnte, gab es keinen einzigen freien Sitzplatz. Der Geruch von Lachs und Brokkoli lag in der Luft. Sie hatte nicht bedacht, dass ab dem späten Morgen der Laden nicht nur von den Angestellten des Barbican, sondern auch von den umliegenden Firmen als Kantine genutzt wurde. Überfordert stand sie einen Augenblick inmitten des Trubels, wich einem Kellner aus, der um sie herum Slalom lief, und entschied dann, dass sie keinen Hunger mehr hatte.

Zurück in der Wohnung, nahm sie eine Schmerztablette für ihren Nacken. Nach einer kurzen Überlegung schluckte sie eine Zweite.

Sie überprüfte ihr Handy. Keine neuen Nachrichten. Shakes hatte versprochen, sich wieder bei ihr zu melden, wenn er zurück war.

Was soll ich bloß tun?, dachte sie.

Shakes hatte ihr versichert, dass alles, was er ihr am Abend erzählt hatte, die Wahrheit war. Und dass er alles tun würde, um für ihre Sicherheit zu sorgen.

Emily musste schlucken. Es brachte nichts, sich weiter den Kopf zu zerbrechen, das musste sie einsehen. Sie hatte keine Wahl. Ihr Verstand brauchte einen Beweis für diese Wahrheit, denn sie würde die Dämonen sonst nicht loswerden.

Sie musste Gewissheit haben.

Und genau aus diesem Grund würde sie heute Nachmittag ein letztes Mal zu der Holborn Station fahren. In der Rushhour. Bahnsteig 3.

Sie hatte ihre Entscheidung getroffen. Wo seit Wochen und Monaten nur Mutlosigkeit und Verwirrung geherrscht hatten, da waren heute Entschlossenheit und Klarheit.

Sie spürte das durchgesessene Polster der Central Line unter ihrem Hintern. Eine Sprungfeder drückte in ihren Oberschenkel. Sie saß aufrecht, ihre Hände spielten mit dem Reißverschluss ihrer Jacke. War sie bereit?

Nein, war sie nicht. Ein Sprung in ein Schwarzes Loch war ein Sprung ohne Rückkehr. Die Gravitation von Schwarzen Löchern ist so stark, dass weder Materie noch Licht entkommen können. *Ich befinde mich in einem Schwarzen Loch. Und es gibt kein Zurück.*

Ihr Atem ging schnell und stoßweise, jetzt schon. Doch sie setzte ihren Weg fort, ließ sich fahren, immer weiter, durch den Untergrund, wie jedes Mal.

»*This train is about to depart. Please mind the doors.*« Sie fuhren aus der Chancery Lane Station raus. Der nächste Stopp war Holborn. Noch zwei Minuten – wenn es keine Verzögerung gab.

Emilys Blick fiel auf die Notbremse. *Emergency Alarm* stand in weißen Buchstaben auf einem roten Griff, direkt gegenüber von ihrem Sitzplatz. Wie schön wäre es, dachte sie, wenn man auch im Leben einfach die Notbremse ziehen könnte. Ein Stopp, um sich neu zu justieren oder um eine schnelle Bestandsaufnahme der eigenen Existenz zu machen.

Emily dachte an den toten Winkel, sie dachte an Alex, Shakes, an Paul Graves und irgendwie auch an Liv. Sie alle waren für die Ewigkeit zu einer Gemeinschaft geworden, unfreiwillig – und doch hatte das Schicksal es so gewollt. Und man konnte das Schicksal nicht überlisten. *Ich versuche es trotzdem.*

Sie schaute auf die Uhr. Es war 17:19 Uhr, als sie in der Holborn Station einfuhren. Die Station würde um diese Uhrzeit aus allen Nähten platzen.

Emily stand auf. Die Türen ihres Waggons öffneten sich mit einem Ruck.

Stimmen hallten durch die Gänge der Station, Schritte, deren Echo durch die engen Röhren getragen wurden, Menschen eilten an ihr vorbei. Ein Bienenstock.

Alle ihre Sinne waren bis zum Anschlag geschärft, sie erlebte eine Überreizung: das Licht zu hell, die Temperatur zu warm, die Geräusche zu laut und die Luft zu stickig. Von irgendwoher erklang Musik.

Als sie an Bahnsteig 3 ankam, wurde ihr beinahe schwarz vor Augen. Sie schaute in die Gesichter der Menschen, brauchte einen Moment, um sich zu orientieren.

Sie stand kurz einfach nur da. Ein Mann mit einem blauen Laptop in der Hand nickte ihr zu und ging dann zum anderen Ende des Bahnsteigs. Die Farbe des Laptops irritierte Emily. Sie schaute ihm nach.

Sie war überwältigt von den Eindrücken und der schieren Masse an Passagieren. Es herrschte ein Gedränge, wie sie es selten hier in der Station gesehen hatte. Ihre Augen scannten jeden einzelnen Menschen am Gleis, sie nahm alles und jeden wahr.

Dann entdeckte sie Graves.

Hatte er sie gesehen? Sein Gesicht war ohne jeden Ausdruck, doch seine Augen waren wachsam. Ja, er hatte sie entdeckt. Sein Blick war kalt. Voller Hass.

Emily schluckte. Sie hob das Kinn in die Höhe. Nickte ihm zu und ging dann einfach an ihm vorbei, als verdiente er ihre Aufmerksamkeit nicht. Sie war so fokussiert wie noch nie in ihrem Leben.

Schritt für Schritt lief sie Richtung Bahnsteigende. Unter ihren Füßen das Schachbrettmuster. Sie zählte die Fliesen. Weiß. Schwarz. Weiß. Schwarz.

Emily kämpfte gegen die Panik an. Ihr Herz raste, es wollte aus ihrem Brustkorb springen. Weiß. Schwarz. Irgendwann blieb sie stehen.

Sie hatte ihr Ziel erreicht. Schaute sich um. Wartete.

War alles in Ordnung? Ja.

Dann machte sie einen letzten Schritt nach vorne. Weiß. Schwarz.

Sie betrat den toten Winkel.

Sie stand ganz still. Die Lautsprecherdurchsage in der Station kündigte die nächste U-Bahn der Piccadilly Line an. Die Passagiere auf dem Bahnsteig machten sich bereit, griffen nach ihren Taschen – nur noch wenige Sekunden Wartezeit.

Sie spürte, wie die feinen Härchen auf ihren Armen sich aufrichteten. Das erste Anzeichen, dass ein Zug sich näherte, war nicht die dumpfe Stimme aus dem Lautsprecher oder der Hinweis auf der Anzeigetafel, sondern ein sanfter Luftzug, der durch die Station zog. Ein Hauch, ganz leicht; ein Kitzeln auf der Haut, eine Haarsträhne, die zur Seite wehte. Eine Liebkosung für die Passagiere. *Ein falsches Versprechen.*

Nur Sekunden später begann die Luft zu wirbeln. Turbulenzen fegten durch die schmale Röhre, über den Bahnsteig. Der Wind riss jetzt mit Gewalt an der Kleidung der Wartenden, Haare flogen in die Luft, während die U-Bahn sich in der Finsternis wie eine angriffslustige Schlange durch den Untergrund wand. Unaufhaltsam raste sie mit maximaler Geschwindigkeit auf die Station zu. Es gab kein Zurück hier unten, nur ein Vorwärts, weiter, immer weiter.

»Please stay behind the yellow line.« Die Stimme aus dem Lautsprecher war unnachgiebig. Sie duldete keinen Widerspruch. Geh nicht zu nah an den Abgrund, bleib hinter der gelben Linie. Ein falscher Schritt und …

In ein paar Sekunden würde die Piccadilly Line Richtung Heathrow durch den Tunnel geschossen kommen. Lautlos und unsichtbar für die Menschen oben auf der Straße, ohrenbetäubend, brachial und mit zerstörerischer Kraft für die Passagiere unter Tage.

Emilys Blick glitt zu der Kamera unter der Decke. Sie stand immer noch ganz ruhig. *Please stay behind the yellow line.*

Ein Meter, der zwischen Leben und Tod entscheiden konnte. Zwischen Sicherheit und Zerstörung.

Fünf Sekunden. Sie konnte den Schein der Frontlichter hinter der Kurve auftauchen sehen.

Plötzlich spürte sie die Wärme einer Person in ihrem Rücken. Ganz nah. *Zu nah.* Ihr Atem stockte.

Vier Sekunden.

Emily fuhr herum. Doch es war zu spät. Sie sah den Arm. Spürte einen Stoß.

Dann war alles schwarz.

21 Stunden zuvor

EMILY

»Hör mir genau zu, was ich dir jetzt erzähle«, sagte Shakes. »Du darfst mit niemandem darüber sprechen. Ist das klar?«

»Ja.« Sie nickte. »Natürlich bleibt das Gespräch unter uns.«

Shakes' Gesicht war ernst. »Du bist nicht für den Tod von Liv verantwortlich«, sagte er.

»Wer war es denn?« Ein Flüstern.

»Der Mitarbeiter von TfL.«

Emily brauchte eine Sekunde. »Paul Graves?« Hatte sie das gerade richtig gehört? Sie suchte in seinen Augen nach der Lüge. »*Der* war das?«

Sie dachte an ihre Gespräche mit dem Mann. Wie sie vor ihm gestanden und ihm gesagt hatte, sie wolle die Wahrheit herausfinden. Sein plötzliches Misstrauen fiel ihr ein, was sie nicht hatte deuten können. Seine Sorge, sie könnte eine Journalistin sein.

»Aber warum bist du nicht zur Polizei gegangen und hast eine Aussage gemacht?« Emily verstand nicht. »Jeder wurde befragt, die Beamten hofften auf Zeugen, es gab Aufrufe in den Medien, und du warst vor Ort und hast die Tat gesehen?« Sie spürte, wie Ärger sich in ihrem Inneren aufbaute, heiß und brodelnd, ein Knoten, der immer größer wurde. »Warum hast du geschwiegen? Der Typ wartet vielleicht nur auf die nächste Gelegenheit!« Sie starrte Shakes an. »Verdammt, der arbeitet da!«

»Man hätte mir nicht geglaubt.«

»Wie meinst du das?«

»Ich war im Gefängnis.« Mit einer Hand zupfte er wieder an dem Riss in seiner Jeans, zog mehrere Fäden aus dem Stoff und wickelte einen davon um seinen Zeigefinger. »Meine Glaubwürdigkeit ist nicht mit der Glaubwürdigkeit einer anderen Person zu vergleichen. Ich habe für den Rest meines Lebens einen Makel an mir kleben. Und …« Er stockte. »… ich will mit den Bullen nichts zu tun haben.«

Emily schwieg.

»Ich muss nur eine falsche Bewegung machen, dann wandere ich wieder in den Knast«, sagte er. »Ich gehe nicht mehr ins Gefängnis. Das werde ich mit allen Mitteln verhindern.«

»Ich verstehe das nicht. Du hättest dich doch nicht belastet. Im Gegenteil – du hättest den Beamten *geholfen*.«

»Das ist nicht alles …« Er zögerte. Der Faden wanderte auf seinen Mittelfinger. »Es tut mir leid, dir das sagen zu müssen, aber …« Er schüttelte den Kopf.

»Was?«

»Deine Freundin Liv hat mich ziemlich in die Scheiße geritten.« Er stockte. »Sie hat mich einen Tag vor ihrem Tod angezeigt.«

Natürlich. An die Anzeige hatte sie gar nicht mehr gedacht. Shakes wusste ja nicht, dass sie das Tagebuch gefunden hatte. Sie beließ es dabei. »Wieso angezeigt?«, fragte sie und versuchte ihrer Stimme einen verwunderten Klang zu geben. Würde er ihr die Wahrheit erzählen?

»Das Ganze war eine Lüge. Was Liv mir vorgeworfen hat, ist nie passiert.«

Emily verschränkte die Arme vor der Brust. »Was hat sie dir denn vorgeworfen?«

»Körperverletzung. Dabei habe ich ihr kein Haar gekrümmt, im Gegenteil, ich mochte sie sogar sehr gern.«

Ich weiß, dachte Emily.

»Die Anzeige war eine Katastrophe. Ich versuche seit meiner Entlassung aus dem Gefängnis unter dem Radar der Polizei zu bleiben, und meine eigene Nachbarin zeigt mich wegen Körperverletzung an. Ich habe sie nicht angerührt!«

Emily sah zum ersten Mal einen Funken Verzweiflung in seinen Augen. »Und am nächsten Tag ist sie tot«, stellte sie fest.

Shakes nickte. »Jedem ist klar, wie das aussieht.« Er fuhr sich durch die Haare. »*Das* habe ich mit meinem Satz gemeint. Jeder Mensch kann plötzlich Zeuge einer Tat werden, Dinge sehen, die man besser nicht gesehen hätte. Plötzlich war ausgerechnet ich ein Zeuge. Gleichzeitig hatte ich aber aus Sicht der Polizei selbst ein Motiv.« Er schüttelte den Kopf. »Niemand hätte mir geglaubt, nicht nach Livs Anzeige am Vortag. Verdammt, ich habe ihr sogar am Abend noch eine Drohung unter der Tür durchgeschoben.«

Der Brief. *Sag die Wahrheit.*

»Das gesamte U-Bahn-Netz ist gespickt mit Kameras«, sagte er. »Ich konnte doch nicht wissen, dass es keine Bildaufnahmen geben würde.« Er klang verbittert. »Ich nahm an, dass meine Aussage nicht nötig sein würde.«

»Du hättest der Polizei später anonym einen Tipp geben können.«

»Warum sollte das jemand tun?«

Sie verstand seine Logik.

»Seit Monaten habe ich ein schlechtes Gewissen. Dann ziehst du plötzlich nebenan ein«, fuhr er fort. »Du warst am Gleis, bist die einzige andere Zeugin gewesen. Ich habe dich sofort erkannt.« Er schüttelte den Kopf. »Dein Anblick brachte alles zurück. Den Ärger, die Wut, den Hass auf Liv. Ich wollte rausfinden, warum du Graves nicht gemeldet hast.«

Emily konnte nicht glauben, dass sie nach über drei Monaten die Wahrheit erfuhr. Sie ließ sich seine Worte durch den Kopf gehen, bevor sie dann fragte: »Was ist passiert?«

Shakes nahm sich einige Sekunden Zeit. Tauchten in seinem Kopf gerade die Bilder jenes Morgens auf? Ließ er die Situation, genau wie sie, vor seinem inneren Auge ablaufen, mit dem Unterschied, dass in seiner Erinnerung keine Lücke war oder Bilder, die auf verwackelten Videoaufnahmen basierten?

»Ich wollte Liv an jenem Morgen zur Rede stellen«, sagte er. »Wegen der Anzeige wollte ich nicht einfach vor ihrer Tür auftauchen. Ich musste vorsichtig sein, durfte Liv keinen neuen Anlass für eine Lüge liefern und beschloss, in der Lobby zu warten. Sie würde irgendwann ihr Appartement verlassen. Was sie ja auch tat, doch bevor ich zu ihr gehen konnte, warst du plötzlich da. Dann seid ihr zusammen zur Barbican Station gelaufen.«

Emily hielt den Atem an. Sie hatte also, nachdem sie die Schuhe abgegeben hatte, unten in der Lobby auf Liv gewartet. Während Liv in der Wohnung in ihr Tagebuch schrieb.

Warum?

»Ich bin euch bis in die Station gefolgt. Hoffte, du würdest dich irgendwann verabschieden. Ich wollte nicht vor einer dritten Person einen Streit vom Zaun brechen. Aber ich hatte kein Glück.«

»Du bist wieder abgehauen?«

»Erst wollte ich umkehren, dann kam mir die Idee abzuwarten, ob ihr zusammen fahrt oder ob ich Liv doch alleine erwischen konnte. Sie *musste* die Anzeige zurückziehen, sofort.« Er klang verzweifelt. »Ich stand total unter Druck.«

»Verstehe.«

»Ich komme unten am Bahnsteig an und sehe euch ganz hinten stehen.«

Emily hielt den Atem an. »Wie haben wir auf dich gewirkt?«

Er zuckte mit den Schultern. »Als die U-Bahn angekündigt wurde, schlenderte ich in eure Richtung, war unschlüssig, was ich tun sollte. Im nächsten Moment sehe ich Graves, der in dieselbe Richtung geht.«

Genau wie sie auf dem Video beobachtet hatte. »Und …?« Emily hielt den Atem an.

»Er steht eine Weile direkt hinter euch. Ich weiß noch, dass ich dachte: Was tut der da? Dann kommt die Bahn. Und plötzlich stößt er Liv. Einfach so. Eine einzige blitzschnelle Bewegung. Und schon war es passiert.«

Sie starrte Shakes an. »Aber warum?« *Ein roter Mantel, der auf die Gleise fliegt.*

»Ich habe keine Erklärung. Aber U-Bahn-Schubser ziehen den Thrill aus der Tatsache, dass es so einfach ist. So effektiv.« Er flüsterte. »Bevor das Opfer weiß, was geschieht, ist es zu spät. Es gibt den Tätern ein Gefühl von Macht. Es hätte jeden treffen können«, sagte er.

Emily konnte sehen, wie schwer es ihm fiel weiterzusprechen.

»Liv stürzt, du drehst dich um, siehst Graves. Und läufst weg, direkt auf mich zu.«

In Emilys Ohren rauschte es. Seit Monaten hatte sie sich gefragt, was passiert war. Und hier saß jemand und erzählte es ihr.

»Aber wie konnte Graves denn wissen, dass ich seine Tat nicht sehe?«

»Das Ganze hat sich in deinem Rücken abgespielt. Du standest vor Liv. Graves kommt von hinten, und eine Sekunde später ist es passiert. Du musst aber eine Bewegung wahrgenommen haben, denn du hast dich sofort umgedreht. Und musst in dem Moment verstanden haben, was passiert ist.«

Weg. Ich muss hier weg.

Sie ließ sich das Szenario durch den Kopf gehen. »Warum hat er riskiert, dass du oder jemand anders ihn sieht?«

»Es waren nur wenige Leute am Bahnsteig. Ich war ziemlich weit hinten.«

Emilys Herz raste so schnell, als erlebte sie die Situation gerade erneut. Shakes' Bericht überlagerte sich mit den Bildern der CCTV-Aufzeichnung. Das Puzzle war komplett. »Habe ich dich gesehen?«

»Wir haben uns angeschaut, aber du hattest einen Schock. Dein Blick war voller Angst. Du warst Zeugin eines Mordes geworden.« Er räusperte sich: »Seit deinem Einzug fürchtete ich, dass du dich bei meinem Anblick plötzlich erinnern und mich der Polizei melden würdest. Ein Zeuge, der einen

Mord verschweigt. Der bei seiner offiziellen Aussage gelogen hat.«

Emily nickte. Dann sagte sie: »Graves wusste als Angestellter natürlich, dass die Kamera wegen des toten Winkels nicht funktionierte.« Sie überlegte laut. Dann: »Wir müssen mit der Polizei sprechen, Shakes.«

»Nein, das geht nicht.«

»Wir haben keine Wahl. Graves kann jederzeit einen weiteren Mord begehen. Das dürfen wir nicht zulassen.«

»Das ist mir bewusst. Ich habe mir wirklich Sorgen um dich gemacht in den letzten Tagen. Du bist eine Zeugin. Du kannst Graves gefährlich werden, auch wenn er weiß, dass du dein Gedächtnis verloren hast.«

Sie ahnte, was jetzt kommen würde.

»Du läufst durch die Gegend und erzählst den Leuten, du möchtest die Wahrheit rausfinden. Lässt dir ausgerechnet von dem Täter das Video zeigen.« Er machte eine Pause. »In dem Moment habe ich erst begriffen, was ein Gedächtnisverlust für Konsequenzen haben kann. Ich bin dir einige Male in den letzten Tagen gefolgt, wollte ein Auge auf dich haben. Ich war sogar mit dir im Pub, The Coach & Horses.«

Ich weiß, dachte sie wieder.

»Ich nehme an, Graves hat mich angegriffen?« Sie zeigte auf die Manschette an ihrem Hals.

Er schaute zu Boden. »Es tut mir wirklich leid. Ich kam zu spät.«

Sie ließ das einen Augenblick wirken. »Was hast du gesehen?«

»Nichts. Ich bin um die Ecke gebogen, und Graves ist weggelaufen. Im selben Moment tauchte der Bulle auf. Alles ging so schnell.« Er zuckte mit den Schultern. »Ich kann dir nicht sagen, wer es war. Ich nehme aber an, den Bullen können wir als Täter ausschließen.«

Sie wollte nicken, doch die Halskrause erinnerte sie daran, dass diese Bewegung nicht möglich war. »Ich habe Graves in dem Pub ein Foto von dir gezeigt.« Sie verzog das Gesicht. »Und du sitzt nur ein paar Meter weiter.« Im Nachhinein betrachtet, war die Situation komplett absurd.

»Welches Foto?«

»Ein Polaroid. Du sitzt auf Livs Sofa.«

»Wieso hast du es Graves gezeigt?« Er kniff die Augen zusammen.

Sie konnte seinen Ausdruck nicht deuten, doch fast schien es, als würde er ein Lächeln verstecken. Machte er sich über ihre Versuche lustig, die Wahrheit herauszufinden? »Ich wollte wissen, ob Graves dich kennt. Ich hatte den Verdacht, dich auf den CCTV-Aufnahmen erkannt zu haben. Aber er konnte sich nicht erinnern.«

Shakes wollte gerade etwas erwidern, als sie ihn mit einer Handbewegung zum Schweigen brachte. »Aber das ist jetzt nicht wichtig.« Es ging hier nicht um sie. Liv war der Willkür eines Irren zum Opfer gefallen, und es hätte genauso gut eine andere Person treffen können.

Trotz der Dinge, die Liv getan hatte, war Emily es ihrer Freundin schuldig, deren Mörder zu überführen. Und sie war es auch allen anderen Menschen schuldig, nachdem sie nun wusste, was passiert war. »Wir müssen ihn hinter Gitter bringen, Shakes.«

»Willst du der Polizei sagen, dass du dich plötzlich erinnerst?«

»Ich bin eine Amnesie-Patientin. Meine Aussage reicht leider nicht.«

»Erinnerungen von Amnesie-Patienten können nur validiert werden, wenn eine andere Person sie bestätigt. Ich habe das gelesen.« Er lächelte vorsichtig. »Tut mir leid, ich habe einige Recherchen über deinen Zustand angestellt.«

Einen Moment lang schwiegen sie beide. Hingen ihren eigenen Gedanken nach.

»Shakes, wir brauchen einen Beweis«, sagte sie schließlich, »wir müssen Graves auf frischer Tat ertappen.«

»Und wie soll das gehen?«

Sie holte tief Luft. »Wir stellen ihm eine Falle. Und ich bin der Köder.«

»Das ist zu gefährlich.« Shakes schüttelte den Kopf. »Was ist, wenn es schiefgeht?«

EMILY

Sie stürzte in Zeitlupe. Schwarz. Alles war schwarz. Es gab kein Zurück. Ein Sprung in ein Schwarzes Loch war ein Sprung ohne Rückkehr. Niemand entkam einem Schwarzen Loch. *Er hat mich gestoßen.*

Ihr Körper taumelte in der Luft. Sie ruderte mit den Armen, ein letzter Versuch, den Sturz abzuwenden. Ein Schrei kam aus ihrer Kehle. Lautlos.

Doch ihr Leben zog nicht an ihr vorbei, sie schwebte nicht über ihrem Körper, und es gab auch keinen Tunnel, an dessen Ende ein helles Licht war.

Dann prallte ihr Körper auf den Gleisen auf.

21 Stunden zuvor

DER PATIENT

»Sie haben die Macht zu gestalten«, sagte Lydia, als könnte sie Gedanken lesen.

Ihm wurde eiskalt. Er starrte die Therapeutin mit offenem Mund an. Hatte sie das gerade wirklich gesagt? Wollte sie ihn provozieren? Ihn zu einem Geständnis zwingen?

»Die Macht zu gestalten?«, fragte er, und seine Stimme klang tonlos.

Hatte Lydia ihn durchschaut?

Einen Moment lang glaubte er, sie wollte ihn auf die Probe stellen. War das eine Falle? War man ihm vor langer Zeit schon auf die Schliche gekommen? Gehörte der Job, die Therapie, das alles zu irgendeinem perfiden Plan, war dies eine Art verdeckte Ermittlung?

Hatte er nicht von Anfang an Zweifel gehabt? »Ich brauche keine Therapie«, hatte er gesagt. Doch TfL hatte auf die Fürsorgepflicht verwiesen, die der Verkehrsbetrieb gegenüber seinen Mitarbeitern hatte und der ihnen ermöglichte, je nach Schwere eines Vorfalls – oder der mentalen Gesundheit des Betroffenen – bis zu zwanzig Stunden Therapie zu übernehmen. »Das ist eine Chance.« Man hatte durchblicken lassen, dass dieses Angebot nicht nur eine Chance war, sondern ein Befehl.

Er hatte die Therapie ein paar Monate hinauszögern können, doch am Ende hatte er eingewilligt, zehn Stunden bei Lydia zu verbringen, um »sein Trauma zu verarbeiten«.

Insgesamt war er froh gewesen, als Quereinsteiger bei TfL die Position als Stationsbetreuer bekommen zu haben. Es war nicht sein alter Job, aber es war auch nicht ganz schlecht – auch wenn sich nicht dieselben Möglichkeiten boten.

Jeden Tag waren Hunderte Passagiere auf ihn angewiesen. Ihr Leben lag in seiner Hand. Und sie mussten tun, was er sagte.

Er musste jetzt Ruhe bewahren. Lydia konnte überhaupt nichts wissen. »Wie meinen Sie das?«, brachte er nun mit einer erstickten Stimme hervor, für die er sich hasste. »Die Macht zu gestalten?«

»Sie haben die Macht, Ihre Zukunft zu gestalten.« Lydia zog eine Augenbraue hoch. »Wir können gemeinsam versuchen, dieses Trauma aufzuarbeiten.« Sie redete weiter, doch er hörte gar nicht mehr richtig zu. Zukunft?

Er atmete auf und steckte eine Hand in die Hosentasche. Mit zwei Fingern kniff er sich in die Haut seines Oberschenkels, immer stärker drückte er zu, während er versuchte, sich den Schmerz in seinem Gesicht nicht anmerken zu lassen.

»Und?«, fragte Lydia.

Er hatte nicht den leisesten Schimmer, wovon sie sprach. Seine Fingernägel bohrten sich in seine Haut, tiefer, immer tiefer, als wollten sie eine Schicht nach der anderen zerstören.

»Das Opfer tut Ihnen sicherlich leid«, sagte Lydia jetzt. »Ist das der Kern Ihrer Gefühle?«

Er wusste nicht, wovon sie sprach.

»Schuldgefühle können verschiedene Ursachen haben. Glauben Sie, der Tod dieser Frau sei Ihre Schuld?«

Was sollte er antworten?

»Niemand hat gesehen, was passiert ist«, fuhr die Therapeutin fort. »Aus diesem Grund ermittelte die Polizei. Vermutlich war es ein Unfall. Selbstmord. U-Bahn-Schubser sind leider auch keine Seltenheit.« Die Therapeutin kniff erneut die Augen zusammen.

Er starrte sie an. Ein Kribbeln durchströmte ihn, als sei er elektrisiert, und er brauchte einen Moment, um sich zu sammeln. »Die Polizei hat die Ermittlungen eingestellt«, sagte er, um vom Thema abzulenken, und klang gereizter, als er beabsichtigt hatte. »Die anderen Leute am Gleis waren nur …«, er suchte nach dem richtigen Wort, »… Zivilisten. Ich bin Angestellter von TfL, und mein Job ist es, für Sicherheit zu sorgen.« Er richtete sich auf. »Ich hätte es sehen müssen.« Die Lüge ging ihm leicht über die Lippen. Doch aus irgendeinem Grund klang er nicht besonders überzeugend, und das ärgerte ihn. *U-Bahn-Schubser sind leider auch keine Seltenheit.*

Lydia musterte ihn. Dann sagte sie: »Möchten Sie sich in eine andere Station versetzen lassen?«

Der Themenwechsel überraschte ihn. »Nein«, sagte er. »Ich bleibe in Holborn.«

»Warum?«

»Schuldgefühle ändern sich nicht durch einen Ortswechsel, oder?« Er konnte sich den Kommentar nicht verkneifen.

Lydia nickte. »Damit haben Sie recht.«

Natürlich hatte er das.

EMILY

Hände griffen nach ihr, Finger krallten sich in ihre Haut, um ihren Oberarm, ihre Taille, mit einer solchen Kraft, dass ihr die Luft wegblieb. Schmerz schoss durch ihren Nacken, und einen Moment lang glaubte sie, das Bewusstsein zu verlieren.

Jemand riss sie mit voller Kraft in die Höhe und zurück auf den Bahnsteig. Ihre Rippen und ihre Knie stießen hart gegen den Beton. In ihrem Kopf entstand das Bild von zersplitterten Knochen und zertrümmerten Kniescheiben. Nichts in ihrem Körper schien mehr an Ort und Stelle zu sein.

Sie lag nun auf dem Bahnsteig. Weich. Unter ihr stöhnte Shakes. »Du bist ganz schön schwer«, sagte er. »Verdammt.«

Emily drehte sich zur Seite. Die Piccadilly Line Richtung Heathrow war nur wenige Meter von ihr entfernt zum Stoppen gekommen – der Zug stand im Tunnel. Ein rotes Signallicht verweigerte dem Lokführer die Einfahrt in die Holborn Station.

Sie schloss die Augen. Paul Graves hatte sie gestoßen. Er hatte sie tatsächlich gestoßen!

Plötzlich zog sich ihr Magen zusammen. Emily strampelte sich frei und schaffte es gerade noch rechtzeitig, von Shakes herunterzukrabbeln. Ihre Beine waren zu schlaff, da waren keine Muskeln mehr, und so kroch sie auf allen vieren einige Meter weiter und erbrach sich auf den Bahnsteig.

Erst als nichts mehr aus ihren Eingeweiden rauswollte, setzte sie sich wieder auf und lehnte sich mit dem Rücken gegen die Wand. Wie durch einen Schleier sah sie Menschen, die auf sie zusprangen, eine Frau, die nach ihr griff und eine Hand auf ihre Schulter legte, eine andere, die neben Shakes kniete.

Ein Mann kam auf sie zu, sie sah erst nur seine Schuhe. Emily schaffte es nicht, den Kopf zu heben, sie hatte schlicht keine Energie. Der Mann ging in die Hocke und hielt ihr ein Taschentuch entgegen: »Ich bin Rettungssanitäter. Kommen Sie, ich helfe Ihnen.« Er half ihr auf die Beine, und mit seiner Hilfe schaffte es Emily, einige Meter bis zu einer Bank zu gehen. Er schob sie mehr, als dass sie selbst lief.

Emily beobachtete die Menschen, die zu ihr schauten, offen oder verstohlen, die alle mit einem Schlag unfreiwillig zu Zeugen einer Tat geworden waren. *Waren* sie wirklich Zeugen?

Was hatten diese Leute am Bahnsteig gesehen?

Sie sah sich um, suchend. Hatte einer von ihnen zum richtigen Zeitpunkt in die richtige Ecke geschaut?

Männer in Warnwesten von TfL kamen auf sie zugelaufen, redeten, überhaupt schienen alle plötzlich nur noch zu reden.

Emily kniff die Augen zusammen, ihr Blick ging hektisch von Mensch zu Mensch. Männer, Frauen, Kinder. Am anderen Ende des Bahnsteigs entdeckte sie einen Mann, an dem diese ganze Aufregung abzuprallen schien. Auf seinem Schoß balancierte ein blauer Laptop.

Sie sah, dass Shakes in einiger Entfernung mit zwei Männern sprach. Er hielt sein Handy in der Hand und zeigte einem von ihnen etwas auf dem Display. Der Mann machte eine Kopfbewegung Richtung Decke, zu der Kamera.

Und sie sah Paul Graves. Er stand ein paar Meter entfernt, mit einem Gesichtsausdruck, den sie nicht deuten konnte. Niemand schien sich um ihn zu kümmern.

Emily streckte einen Arm aus, deutete mit dem Finger auf Graves und sagte: »Er hat mich gestoßen.« Niemand reagierte.

Sie wollte aufstehen, doch ihre Beine versagten. »Bleiben Sie sitzen.« Der Rettungssanitäter zog eine Flasche Wasser aus seinem Rucksack. »Hier«, sagte er, »trinken Sie einen Schluck.«

Sie dankte ihm und griff nach der Flasche, denn sie hatte tatsächlich das Gefühl zu verdursten.

Dann war plötzlich Shakes neben ihr. Er setzte sich neben sie. »Wir haben es geschafft«, flüsterte er.

Emily versuchte ein Lächeln. Sie wollte Shakes auf den Mann mit dem blauen Laptop aufmerksam machen, doch als sie zum anderen Ende des Bahnsteigs schaute, bemerkte sie, dass er nicht mehr da war.

Plötzlich wurde das Rauschen in ihren Ohren immer lauter, es entwickelte sich zu einem schrillen Pfeifton.

»Shakes, ich…«, wollte sie sagen, aber da kam kein Ton. Oder vielleicht hatte sie es auch gar nicht gesagt.

Dann verlor sie das Bewusstsein.

HIS MAJESTY'S PRISON WANDSWORTH

Die Haare des Mannes hingen über seine Schultern. Tiefe Falten zierten seine Stirn. Er sah aus wie jemand, der nie schlief und Jahre älter schien, als er war. Doch seine Augen waren hellwach.

Shakes konnte die Neugier sehen, mit der Nick Taylor vom *Observer* ihn musterte, echtes Interesse. Vermutlich war das die Grundvoraussetzung für den Beruf eines Journalisten.

Shakes lehnte sich auf seinem Stuhl zurück. Sie saßen beide an einem Tisch in einem der Räume, die Besuchern vorbehalten waren. Shakes sah dieses Zimmer heute zum ersten Mal.

»Die Reportage wird in einer neuen Rubrik unserer Zeitung erscheinen, in der wir über verschiedene Themen mit sozialer Relevanz berichten«, sagte Nick nun. »Danke, dass du dich bereit erklärt hast, mit mir zu sprechen. Der Fokus sollte ursprünglich auf minderjährigen Straftätern liegen, aber das ist schwierig zu realisieren.«

Shakes schwieg.

»Das Ganze ist ein Pilotprojekt«, fuhr Nick fort, »es geht darum, Menschen …«, er machte eine kurze Pause, und Shakes wusste, was jetzt kommen würde, »... am Rande der Gesellschaft eine Stimme zu geben. Was sind ihre Vorstellungen von einer gerechten Zukunft? Was muss sich ändern? Wir starten mit einem Gefängnis. Hast du schon mal von *Citizen Science* gehört?«

Shakes schüttelte den Kopf. »Nein.«

»Kurz gesagt ist das eine Form von Bürgerbeteiligung für wissenschaftliche Projekte. Das wird genutzt, wenn Forscher auf die Hilfe der Bevölkerung angewiesen sind. Schmetterlinge zählen, zum Beispiel.« Er grinste. Dann sagte er: »Du und deine Mitinsassen im HMP Wandsworth sind in diesem Fall die ›Bevölkerung‹.«

Shakes nickte.

»Ihr habt Zugang zu den Dingen, die von Bedeutung für diese Studie sind. Namen werden nicht genannt.«

Shakes dachte einen Moment nach. Seine Beschwerden über die Zustände hier drin hatten nichts gebracht. Vielleicht war dies eine Möglichkeit, sich Gehör zu verschaffen?

»In England und Wales gibt es 143 Insassen auf 100 000 Einwohner. Das ist die höchste Quote von Gefangenen in Europa.« Der Journalist las die Zahlen aus seinem Notizbuch ab. »Wir wollen eure Meinung.«

»Warum ich?«, fragte Shakes, um Zeit zu gewinnen.

»Ein Mitglied des Independent Monitoring Board hat uns angeschrieben.«

Shakes schaute überrascht auf. Vielleicht war seine Kontaktaufnahme doch nicht umsonst gewesen. Der Journalist und sein Projekt waren besser als nichts. »In Ordnung«, sagte er schließlich. Das Ganze war eine Chance.

Nick nickte ihm zu.

»Was willst du wissen?«, fragte Shakes. Falls nichts dabei rauskam, war das Projekt zumindest eine Abwechslung. Und eine seriöse Zeitung in der Hinterhand, die seine Haftbedingungen kannte, war kein Nachteil, sondern eine Rettungsleine.

»Warum bist du hier?«, fragte der Journalist. Nick Taylor war ein Freund direkter Worte.

»Betrug«, sagte Shakes. »Dazu eine Reihe von Kleindelikten. Diebstahl, Hehlerei, solche Sachen.« Er zuckte mit den Schultern. »Irgendwann hatte der Richter die Schnauze voll und dachte, dieser Aufenthalt sei eine gute Idee.«

Nick lehnte sich auf seinem Stuhl zurück. »Und?«, fragte der Journalist. »Hatte der Richter recht?«

»Richter haben immer recht.« Shakes verzog das Gesicht.

Nick grinste. »Der Punkt geht an dich. Trotzdem: Ist dieser Aufenthalt eine gute Idee?«

»Nein.« Shakes beließ es dabei.

Er könnte dem Journalisten von Goff erzählen. Von Pritchard und den Zuständen in diesem menschlichen Lagerhaus, in dem keine Stimme zählte und jede Würde verloren ging. Er könnte ihm von den Demütigungen, Verletzungen und Krankheiten berichten. Von den Todesfällen. Vor allem von den Todesfällen.

»Keiner der Insassen hat eine Stimme draußen«, sagte Shakes stattdessen. »Natürlich verdienen wir eine Freiheitsstrafe. Darum geht es nicht. Aber hier sterben Männer, und es interessiert keine Sau.«

Er konnte sehen, dass die Neugier des Mannes geweckt war. Doch mehr würde er dazu nicht sagen. Nicht heute.

Nicht, solange er nicht in Freiheit war. In Sicherheit.

Nicht nach der Sache mit Pete.

EMILY

Man hatte sie nach Hause gebracht. Nein, dachte sie – das stimmte nicht, man hatte sie in *Livs* Zuhause gebracht.

Ein Sanitäter hatte ihr noch in der U-Bahn-Station ein Beruhigungsmittel gegeben, das jedoch entweder gar keine oder nur so geringe Wirkung zeigte, dass sie es nicht merkte. Sie sprudelte vor Adrenalin.

Sie und Shakes saßen an Livs Küchentisch, ihnen gegenüber hatten zwei Polizisten der British Transport Police in ihren Uniformen Platz genommen. Man hatte ihnen bereits gesagt, dass sie beide am nächsten Tag in das Polizeipräsidium kommen mussten, um eine offizielle Aussage zu machen. Ein Mordanschlag war erfolgt, und die Ermittlungen zu Livs Sturz würden wiederaufgenommen werden.

Emily hatte kurz überlegt, Alex Bescheid zu geben, sich am Ende jedoch dagegen entschieden. Er würde früh genug von der Sache erfahren. Tatsächlich war sie überrascht, dass er nicht bereits vor der Tür stand. Die Nachricht hatte sich mit Sicherheit wie ein Lauffeuer verbreitet.

Jetzt konnte sie ihrem Exfreund wieder unter die Augen treten. Musste keine Angst mehr haben, dass er ihr den waghalsigen Plan im Gesicht ablesen und versuchen würde, sie zu stoppen.

»Die Kollegen haben Paul Graves mitgenommen, er sitzt in U-Haft«, erklärte Sergeant Cole, ein drahtiger Mittzwanziger, der trotz seiner Uniform aussah, als würde er noch zur Schule gehen. »Er hat alles abgestritten.« An Emily gewandt sagte er: »Es wäre schön, wenn Sie uns ein paar Fragen beantworten könnten. Ich bin sehr froh, dass Ihnen nichts Schlimmeres passiert ist.« Er wollte offenbar für eine vertrauensvolle Atmosphäre sorgen. »Das muss ein Schock gewesen sein.«

Emily wollte dieses Gespräch so schnell wie möglich hinter sich bringen. »Was möchten Sie wissen?«

»Warum standen Sie genau an jener Stelle, an der Ihre Freundin Liv Wakefield vor drei Monaten zu Tode gekommen ist?«, schaltete sich die Polizistin, Sergeant Woodcraft, plötzlich ein. Sie schien ihre Zeit nicht mit Small Talk verschwenden zu wollen. »War das Zufall?« Allein dadurch, wie sie die Frage stellte, war klar, dass sie das nicht glaubte.

»Nein«, sagte Emily. Sie rief sich ins Gedächtnis, was Shakes und sie gestern Abend besprochen hatten. Gemeinsam hatten sie entschieden, so nah wie möglich an der Wahrheit zu bleiben.

»Ich habe keine Erinnerung an den gesamten Morgen, an dem meine Freundin starb. Ein ärztliches Gutachten über meine Amnesie werden Sie in Ihren Akten finden.« Emily trank einen Schluck Wasser. Sie richtete sich auf. »Ich komme sehr schlecht mit dem Tod von Liv zurecht, insbesondere, weil ich mein Gedächtnis verloren habe. Seit ich hier in ihrer Wohnung bin, …«

»Dies ist das Appartement der Verstorbenen?«, unterbrach Woodcraft sie überrascht und schaute sich um. »Was machen Sie hier?«

»Livs Mutter hat mich gebeten, die Wohnung aufzulösen. Margaret Wakefield.«

»Das ist in Ordnung«, sagte Cole, als hätte das irgendwer in Frage gestellt. Er warf seiner Kollegin einen Blick zu. »Erzählen Sie uns, was heute passiert ist.«

»Ich versuche, meine Erinnerung an Livs Tod zurückzubekommen. Seit ich in dieser Wohnung bin, lässt mir ihr Tod keine Ruhe, und ich begann Nachforschungen anzustellen. In diesem Zuge sprach ich mit Lee«, sie zeigte auf Shakes, »und auch einige Male mit Paul Graves. Er zeigte mir die CCTV-Aufnahmen von jenem Morgen. Ich erzählte Graves, dass ich die Wahrheit herausfinden will.«

»Die Wahrheit?«

»Ich glaubte nicht an einen Unfall oder Selbstmord. Das habe ich damals auch zu Protokoll gegeben. Aber die Ermittlungen liefen ins Leere und wurden am Ende eingestellt.« Der Vorwurf in ihrer Stimme war deutlich zu hören. Beide Polizisten verzogen keine Miene.

»Mein Exfreund ist DS Alexander Wood, der wohnt auch hier im Barbican, Shakespeare Tower.« Sie zeigte Richtung Fenster. »Polizeidienststelle Islington«, schob sie hinterher. Es war wichtig, dass die Beamten mit Alex sprachen, denn der würde ihnen von dem Tagebuch erzählen. Shakes' Name sollte reingewaschen werden.

»Wir werden mit DS Wood sprechen«, sagte Woodcraft und machte sich eine Notiz. »Sie waren also von Anfang an der Meinung, dass eine Straftat vorlag, was den Tod von Liv Wakefield betraf?«

»Richtig. In den letzten Tagen bekam ich immer mehr das Gefühl, dass mit Paul Graves etwas nicht stimmt. Seine Reaktion auf meine Aussage, dass ich die Wahrheit herausfinden will.«

»Ja?«

»Es war … die Art, wie er mich angesehen hat. Sein plötzliches Misstrauen.« Sie machte eine Pause, um den Beamten

Gelegenheit zu geben, ihren Gedanken zu folgen. »Nachdem er mir das Video der Überwachungskameras gezeigt hatte, wollte er plötzlich nichts mehr mit mir zu tun haben. Er fragte mich, ob ich eine Journalistin sei, und hatte sogar einige Dinge über mich recherchiert, über meinen Podcast *Courtroom Whispers*. Sein Verhalten war einfach merkwürdig.« Sie zuckte mit den Schultern. »Er muss irgendeinen perfiden Gefallen daran gefunden haben, mir die CCTV-Aufnahmen zu zeigen. Auf meinem Weg nach Hause wurde ich dann plötzlich in der Nähe von Smithfield Market angegriffen. Ich kann es nicht beweisen, aber ich denke, das war Graves.«

»Und dann?«, fragte Woodcraft.

Ab sofort musste sie vorsichtig sein. »Irgendwas in mir ist heute Morgen durchgebrannt. Eine Kurzschlusshandlung, nachdem ich letzte Nacht einen Traum hatte. Ich sah Paul Graves und Liv zusammen am Gleis, sah seine Hände – und einen Stoß. Ich wachte auf, wusste nicht, ob das eine Erinnerung oder nur ein Traum war. Wie soll man das unterscheiden?« Sie blickte in die Runde. Niemand antwortete.

Ihre Frage war ernst gemeint, auch wenn dieser Traum eine reine Erfindung war.

»Sie reagierten mit einer Kurzschlusshandlung. Was haben Sie getan?«, fragte Woodcraft.

»Ich habe Graves eine Textnachricht geschickt.«

»Was stand da drin?«, fragte Cole.

Emily verzog das Gesicht.

»Ich weiß, was du getan hast.«

Sie zuckte mit den Schultern. »Das war eine bescheuerte Idee. Ich wollte ihn provozieren, hoffte auf irgendeine Art von Reaktion. Sie müssen verstehen, dass ich auf der Suche nach dem Mörder meiner Freundin war. Mir war klar, dass mit dem Typen etwas nicht stimmte.«

»Und was war seine Reaktion?«

»Ein Fragezeichen. Ich war verwundert, dass er überhaupt eine Antwort schickte.«

Das war die Wahrheit. Genau so hatten sie und Shakes es geplant, genau diese Nachricht hatte sie heute in der Früh geschickt, nachdem sie sich an ihrem Kaffee verschluckt hatte. Shakes hatte ihr gestern Abend gesagt, wie sie die Drohung formulieren sollte, und mit klopfendem Herzen hatte sie auf die Reaktion von Paul Graves gewartet.

»Das war alles?«

»Nein.« Pause. Dann sagte Emily: »Ich habe noch eine weitere Nachricht geschickt.«

»Was stand darin?«

»Ich kann es beweisen.«

Woodcraft zog eine Augenbraue hoch. Emily konnte sehen, dass Geduld nicht gerade die Stärke dieser Polizistin war.

»Das Ganze war eine Kurzschlusshandlung; eine Provokation – wie ich schon sagte. Ich weiß nicht, was ich damit bezwecken wollte.« Das war eine Lüge, denn natürlich wusste sie das.

Shakes und sie hatten eine Weile überlegt, wie sie Graves in die Enge treiben konnten.

»Graves weiß, dass du dein Gedächtnis verloren hast. Er weiß aber nicht, ob deine Erinnerung nicht plötzlich zurückgekommen ist«, hatte Shakes gesagt, als sie am Abend ihren Plan geschmiedet hatten.

»Richtig.« Sie hatten sich angeguckt. »Das nutzen wir aus.«

»Und trotzdem beschlossen Sie, heute in die Holborn Station zu fahren«, sagte Woodcraft jetzt und riss Emily aus ihren Gedanken.

»Ich wollte mich auf die Stelle am Bahnsteig stellen, an der es passiert war«, erklärte Emily.

»Sollte das eine Mutprobe werden? Traumabewältigung?« Woodcraft hatte Zweifel an ihrer Geschichte. Vielleicht fehlte der Polizistin auch einfach die nötige Empathie.

Emily ließ sich nicht beirren. »Ich wollte mein Gedächtnis triggern, wollte meine Füße genau dorthin setzen, wo es passiert war. Mein Therapeut hat das vor ein paar Monaten vorgeschlagen. In einigen Fällen kann die Erinnerung dadurch zurückkommen.«

Auf eine Weise tat es gut, sich alles von der Seele zu reden, auch wenn das Ganze eine editierte Version der Wahrheit war.

»Und?«, fragte Woodcraft.

»Es hat nichts gebracht. Allerdings stand ich ja nur sehr kurz dort, bis …« Sie brach ab. Eine Gänsehaut lief ihren Rücken hinunter.

»Das war doch aber sehr riskant, Sie gingen ja davon aus, dass Paul Graves der Täter sein könnte«, sagte Woodcraft.

»Das war in der Tat gefährlich«, stimmte Cole ihr bei. Er tippte etwas auf seinem Handy.

»Glaubte ich das wirklich? Ich weiß es nicht.« Das war die Wahrheit, ein Rest von ihr hatte bis zum Schluss gezweifelt. Es hatte nur einen Weg gegeben, Shakes' Aussage zu überprüfen. Sie brauchte einen Beweis. Der Sturz war ein Wagnis gewesen, aber sie hatten sich abgesichert. Ihr Leben war zu keinem Zeitpunkt in Gefahr gewesen.

»Ich habe mit den Nachrichten meinen Frust an Graves ausgelassen. Man kann doch einem Traum nicht trauen.« Sie schaute in die Runde. »Wir alle haben Albträume.«

Woodcraft ließ sich nicht ablenken. »Trotzdem war es extrem riskant. Sie konnten nicht wissen, dass der Zug ein rotes Signal bekam und nicht in die Station einfahren durfte. Das ist ein ziemlich großer Zufall.« Woodcraft zog eine Augenbraue hoch. »Sie hatten einen Schutzengel.«

Emily musste sich ein Lächeln verkneifen. Sie schaute zu Shakes und konnte sehen, dass er dasselbe dachte wie sie. Ein Schutzengel mit Programmierkenntnissen und einem blauen Laptop.

Erstaunlicherweise hatte sich ausgerechnet dieser Teil ihres Plans fast von selbst ergeben.

»Shakes, wir brauchen einen Beweis«, hatte sie gesagt.

»Aber wie sollen wir das anstellen?«

Emily zögerte nur eine Sekunde. »Wir müssen Graves auf frischer Tat ertappen.«

»Und wie soll das gehen?«

Sie holte tief Luft. »Wir stellen ihm eine Falle. Und ich bin der Köder.«

»Das ist zu gefährlich.« Shakes schüttelte den Kopf. »Was ist, wenn es schiefgeht?«

»Es gibt keine andere Möglichkeit«, rief sie.

»Und wie möchtest du das Ganze überleben?«

»Guter Punkt.« Sie hatte nur einen Augenblick gebraucht. »Die Bahn muss stoppen. Kurz bevor sie aus dem Tunnel kommt.«

Sie hatten sich angeschaut. »Könnte jemand in einem Waggon die Notbremse ziehen?«, hatte sie überlegt.

»Das funktioniert nicht. Wenn jemand die Notbremse zieht, während der Zug noch im Tunnel ist, fährt der Lokführer weiter bis zur nächsten Station.«

»Das ist nicht hilfreich.«

»Nein.«

Sie hatten eine Weile geschwiegen. Würde ihr Plan an diesem Problem scheitern?

Dann war Shakes aufgesprungen. »Ich habe eine Idee!«

»Und die wäre?«

»Ich hatte im Gefängnis einen Kumpel. Er hieß Pete.«

»Pete kann uns helfen?«

»Nein.« Ein Schatten zeigte sich auf Shakes' Gesicht. »Aber Pete kannte Leute.«

»Leute?«

»Programmierer.« Er zwinkerte. »Hacker.«

Emily hatte sofort begriffen. »Das System von TfL wird seit einiger Zeit per Computer gesteuert. Die Signale und Ampeln im Tunnel werden in einer zentralen Schaltstelle koordiniert.«

»Richtig.«

»War diese Umstellung auf ein IT-basiertes System nicht wegen Sicherheitsbedenken in den Medien?«

»Wieder richtig.« Shakes tippte auf seinem Handy, dann hielt er ihr das Display hin.

»Gefahr durch Hacker: Neues Computersystem der Londoner Verkehrsbetriebe laut Experten anfällig für Cyberattacken.«

»Kannst du einen Kontakt zu den Freunden von diesem Pete herstellen?«, fragte sie.

»Ich denke schon.«

»Wir müssen aber einen Test machen, ob das Ganze wasserdicht ist. Er muss das Signal blitzschnell auf Rot stellen können. Ich stelle mich nicht ohne Absicherung an den Bahnsteig.«

»Natürlich nicht. Das werde ich mit eigenen Augen überprüfen. Aber einen Tag müssen wir ihm mindestens Zeit geben. Vielleicht auch länger.«

»Ihm?«

»Ich habe nur eine Telefonnummer. Keinen Namen.«

»Ich hatte wirklich einen Schutzengel«, sagte Emily jetzt zu Woodcraft. Der Mann ohne Namen, mit einem blauen Laptop. Unsichtbar. Präzise. Ein Schatten. Die Welt gehörte den Hackern.

Shakes hatte sie vorhin angerufen, als er von seiner Verabredung mit dem Mann zurückkam. Er hatte ihn darum gebeten, in verschiedenen Stationen – Kings Cross, Notting Hill und Holborn – zum Test das Signal auf Rot zu stellen, kurz bevor die Bahn einfuhr. Eine Leichtigkeit für den Mann. »Fast hatte ich den Eindruck, die Aufgabe war unter seinem Niveau.« Die Verantwortlichen in der Schaltstelle, die Lokführer – sie alle hatten keine Ahnung gehabt, dass plötzlich für ein paar Sekunden eine externe Person die Befehle gab.

Doch die Falle, die sie Graves stellen wollten, ihr Plan, das alles hatte heute passieren müssen. Der Mann ohne Namen hatte nicht viel Zeit.

Es war ihr recht gewesen. Je schneller das Ganze ein Ende hatte, desto besser. Sie hatte nur noch über ihren Schatten springen müssen.

Emily hielt Woodcrafts prüfendem Blick stand. »Ich wusste ja auch gar nicht, ob Graves heute überhaupt arbeitet.«

Das war tatsächlich eine Unsicherheit gewesen. »Ich nahm außerdem an, dass der tote Winkel in der Zwischenzeit behoben worden war. Ich habe wirklich keine Gefahr gesehen.«

Shakes und sie hatten sich tatsächlich gefragt, ob die Kamera in der Station wieder funktionierte. Ihr ganzer Plan basierte auf Annahmen. Doch die Baustelle am Bahnsteig war immer noch da. Sie hatten es auf einen Versuch ankommen lassen, denn das »Schlimmste«, was hätte passieren können, wäre gewesen, dass nichts passierte. Dass Paul Graves sie in Ruhe gelassen hätte, weil er wusste, die CCTV-Kamera würde ihn aufzeichnen.

»Im Prinzip«, schaltete sich nun Shakes zum ersten Mal ein, »war es die perfekte Ausgangslage für Graves. Hätte er Erfolg gehabt und es hätte keine Zeugen gegeben, dann wäre Emilys Tod leicht zu erklären gewesen. Ein tragischer Selbstmord an genau der Stelle, an der zuvor ihre Freundin gestorben ist. Ein Gesundheitssystem, das versagt und den Hinterbliebenen und Zeugen keine Therapie bietet. Und ein öffentlicher Verkehrsbetrieb, der versagt und nicht für genügend Sicherheit sorgt. Bei den Verantwortlichen wären Köpfe gerollt.« Er guckte in die Gesichter der Polizisten.

Emily konnte sehen, dass Woodcraft und Cole ihm zustimmten. Beide wechselten einen Blick, dann sagte Woodcraft zu Shakes: »Und Sie waren zufällig vor Ort? Und hatten zufällig Ihr Handy in der Hand, um zufällig diese Tat zu filmen.« Sie sah ihn an, als sei der Anschlag auf Emilys Leben seine Schuld.

Emily hielt den Atem an. Jetzt war Shakes an der Reihe. Doch auch mit dieser Frage hatten sie gerechnet.

»Nein«, sagte er in diesem Moment. »Das war kein Zufall.«

Sie hatten gestern Abend überlegt, welche Begründung sie der Polizei liefern würden, denn sie mussten glaubwürdig bleiben. Es war nur verständlich, dass die Beamten die Umstände genau beleuchteten. Emily hatte vorgeschlagen, freiheraus von ihrem Plan zu erzählen. Von ihrem Verdacht und dass sie Paul Graves eine Falle stellen wollten. Zivilisten auf der Suche nach der Wahrheit.

Doch Shakes hatte das für keine gute Idee gehalten. Sie müssten vorsichtig sein, meinte er, man durfte sie nicht für die Anstiftung zu einer Straftat oder gar Selbstjustiz drankriegen – Strafverteidiger suchten immer nach einer windigen Ausrede. Nichts durfte Graves' Strafe schmälern, es durften keine juristischen Fehler passieren. Und Shakes selbst durfte nicht in die Schusslinie geraten. Genauso wenig wie der Mann mit dem blauen Laptop. Also hatten sie sich auf diese Version geeinigt.

»Ich hatte am Nachmittag ein Gespräch mit Emily«, sagte Shakes. »Sie erschien mir erregt, war in einem aufgelösten Zustand. Wir haben uns in den vergangenen Tagen öfter unterhalten, auch über Liv. Emily war sehr mitgenommen von dem Tod ihrer Freundin.«

»Hat Emily Ihnen von der Textnachricht an Paul Graves am Morgen erzählt?«, fragte Cole.

»Nein«, sagte er. Emily konnte sehen, wie leicht Shakes die Lüge über die Lippen ging. »Ich war am Nachmittag auf dem Weg zum Green Park. Als ich in der Holborn Station ankam, sah ich Emily am Bahnsteig stehen, das war tatsächlich Zufall. Sie wirkte abwesend, nahm mich nicht wahr, und ich beschloss, sie in Ruhe zu lassen. Ich blieb vorne am Bahnsteig stehen, das werden Sie auf den Kameraaufzeichnungen sehen können. Falls in der Station *irgendwelche* Kameras funktionieren«, sagte er und klang bitter.

Genau so hatten sie es geplant, auf die Minute genau. Sie hatten vereinbart, dass Emily um 17:37 Uhr Bahnsteig 3 betreten würde. Shakes und der Mann mit dem Laptop waren bereits dort. Shakes hatte sich seine Baseballkappe tief in die Stirn gezogen, damit Graves ihn nicht direkt erkennen würde. Zu dieser Uhrzeit fuhr exakt sechs Minuten lang keine Bahn auf dem Bahnsteig ein, zumindest nicht, wenn alles nach Plan verlief. Graves sollte einige Minuten Bedenkzeit für seine Entscheidung haben.

Der Bahnsteig würde um diese Uhrzeit voll sein. Rushhour. Unübersichtlich. Gedränge. Ein Stoß konnte schnell passieren in dem Gewusel.

Emily hatte sichergestellt, dass Graves sie entdeckt hatte, dann war sie Richtung Bahnsteigende gegangen. Würde er sie wirklich stoßen? Sie hatte Zweifel gehabt. Dann hatte sie seinen Blick gesehen. Voller Hass.

Präzision war der Schlüssel. Sie war in Sicherheit – solange sie nicht im toten Winkel stand. Emily hatte das Video der

Überwachungskamera so oft im Pub angeschaut, dass sie genau wusste, wo der Bereich anfing, sie musste nur die Fliesen auf dem Boden abzählen. Weiß. Schwarz.

Sie hatte erst dann einen Schritt in den toten Winkel gemacht, als Shakes ihr das Zeichen gab, dass der Mann mit dem blauen Laptop sich in das Computersystem der Londoner Verkehrsbetriebe gehackt hatte. *War alles in Ordnung? Ja.*

Dann hatte sie nur noch warten müssen.

Shakes wiederum versteckte sich in der Menge, tat so, als sei er in sein Handy vertieft, damit Graves sich unbeobachtet fühlte.

Sie hatten alles gewissenhaft vorbereitet und konnten trotzdem nicht sicher sein, ob Graves sie stoßen würde. Ein einzelner Passagier, der Graves zufällig zu nahe kam, hätte den Plan scheitern lassen können.

»Warum sind Leute wie Sie immer zur Stelle, wenn es irgendwo Probleme gibt?« Cole schüttelte den Kopf. »Ich werde es nie begreifen.«

Cole schien nun die Rolle des bad cop zu übernehmen. Es war offensichtlich, dass ein Exsträfling im Gegensatz zu Emily keine Behandlung mit Samthandschuhen verdiente.

»Sie meinen, Ärger zieht Ärger an?«, fragte Shakes, ohne eine Miene zu verziehen.

»Könnten wir uns auf die Tat konzentrieren?«, warf Woodcraft mit einem Seitenblick zu Cole ein. Emily wusste ihre unterkühlte Art plötzlich zu schätzen.

»Kurz bevor die Bahn kam, die Durchsage war bereits erfolgt …«, Shakes machte eine Pause, »… sah ich, dass Emily zu der Stelle ging, an der ihre Freundin zu Tode gekommen war.«

»Woher kannten Sie die Stelle?«, fragte Woodcraft sofort.

Emily richtete sich auf. Doch Shakes ließ sich nicht aus der Ruhe bringen. »Sie haben die Sache mit Liv vielleicht nicht in den Medien verfolgt, aber *The Sun, The Daily Mail*, die haben alle Fotos veröffentlicht.« Er schüttelte den Kopf. »Liv war meine Nachbarin. Glauben Sie mir, ich habe jeden Artikel gelesen, der im Internet verfügbar war. Ich wurde mehrfach von Ihren Kollegen befragt. Man hat mir das Bildmaterial gezeigt. TfL hat sogar versucht, sich mit der Stelle zu rechtfertigen.«

»Wie das?«, fragte Cole.

»Der tote Winkel beträgt nur wenige Meter am Ende des Bahnsteigs, direkt vor dem Tunnel. Da stehen in der Regel keine Passagiere, denn wenn die Bahn in die Station einfährt, sind dort keine Türen, um einzusteigen.«

»Verstehe.« Woodcraft nickte. »Sie haben also bemerkt, dass Emily in Richtung Bahnsteigende lief?«

»Wir hatten uns vor einigen Tagen darüber unterhalten, dass sie die Holborn Station meidet. Mir fiel unser Gespräch vom Nachmittag wieder ein. Ich hatte mit einem Mal ein ungutes Gefühl. Warum sollte sie plötzlich genau an den Ort gehen, an dem ihre Freundin gestorben war?« Shakes warf einen Blick auf die Beamten, deren Augenbrauen hochgezogen waren. »Meine Zeit im Gefängnis …«, er schob sein Kinn nach vorne, trotzig, »hat mein Radar für Gefahr sensibilisiert.«

»Verstanden.« Woodcraft klang ungeduldig.

»Ich hörte die Bahn einfahren, wollte Emily ansprechen, sicherstellen, dass alles in Ordnung war. Da sehe ich, wie Graves sich nähert. Etwas stimmte nicht, man merkt das einfach. Er kam ihr irgendwie … zu nah. Es war viel los am

Bahnsteig, da waren zig andere Passagiere. Doch es gab keinen Grund, so dicht neben ihr zu stehen. Emily hatte Paul Graves mir gegenüber einige Male erwähnt, sagte, dass er ihr ein seltsames Gefühl verursachte.«

»Ein seltsames Gefühl?« Cole schaute Emily an.

»Jedes Mal, wenn ich in seiner Nähe war, schrillten meine Alarmglocken, als würde mein Unterbewusstsein mich warnen wollen.« Sie zuckte mit den Schultern.

»Ich beschloss, die Situation zu filmen«, fuhr Shakes fort. »Nur für den Fall.«

»Nur für den Fall? Oder um es anschließend im Internet zu posten?«, fragte Cole bissig.

»Nein!« Shakes riss die Augen auf. »Ich wollte Emily das Video hinterher zeigen, gerade weil sie Paul Graves bereits erwähnt hatte. Ich konnte doch nicht wissen, dass er sie stoßen würde.«

Emily hielt den Atem an. Die Argumentation war brüchig. Doch man konnte Shakes nichts vorwerfen. Das Schlimmste, was passieren konnte, war, dass sie ihn für einen aufmerksamkeitssüchtigen Social-Media-Nutzer hielten, der mit seinem Video so viele Likes und Klicks wie möglich generieren wollte. So war die Welt, aber das änderte nichts an dem Bildmaterial.

»Bevor ich einen klaren Gedanken fassen konnte, sah ich, wie Graves den Arm ausstreckte. Er hat Emily einfach gestoßen. Innerhalb einer Sekunde. Zack. Trotz der vielen Passagiere. Niemand achtet heutzutage mehr auf die anderen Menschen am Bahnsteig. Jeder hat ein Handy in der Hand und guckt nach unten.« Er machte eine Pause. »Haben Sie einen weiteren Zeugen?«

»Dazu kann ich im Moment nichts sagen.« Woodcraft kniff die Lippen zusammen. »Paul Graves hat die Tat abgestritten. Sowohl diesen Vorfall als auch die Tat vor drei Monaten.« Woodcrafts Stimme ließ keinen Zweifel daran, dass sie den Mann hinter Gittern sehen wollte. »Sie werden uns das Material auf Ihrem Handy zur Verfügung stellen müssen«, sagte sie zu Shakes in einem Tonfall, als rechnete sie damit, dass er Probleme machen würde.

»Natürlich.« Er holte sein Handy raus.

»Das machen wir auf dem Präsidium«, sagte Woodcraft knapp und winkte ab.

»Ich wäre nicht verwundert, wenn Sie in der Vergangenheit von Paul Graves noch mehr Todesfälle finden. Mittel und Gelegenheit. Jemand wie der …«, sagte Shakes.

»Wir brauchen keine Ratschläge, wie wir unsere Arbeit machen sollen«, erwiderte Cole.

»Fakt ist, dass die Ermittlungen nach Livs Tod eingestellt wurden und ein Mörder frei durch London gelaufen ist«, sagte Emily. »Und ich wäre fast das nächste Opfer gewesen.«

»So war das nicht gemeint«, sagte Cole, obwohl alle im Raum wussten, dass es genau so gemeint war.

»Wir brauchen eine offizielle Aussage von Ihnen.« Woodcraft stand mit einem Ruck auf. »Halten Sie sich beide zur Verfügung.« Und zu Emily gewandt sagte sie: »Gute Besserung. Zögern Sie nicht, psychologische Hilfe in Anspruch zu nehmen.«

Emily wusste nicht, was sie darauf antworten sollte.

Er atmete auf, als die Beamten sich verabschiedet hatten. »Das hat doch gut geklappt«, sagte er mehr zu sich selbst als zu Emily. Sie hatten sich beide an ihre Absprache gehalten, und am Ende war das Gespräch mit der Polizei fast genau so gelaufen, wie er erhofft hatte.

Er stand unschlüssig an der Wohnungstür, durch die er Sergeant Cole und Sergeant Woodcraft gerade verabschiedet hatte. Sollte er auch besser gehen?

Emily hob gerade den Kater hoch, der um ihre Beine strich, und nahm ihn auf den Schoß. Mit einer Hand streichelte sie über sein Fell. Sie sah schlecht aus. Er musste schlucken. Gern hätte er Emily in den Arm genommen. Irgendwie war da plötzlich etwas in seinem Bauch, wenn er in ihrer Nähe war, doch dafür war heute Abend nicht der richtige Zeitpunkt. »Was macht dein Nacken?«, fragte er.

»Ich habe zur Vorsicht heute Nachmittag zwei Schmerztabletten genommen. Ich hätte den Sturz sonst nicht riskiert.«

»Das Ganze war eine Scheißaktion.« Er meinte es ehrlich. »Du hättest dir einen Arm brechen können. Oder Schlimmeres.«

»Die Hauptsache ist, dass wir Graves überführt haben. Ich brauchte Gewissheit. Das Risiko war es wert«, sagte sie und nickte.

Er machte ein paar Schritte auf Emily zu, wollte sich zu ihr setzen, doch dann blieb er im letzten Moment stehen. »Danke«, sagte er, weil er nicht den Mut hatte zu sagen, was er eigentlich sagen wollte.

»Wofür?«

»Ich habe durch diese Aktion mein Gewissen erleichtert.«

Sie sah ihn verständnislos an.

»Ich konnte mein Versäumnis wiedergutmachen, die Tat nicht gemeldet zu haben.« Er nickte ihr zu.

»Ich habe das für Liv gemacht.«

»Ich weiß.«

Eine Pause entstand.

Doch eine Sache brannte ihm noch immer unter den Nägeln, und er wusste nicht, wie er anfangen sollte. Das verriet mehr über seine Gefühle für Emily, als er sich eingestehen wollte. Er zog einen Küchenstuhl vor und setzte sich. »Hast du Livs Tagebuch gelesen?«, fragte er, bevor er es sich anders überlegen konnte. Er hielt die Luft an.

Emily starrte ihn an. »Woher weißt du von dem Tagebuch?« Sie riss ihre Augen auf.

Er atmete tief ein. »Ich bin dir wohl eine Erklärung schuldig.«

»Das glaube ich auch«, sagte sie und setzte den Kater wieder auf den Fußboden.

»Einige Tage nach Livs Tod war ich in ihrer Wohnung«, gestand er. »Der Ärger über die Anzeige hat in mir gebrodelt, auch wenn die Ermittlungen eingestellt wurden. Ich konnte Livs Lüge nicht vergessen, ihre grundlose Anzeige. Ich war voller Wut.«

»Du bist hier eingebrochen?« Emilys Stimme klang weder verwundert noch verärgert, es war mehr eine Feststellung. »Wie hast du das gemacht?«

»Über den Balkon.« Er zuckte mit den Schultern. Lieferte keine weitere Erklärung. Der Einbruch war ein Leichtes gewesen. Die Balkontür schloss genauso schlecht wie seine eigene. Ein Konstruktionsfehler, der im gesamten Barbican eine Vielzahl von Appartements betraf, doch in zwanzig Metern Höhe kaum Relevanz hatte. Nachbarn kletterten selten von Balkon zu Balkon.

»Was wolltest du hier?«

»Ich wollte verstehen, was passiert ist. Warum Liv mich angezeigt hat.« Es war die Wahrheit. »Ich bin ohne Ziel von Raum zu Raum gelaufen und habe eine Antwort gesucht. Dann habe ich das Tagebuch in Livs Nachtschrank entdeckt. Aus Neugier habe ich darin geblättert. Und meinen Augen nicht getraut.« Er schüttelte den Kopf bei der Erinnerung.

»Und konntest natürlich nicht damit zur Polizei gehen«, sagte Emily. Sie war schnell.

»Ich hielt den Beweis für meine Unschuld in den Händen, und er hatte keinen Wert. Ich hätte einen Einbruch gestehen müssen.«

»Ich habe es gefunden.« Sie nickte. »Und gelesen.«

Kurzerhand hatte er das Tagebuch mitgenommen, unschlüssig, was er damit machen sollte, wollte es nicht mehr aus den Augen lassen. Und so hatte das Tagebuch mit der Wahrheit, die ihn entlasten würde, drei Monate in seiner Wohnung gelegen. Bis Emily plötzlich aufgetaucht war.

Das Tagebuch wurde zu seinem Joker. Der Joker, um Emilys Vertrauen zu gewinnen. Er hatte nur den richtigen Moment abwarten müssen, um es ihr zuzuspielen. Aus diesem Grund hatte er sich vor einigen Tagen wieder Zutritt zu Livs Wohnung verschafft. Er hatte die Gelegenheit direkt nach dem Angriff genutzt, als Emily nicht zuhause war, und platzierte das Tagebuch in der Kommode. Vor ihrem Treffen mit Graves hatte sie ihm erzählt, dass sie angefangen hatte, Livs Korrespondenz in der Schublade zu sortieren. Irgendwann würde sie das Tagebuch finden. Er musste nur warten. Eine bessere Stelle war ihm nicht eingefallen, denn im Nachtschrank würde sie es vielleicht eine Weile gar nicht bemerken. Ohne lange zu überlegen, hatte er spontan noch den Kater mitgenommen, eine Verzweiflungstat. Einziger Zweck der Aktion: Milo am nächsten Tag zurückzubringen und Emily eine Lüge aufzutischen, dass der Kater auf seinem Balkon aufgetaucht sei. Er wollte das Bild eines Nachbarn abgeben, auf den man sich verlassen konnte.

Seinen erneuten Einbruch mit dem Zweck, ihr das Tagebuch unterzuschieben, und die Aktion mit dem Kater verschwieg er allerdings lieber.

Shakes lächelte. Es hatte wirklich alles geklappt. Genau, wie er es geplant hatte.

Emily kannte den Inhalt des Tagebuchs. Sie kannte die Wahrheit über Liv. Und über ihn.

Eine Woche später

EMILY

Der Tag, an dem Paul Graves zum ersten Mal dem Haftrichter vorgeführt wurde, war ein dunkler Tag. Der Winter kündigte sich an und damit auch das schlechte Wetter für die nächsten Monate. Es war einer jener Tage, an denen man schon am Morgen das Licht anschalten musste.

Seit drei Stunden regnete es in Strömen aus tiefschwarzen Wolken. Die Häuser auf der anderen Straßenseite und das Blumengeschäft waren kaum zu erkennen, die Welt draußen versank in Nebel und Wasser.

Emily bestellte einen zweiten Cappuccino, lehnte sich auf ihrem Stuhl nach hinten. Sie saß am Fenster des Clean-Hearts-Cafés. Nur wenige Zentimeter von ihr entfernt peitschte der Wind den Regen gegen die Glasscheiben.

Sie lächelte Shakes an, der ihr gegenübersaß und sich an seinem Kaffee festhielt. Sie konnte sich nicht erinnern, wie lange es her war, dass sie entspannt in einem Café gesessen hatte. Wie ein normaler Mensch, dachte sie. Und dazu noch mit einem Mann, den sie mochte. Sie konnte in seinen Augen sehen, dass es ihm ähnlich ging.

Von dem Sturz auf die Gleise hatte sie sich gut erholt. Die Selbstheilungskräfte des menschlichen Körpers erstaunten sie immer wieder. Selbst die Stütze für ihren Hals brauchte sie nicht mehr, ihr Nacken war auf dem Weg der Besserung und schmerzte nur noch bei bestimmten Bewegungen.

Als auf ihrem Handy eine Nachricht einging, griff sie sofort nach dem Telefon. Endlich! Sie hielt den Atem an, warf einen schnellen Blick zu Shakes. Dann las sie die Nachricht.

»Nicht schuldig«, sagte sie und legte ihr Handy zur Seite. »Er hat auf nicht schuldig plädiert.« Sie verzog das Gesicht.

Den ganzen Tag über hatten sie auf diese Nachricht gewartet, und erst jetzt, am frühen Abend, hatte Alex sich bei ihr gemeldet. Er hatte versprochen, ihr sofort Bescheid zu geben. Das britische Recht sah vor, dass jeder Verdächtige innerhalb von wenigen Tagen nach seiner Festnahme vor Gericht erscheinen musste. Es handelte sich um einen schnellen Termin unter Ausschluss der Öffentlichkeit, in dem ein Richter den Verdächtigen offiziell darüber informierte, wie die Anklage lautete. Der Verdächtige gab zu Protokoll, ob er sich schuldig oder nicht schuldig bekannte, und der Richter entschied, ob bis zum Gerichtsverfahren eine Freilassung auf Kaution zugelassen wurde. Damit war der Termin auch schon vorbei.

Paul Graves hatte also auf »nicht schuldig« plädiert. Auf Kaution freigelassen hatte man ihn allerdings nicht.

»Damit wird er nicht durchkommen«, sagte Shakes. »Er wird endlich zur Rechenschaft gezogen werden.«

»Ich verstehe nicht, welche Strategie er damit verfolgt. Es gibt doch jetzt einen Beweis – und Zeugen«, sagte Emily. »Wer soll ihm glauben, dass er Liv nicht gestoßen hat? Eine Schuldanerkennung würde sich strafmindernd auswirken.«

Sie seufzte. »Es wird wohl auf einen Indizienprozess hinauslaufen.« So richtig zufrieden war sie nicht. Sie hatte von zu vielen Fälle gehört, die vor Gericht nicht standgehalten hatten. »Und wenn du zur Sicherheit doch eine Aussage zu Livs Tod machst?«, fragte sie Shakes. »Du hast die Tat als Einziger gesehen!«

»Auf keinen Fall. Ich spreche nicht mit den Bullen. Das wäre zu diesem Zeitpunkt auch überhaupt nicht mehr glaubwürdig.« Shakes schüttelte den Kopf. »Außerdem hat er dich gestoßen. Das wird reichen.«

Sie musste ihm zustimmen, trotzdem wunderte sie seine Vehemenz. Eine weitere Nachricht ging auf ihrem Handy ein. »Alex schreibt, das Gerichtsverfahren wird in einem halben Jahr sein«, sagte sie und schaute auf. »Wir werden als Zeugen vor Gericht geladen.«

»Davon gehe ich aus«, sagte Shakes. »Auch wenn ich mit der ganzen Sache am liebsten nichts mehr zu tun hätte.«

Emily nickte der Kellnerin dankend zu, die ihr den zweiten Cappuccino brachte. Wie es aussah, würden sie noch eine Weile hier sitzen, bevor sie sich ins Freie wagen konnten, um durch den Regen nach Hause zu laufen.

»Alex hat mir erzählt, dass sie angefangen haben, Graves' Vergangenheit zu beleuchten. Man will herausfinden, ob noch andere Todesfälle auf sein Konto gehen.« Emily schauderte bei dem Gedanken, wie viele solcher Männer wohl von der Justiz unerkannt frei herumliefen, so lange, bis sie irgendwann einen Fehler machten. Oder man ihnen eine Falle stellte.

Shakes' Blick wanderte zum Fenster. »Der Typ ist bisher durch jedes Netz gefallen. Das ist ein Wiederholungstäter. Livs Tod war nicht die erste Tat.« Er schaute weiter nach draußen, als er sagte: »Meinst du, wir schaffen es heute noch zum Barbican?« Offenbar schätzte er die Wetterlage ähnlich ein wie sie.

Sie schwiegen sich einen Moment lang an, während Emily den Milchschaum aus ihrer Tasse löffelte. Sie hatte immer noch Probleme damit, sich einen Reim auf alles zu machen, aber spätestens das Gerichtsverfahren würde für Klarheit sorgen. Jedes Detail würde ans Licht kommen.

»Komm«, Shakes sprang plötzlich auf, »das ist unsere Chance.« Er zeigte nach draußen, wo eine Frau gerade auf dem Gehweg ihren Schirm zuklappte.

Eilig bezahlten sie und traten kurz darauf ins Freie. Shakes schloss seine Jacke, ein viel zu dünner Blouson für dieses Wetter. Dann griff er nach ihrer Hand. Oder hatten ihre Finger nach seiner Hand gesucht?

Emily spürte, wie ihr warm wurde bei der Berührung. Ihre Handinnenfläche, ihre Finger – die ganze Haut kribbelte. Doch es war ein komplett wohliges Kribbeln. Es sollte nie wieder aufhören.

Kurz standen sie einfach nur da, unter dem Vordach des Cafés. Vereinzelte Tropfen fielen jetzt schon wieder vom Himmel, der Regen war heute unerbittlich.

Keiner von ihnen wagte einen Blickkontakt, als könnten ihre Augen zu viel preisgeben.

Die Sekunde verging, sie ließ seine Hand los – oder er ihre –, und sie traten auf die Straße.

Der Regen lief Emily über ihr Gesicht, doch das kalte Nass auf der Haut gab ihr das Gefühl, am Leben zu sein.

Da war keine Last mehr auf ihren Schultern. Nichts.

Der Vollmond schien durch das Fenster, direkt auf ihren nackten Arm. Ihre Haut sah in diesem Licht ganz weiß, ja irgendwie gespenstisch aus. Die Wolken hatten zum Einbruch der Nacht den Sternen Platz gemacht. Das Unwetter war vorbei, und die Welt draußen schien zufrieden und ruhig.

Emily traute sich kaum, sich zu bewegen. Der Moment schien zu vollkommen, um ihn aufzulösen. Sie drehte sich vorsichtig auf die Seite, wollte Shakes nicht wecken, der neben ihr lag.

Sie musterte ihn. Eine Locke hing über seinen Augen, und selbst in der Dunkelheit konnte sie seine Sommersprossen sehen. Falten gruben sich in seine Stirn, als würde er nachdenken. Selbst im Schlaf schien sich sein Gesicht nicht vollständig entspannen zu können.

Sie waren vorhin bis auf die Knochen durchnässt im Gilbert House angekommen und aus irgendeinem Grund in seiner Wohnung gelandet. Vielleicht war es das Gefühl von Unbeschwertheit gewesen, von der kurzen Illusion, dass alles wieder gut war und der Albtraum jetzt ein Ende hatte. Sie hatte sich jedenfalls von der Situation mitreißen lassen. Statt sich in Livs Wohnung trockene Kleidung zu holen, war sie mit zu

Shakes gegangen und hatte dort einen viel zu großen Kapuzenpullover und Boxershorts von ihm bekommen.

Was sie beides nicht lange anbehielt.

Es hatte sich irgendwie gut angefühlt. Verboten.

Sie tastete nach ihrem Handy, das neben ihr auf der Matratze lag. Es war kurz vor ein Uhr. Sie musste nach dem Sex direkt eingeschlafen sein. Das war ein Fortschritt, denn sie hatte heute Abend ihre Medikamente nicht genommen.

Nicht schuldig, dachte Emily plötzlich. Welcher Anwalt riet Graves dazu, auf nicht schuldig zu plädieren? Es lagen doch, zumindest was die zweite Tat anging, eindeutige Beweise vor.

Sie schaute vom Bett aus in den Nachthimmel. Shakes hatte keine Vorhänge vor den Schlafzimmerfenstern. Die Bewohner des Barbican liebten ihren Ausblick wirklich.

Was hatte Shakes vorhin im Café gesagt? *Der Typ ist bisher durch jedes Netz gefallen. Das ist ein Wiederholungstäter. Livs Tod war nicht die erste Tat.*

Emily richtete sich auf. Wie hatte Shakes das eigentlich gemeint? Wieso wusste er, dass Graves bisher durch jedes Netz gefallen war? Es hatte wie eine Behauptung geklungen, wie man sie schnell sagte, wenn man sich einer Sache ganz sicher war.

Ihr fiel plötzlich eine andere Bemerkung ein, die er zu Cole und Woodcraft gemacht hatte. *Ich wäre nicht verwundert, wenn Sie in der Vergangenheit von Paul Graves noch mehr Todesfälle finden.*

Ihr Magen zog sich zusammen. Kannte Shakes den Mann? War Graves womöglich vorbestraft und hatte zusammen mit

Shakes im Gefängnis gesessen? Nein, Paul Graves war den Behörden bisher nicht aufgefallen, das war ja gerade das Problem.

Außerdem hatte Graves auf dem Bahnsteig keine Sekunde lang den Anschein gemacht, dass er Shakes kannte. Doch dann fiel ihr plötzlich Graves' Reaktion ein, nachdem sie ihm sagte, die Wahrheit herausfinden zu wollen. Sein Misstrauen, als sie ihm das Foto von Shakes zeigte. *Geht es hier wirklich um Ihre Freundin?*

Das war eine seltsame Frage gewesen. Hatte Graves womöglich etwas anderes zu verbergen als Livs Tod? Eine andere »Wahrheit«?

Emily wurde kalt. Hatte Graves Liv gar nicht gestoßen? Hatte er sie deswegen gefragt, worum es ging?

Sie ließ ein Bein aus dem Bett gleiten, tastete mit ihren Zehen nach dem Fußboden. Das zweite Bein folgte, und sie setzte sich langsam auf.

Warum sollte Shakes gelogen haben und behaupten, Graves sei der Täter? *Um den Mord Graves in die Schuhe zu schieben.*

Das war die einzige Erklärung, die einen Sinn ergab. Aber warum sollte er das tun?

Emily stand auf, vorsichtig, wagte kaum zu atmen, aus Angst, ein Geräusch zu machen. *Um den wahren Täter zu schützen.*

Sie atmete vorsichtig ein, doch es kam nicht genug Luft in ihrer Lunge an. Sie konnte beinahe spüren, wie sie unter ihren Füßen den Halt verlor.

Emily fühlte sich plötzlich wie gelähmt. War Shakes doch der Mörder? Hatte er die ganze Zeit einen Plan verfolgt, um die Tat Graves unterzujubeln?

Ihre Gedanken rasten. Liv hatte Shakes angezeigt. Das war ein Fakt. Doch genauso ein Fakt war, dass diese Anzeige ohne Grundlage erfolgt war. Liv hatte Shakes damit fast wieder ins Gefängnis gebracht. War das ein Mordmotiv? *Ich gehe nicht mehr ins Gefängnis. Das werde ich mit allen Mitteln verhindern.*

Emily hatte das Tagebuch als Indiz gewertet, dass Shakes unschuldig war. Doch sie hatte mit dem Tagebuch, schwarz auf weiß, in Livs Handschrift auch ein Motiv in den Händen gehalten. Das wurde ihr in diesem Moment erst in aller Konsequenz klar. Shakes hatte es selbst gesagt. *Plötzlich war ausgerechnet ich ein Zeuge. Gleichzeitig hatte ich aber aus Sicht der Polizei selbst ein Motiv.*

Verdammt, wieso sah sie das jetzt erst? Die körperliche Nähe zu Shakes musste ihr plötzliches Misstrauen ausgelöst haben, beinahe, als würde ihr Gehirn nach Gründen suchen, warum er nicht gut für sie war. Ihr Unterbewusstsein schien auf Hochtouren zu laufen.

War Livs Tod seine Rache gewesen? Rache dafür, dass Liv mit ihrer Lüge fast seine gesamte Zukunft ruiniert hatte? Hatte er mit dem Ziel, Liv zu töten, den Bahnsteig in Holborn betreten – und nicht, wie er ihr erzählt hatte, um mit Liv zu reden? Ihr fiel die schwarze Baseballkappe ein. Er hatte sich damit absichtlich unkenntlich gemacht.

War das auch der Grund, warum er bei der Polizei keine Aussage gemacht hatte? Weil er der Täter war?

Emily kam plötzlich noch ein anderer Gedanke: Hatte Shakes Liv vielleicht gar nicht aus Rache getötet, sondern schlicht, damit die Ermittlungen gegen ihn eingestellt wurden? Die Grundlage für die Anzeige war damit entfallen, und die Gefahr, wieder ins Gefängnis zu müssen, gebannt. Menschen hatten schon für weniger gemordet.

Shakes hatte also gleich zwei Motive gehabt, Liv zu töten.

Sie stand jetzt mitten in seinem Schlafzimmer. Die Nacht war so schwarz wie ihre Gedanken. Die Fragen überschlugen sich in ihrem Kopf. Warum hatte Shakes das Tagebuch vor einigen Tagen erwähnt? *Weil er wollte, dass ich ihm vertraue.*

Emily biss sich auf die Unterlippe. *Dann habe ich das Tagebuch in Livs Nachtschrank entdeckt.*

Wieso in dem Nachtschrank, dachte sie plötzlich. Es war doch in der Kommode im Wohnzimmer gewesen, als sie es fand. Etwas an der Geschichte stimmte also nicht.

Vorsichtig lief sie Richtung Tür, setzte leise einen Fuß vor den anderen. Es gab aus ihrer Sicht plötzlich nur noch ein Szenario, das in Frage kam: Shakes hatte Liv gestoßen. Und dann zog sie, die einzige Zeugin seiner Tat, Monate später in die Nachbarwohnung. Sein Satz bei ihrem Treffen war tatsächlich eine Drohung gewesen. *Manchmal sieht man etwas, was man besser nicht gesehen hätte. Die Frage ist, wie man damit umgeht, nicht wahr?*

Sie musste ihn gesehen haben. Und Shakes hatte ihre Amnesie ausgenutzt. Hatte bewirkt, dass eine andere Person für die Straftat belangt wurde.

Sie hatte sich – ohne es zu merken – von ihm manipulieren lassen. Ihr war nur nicht klar, warum Graves sie gestoßen hatte.

Sie war gerade an dem Boxsack vorbeigeschlichen, der von der Decke hing, da hörte sie hinter sich seine Stimme: »Wo willst du denn hin?«

Emily blieb stehen, auf Zehenspitzen. Ihr Herz raste, doch sie durfte sich nichts anmerken lassen. Mit einem Lächeln auf den Lippen drehte sie sich um. »Ich wollte dich nicht wecken«, flüsterte sie. *Weg. Ich muss hier weg.*

Shakes hatte sich aufgesetzt. »Wolltest du dich heimlich davonstehlen?«

Sie hoffte, dass die Schatten der Nacht ihren Gesichtsausdruck verschluckten. »Ich brauche mein Medikament zum Schlafen«, sagte sie. Gott sei Dank fiel ihr in dieser Sekunde diese Ausrede ein. »Ich komme hier nicht zur Ruhe«, sagte sie betont locker. »Tut mir leid.« Hörte er das Zittern in ihrer Stimme?

Er stand auf und kam auf sie zu. Mit wenigen Schritten war er bei ihr.

Und nahm sie in den Arm.

Emily verkrampfte sich unter seiner Umarmung, alles, was sie nur wenige Stunden zuvor gefühlt hatte, war verflogen, und zurückgeblieben war Kälte. Ein eisiges Gefühl, das sich in ihren Adern ausbreitete. Alles, was sie denken konnte, war: Warum sehe ich das jetzt erst?

Shakes hatte Liv gehasst. Warum hätte er ein Interesse daran haben sollen, für Gerechtigkeit zu sorgen und ihren Mörder zu überführen? Das ergab keinen Sinn.

Es sei denn …, dachte sie wieder und traute sich kaum zu atmen, es sei denn, er hatte einen persönlichen Vorteil von der Sache.

HIS MAJESTY'S PRISON WANDSWORTH

Die Sache mit Pete war erst vor zwei Wochen passiert. Doch Shakes konnte Nick Taylor, dem Journalisten, mit dem er im Besucherzimmer der Strafvollzugsanstalt saß, nicht davon berichten. Er konnte niemandem trauen. Erst wenn er wieder in Freiheit war, würde er reden. Dann musste er irgendeinen Weg finden, sein Wissen zu verbreiten.

Doch es gab noch einen anderen Grund, warum er nicht darüber sprechen konnte, was mit Pete passiert war:

Er wollte das Ganze nicht wahrhaben. Der Schock saß zu tief, und die einzige Option, nicht unterzugehen, war, es zu verdrängen.

»Wach auf.« Jemand hatte ihn an jenem furchtbaren Morgen aus dem Schlaf gerissen, und Shakes hatte einen Moment gebraucht, um zu verstehen, dass nicht Pete vor ihm stand, die Augen weit aufgerissen, sondern Rory, ein anderer Insasse, mit dem er gelegentlich Basketball spielte. Und auch wenn zwischen ihnen keine enge Freundschaft entstanden war, so hatte sich zumindest eine Art gegenseitige Wertschätzung entwickelt, eine Seltenheit in einer Umgebung, in der es oft nur um das eigene Überleben ging und in der jede Art von Kontakt durch Misstrauen und Vorsicht geprägt war.

Er setzte sich auf und war mit einem Schlag hellwach, als er Rorys Gesicht sah. »Was ist passiert?«, fragte er alarmiert.

Aus dem Flur hörte er Geschrei, es gab eine lautstarke Auseinandersetzung und den Befehl von Pritchard, wieder in die Zellen zu gehen. Es war einer jener Momente, in denen die Stimmung in der Einrichtung von einer Sekunde auf die andere kippen und der Morgen in einer Revolte enden konnte.

»Pete ist tot.«

»Was?« Shakes' Herz blieb stehen. Er schaute zu Petes Bett. Es war leer. »Was meinst du damit?«

»Was glaubst du, was ich damit meine? Tot. Er ist tot. Pete!«

Shakes sprang aus dem Bett. »Was ist passiert?« Er hatte Rory noch nie so aufgelöst gesehen, es brauchte normalerweise schwere Geschütze, den Zweimetermann aus der Fassung zu bringen.

»Stranguliert. Er hat sich erhängt.«

Shakes starrte Rory an. »Aber Pete war doch gestern noch wegen der Schlägerei in Block E auf der Krankensta…« Er hielt inne. Erkannte seinen Fehler.

Eine Gänsehaut überzog seinen Nacken. »Wer hatte Dienst?«, fragte er dann. Doch er kannte die Antwort.

Rory nickte, sprach nicht aus, was sie beide wussten. Die Gerüchte hinsichtlich der Krankenstation hatten sich seit Monaten verselbstständigt, und auch wenn Shakes sonst nicht viel darauf gab, denn Tratsch war der Kleber, der das fragile Konstrukt ihrer Gemeinschaft hinter Gittern zusammenhielt, wusste er, dass diese Gerüchte stimmten. Er war ja zu demselben Schluss gekommen. Irgendetwas ging dort nicht mit rechten Dingen zu.

Shakes atmete tief ein. Er konnte keine Trauer spüren, der Schock war zu groß. Doch er spürte Wut. Und Schuld. »Scheiße«, sagte er. »Verdammte Scheiße.«

»Können wir einen Selbstmord wirklich ausschließen?«, fragte Rory.

»Spinnst du? Natürlich können wir das.« Shakes spürte, wie der Schock sich in seinen Eingeweiden ausbreitete. Er ging zum hinteren Teil der Zelle, wo er neben dem Waschbecken stehen blieb. »Pete war gut drauf. Er hat angefangen, die Tage zu zählen.« Shakes drehte den Wasserhahn auf und spritze sich kaltes Wasser ins Gesicht. Er musste jetzt klar denken. Die Tropfen flogen durch die ganze Zelle.

»Vielleicht waren es schlicht zu viele Tage, die noch übrig waren?«, fragte Rory. »Pete wirkte etwas angeschlagen in letzter Zeit.«

»Nein.« Shakes' Bein wippte auf und ab. »Pete war in Ordnung.«

»Goff hat ausgesagt – oder vielleicht sollte ich eher sagen, er hat behauptet –, die ganze Nacht nicht nach Pete geschaut zu haben. Das verstößt klar gegen die Regeln auf der Krankenstation«, sagte Rory.

Shakes starrte seinen Mitinsassen an. »Warum hat er das zugegeben?« Seine Gedanken rasten. »Die Sache könnte ihn den Job kosten.«

Sie schwiegen einen Moment. Shakes dachte an Terry. Die Untersuchung, die er selbst angestoßen hatte. Die Gefängnisleitung konnte die Vorfälle auf der Krankenstation nicht länger ignorieren. Goff wäre nicht der erste Pfleger, der eine Karriere als Mörder einschlug und den Job wechselte, bevor es eng wurde und man ihn erwischte.

War Pete sein Abschiedsgeschenk? Würde Goff anbieten, die Verantwortung für diese angebliche Nachlässigkeit, in der Nacht nicht nach dem Insassen geschaut zu haben, zu übernehmen und den Job kündigen, bevor man ihn rausschmiss oder eine echte Ermittlung angeleiert wurde? Shakes' Blick fiel wieder auf das leere Bett.

Frage: Pete, was ist mit dir passiert?

Antwort:

Shakes wurde kalt. Er dachte an seinen Aufenthalt auf der Krankenstation, die Medikamente, die er bekommen hatte, die nicht gewirkt, sondern seine Symptome verschlimmert hatten. An die Infektionen, Entzündungen – war das auch alles Goffs Werk gewesen? Fand der Mann einen perfiden Gefallen daran, das Leid anderer Menschen schlimmer zu machen, ja, sie zu quälen? Falsche Medikamente. Kein Wasser. Zu viel Insulin. Und hatte das irgendwann nicht mehr gereicht?

»Ich schwöre dir, wenn ich raus bin …«, Rory brach ab.

»Das will ich nicht wissen«, sagte Shakes schnell. »Wie hat Pete sich angeblich …?«

»Bettlaken«, sagte Rory knapp. »Am Gitter über dem Fenster festgeknotet. Nicht hoch, aber es reichte.« Er schüttelte den Kopf.

»Als wäre ein neunzehnjähriger Student so abgebrüht«, rief Shakes.

»Das war Goff«, sagte Rory. »Du hast recht. Pete war ein leichtes Opfer.«

»Erst Terry, jetzt Pete. Das kann kein Zufall sein.«

Shakes richtete sich auf seinem Stuhl im Besucherzimmer auf. Er fixierte den Journalisten, der ihm aufmunternd zunickte. Er dachte an die Welt draußen, die nichts mit der Welt drinnen zu tun hatte. Das System, das versagte – jeden Tag aufs Neue.

Er dachte an Goff, der mit seinen Taten durchkam, weil sie alle eine Straftat begangen hatten, die sie hier einsitzen ließ und damit der Willkür von Wärtern und Pflegern auslieferte.

Er dachte an Pritchard.

Und er dachte an all die Menschen draußen, denen dies alles egal war, weil die Männer hier drinnen – aus ihrer Sicht der Abschaum der Gesellschaft – jedes Recht auf ein menschenwürdiges Dasein verwirkt hatten.

Sechs Wochen später

EMILY

»Wie kann ich das wiedergutmachen?« Livs Mutter, Margaret, nahm sie ein zweites Mal in den Arm. »Die Wohnung aufzulösen, ich hätte das nie geschafft.« Sie schüttelte den Kopf. »Und dann noch der Versuch, dich …« Sie brach ab.

»Es ist ja nichts passiert«, sagte Emily und löste sich vorsichtig aus der Umarmung. »Die Wochen in Livs Wohnung haben mir geholfen, das Ganze zu verarbeiten. Der Aufenthalt und das Ausräumen waren genau richtig.«

Margaret nahm sie ein weiteres Mal in den Arm, und Emily genoss die Nähe, den Halt, den Livs Mutter ihr gab. Sie erinnerte sich plötzlich daran, wie Margaret sie als Kind nach einem Sturz versorgt hatte, bei dem sie sich den Arm gebrochen hatte. Es war Livs Mutter gewesen, die sie in den Tagen danach immer wieder getröstet hatte, nicht ihre eigene Mutter, die den Standpunkt vertrat, man müsse die Zähne zusammenbeißen und kein Drama veranstalten.

Beide schwiegen einen Moment. Keine von ihnen wollte durch einen falschen Satz oder unbedachte Worte die Bilder wieder heraufbeschwören, die sie seit Monaten zu verdrängen versuchten.

Emily schaute zu den Kartons, die sich jetzt im Vorgarten von Margaret in Ealing stapelten. »Das Barbican ist ein sehr spezieller Ort. Mit sehr speziellen Leuten. Ich bin froh, dass ich die Möglichkeit hatte, eine Weile dort zu wohnen. Ich konnte mit vielen Dingen abschließen.«

»Die Wohnung ist noch ein paar Monate lang frei«, sagte Margaret und hielt die Schlüssel wieder hoch, die Emily ihr gerade erst in die Hand gedrückt hatte. »Du kannst dort wohnen, bis der Vertrag ausläuft, das Angebot steht. Ich habe dem Eigentümer noch nicht gesagt, dass er das Appartement neu vermieten kann. Ich wusste ja nicht, wie lange du brauchen würdest.« Sie zuckte mit den Schultern. »Dank dir habe ich zum ersten Mal das Gefühl, dass es überhaupt irgendwie weitergehen kann, auch wenn durch das Gerichtsverfahren nächstes Jahr alles wieder hochkommen wird. Zumindest wissen wir jetzt, was mit Liv passiert ist. Das werde ich dir nie vergessen.«

Emily zeigte auf die Schlüssel zu der Wohnung in Margarets Hand. »Vielen Dank für das Angebot. Aber ich brauche eine Pause von London. Ich werde für einige Zeit in einem Cottage in Dorset wohnen. Die Eigentümer verbringen den Winter in Spanien und haben mir das Haus für drei Monate vermietet. Man kann zu Fuß an den Strand laufen.«

Margaret nickte. »Das klingt nach einer guten Idee.« Dann fragte sie: »Bist du sicher, dass du nicht doch auf einen Tee reinkommen möchtest? Etwas Kraft tanken?«

Emily lächelte. Margaret gehörte zu der Generation, in der eine Tasse Tee die Lösung für jedes Problem war. Sie schüttelte den Kopf. »Die Fahrt dauert über drei Stunden. Ich mache mich lieber sofort auf den Weg an die Küste.« Sie zeigte auf den Mietwagen, mit dem sie die Kartons zu Margaret gefahren hatte. »Der Rest kommt dann morgen früh.«

Emily hatte eine Spedition beauftragt, kleine Einrichtungsgegenstände und die restlichen Sachen zu Margaret zu bringen. Die größeren Möbelstücke hatte sie in der Wohnung gelassen, da der Vermieter sie übernehmen wollte.

»Und wenn ich aus Dorset zurückkomme, hole ich Milo wieder ab«, sagte sie. Die Besitzer des Ferienhauses erlaubten keine Haustiere. Milo saß in einer Transportbox vor Margarets Haus und funkelte sie aus grünen Augen vorwurfsvoll an. Sie würden in drei Monaten definitiv wieder bei null anfangen. Maura aus der WG im Cromwell Tower wollte ihn nicht, und so hatte Margaret trotz ihrer Allergie eingewilligt, Milo für drei Monate bei sich aufzunehmen.

Emily griff nach ihrer Handtasche, überlegte kurz, sagte dann: »Da ist noch etwas …«

»Ja?«

Sie zögerte, dann zog sie das Tagebuch aus der Handtasche. Sie hatte lange überlegt, ob sie es Margaret geben sollte. Hatte sogar Alex um Rat gefragt, denn der war genauso schockiert über Livs Lüge gewesen wie sie. Er wusste keine Antwort. Waren diese Worte für die Augen einer Mutter bestimmt? Nein.

Doch sie hatte darin gelesen, Shakes hatte darin gelesen, die Polizei hatte darin gelesen – es fühlte sich nicht richtig an, ausgerechnet der Mutter die letzten Worte ihrer Tochter vorzuenthalten, auch wenn es kein gutes Licht auf Liv warf. Wie sie damit umgehen würde, musste Margaret selber entscheiden.

»Dies ist Livs Tagebuch. Ich wollte es nicht zu den anderen Sachen legen.«

Ein paar Minuten später saß sie im Auto. Wenn sie ohne Pause durchfuhr, würde sie noch vor Einbruch der Dunkelheit in Dorset ankommen. Und dann, dann würde sie in den nächsten Monaten eine ganze Weile nichts tun. Sie würde einfach nur auf das Wasser starren, bei Wind und Wetter, würde den Wellen zuschauen, die salzige Luft einatmen. Genießen, dass sie keine Medikamente mehr nehmen musste. Allein sein.

Darauf freute sie sich am meisten.

Das Bett im Gästezimmer war riesig und mit karierter Bettwäsche bezogen, die nach Waschmittel duftete. Auf dem Kopfkissen lag eine Packung Champagnertrüffel von Fortnum & Mason. Eine lieb gemeinte Aufmerksamkeit.

Emily warf einen Blick aus dem Fenster. Das Grundstück schien in der Ferne mit dem Horizont zu verschmelzen. Sie konnte in der Dunkelheit nicht viel erkennen, doch hohe Bäumen und eine Ligusterhecke säumten das Grundstück und schützten die Bewohner vor unliebsamen Blicken.

Mehrere Erker in der oberen Etage schmückten das Haus, und die Sprossenfenster, vor denen Wein und Efeu wuchsen, verbreiteten eine idyllische Stimmung. Emily konnte kaum glauben, dass dies für die nächsten zwölf Wochen ihr Zuhause sein würde.

Sie war nach der Fahrt so müde, dass sie sofort ins Bett gehen wollte.

Die Schlüssel hatte sie bei einer Nachbarin abgeholt, Lorraine, denn die Eigentümer Fran und David saßen bereits im Flieger nach Marbella.

»Ich komme morgen früh vorbei, dann können wir die Details klären«, hatte Lorraine gesagt. »Versprochen.«

Emily war nicht klar, ob die Nachbarin es ihr oder Fran

und David versprochen hatte, aber es sollte ihr recht sein. Heute Abend wollte sie nichts mehr klären.

Emily löste ihren Blick vom Garten und zog sich aus. Sie konnte sich kaum noch auf den Beinen halten, und kurz darauf schlüpfte sie unter die dicke Bettdecke; sie streckte sich lang aus. Wieder ein fremdes Bett.

Einen Moment lang lag sie einfach nur da. Dann griff sie nach ihrem Handy. Mit dem Zeigefinger scrollte sie durch ihre ungelesenen Nachrichten. Margaret fragte, ob sie gut angekommen war. »Alles okay«, schrieb Emily. »Bis bald.« Und klickte auf »Senden«.

Shakes fragte, ob sie gut angekommen war.

»Alles okay«, schrieb sie auch ihm. »Bis bald.« Sie zögerte. Eine Sekunde. Zwei Sekunden. Dann klickte sie auf »Senden«.

Emily wusste nicht, wie es mit ihnen beiden weitergehen würde. Sie mochte ihn. Er mochte sie. Doch irgendetwas zwischen ihnen funktionierte nicht. Und er spürte es genau wie sie.

Es war der Zweifel. Seit jener Nacht in seiner Wohnung war sie ihr Misstrauen nicht mehr losgeworden.

»Was ist los?«, hatte Shakes sie immer wieder gefragt. Seine Augen hatten nach einer Erklärung in ihrem Gesicht gesucht, die sie ihm nicht geben konnte.

Sie hatte keinen Beweis für ihre Theorie, doch sie wusste, dass etwas nicht stimmte. War es Instinkt? War es ihr Kopf, der noch immer auf der Suche nach einem Täter war, obwohl Graves längst im Gefängnis saß? An manchen Tagen fühlte es sich beinahe an, als würde ihr Verstand nicht glauben wollen, dass sich alles aufgeklärt hatte, doch vielleicht brauchte sie einfach nur mehr Zeit.

Emily lächelte, als sie sah, dass Shakes die Nachricht sofort las. Sie zog die Knie an und kuschelte sich noch tiefer unter die Bettdecke.

Er würde sie in Dorset besuchen, das zumindest hatten sie noch in London besprochen. Emily wusste nicht, ob das eine ernst gemeinte Vereinbarung war, doch es hatte ihnen beiden ein besseres Gefühl gegeben.

Obwohl sie sehen konnte, dass Shakes am Tippen war, aktivierte sie den Flugmodus und legte das Handy zur Seite.

Sie hatte gehofft, das Meer hören zu können, doch der Wind musste heute Nacht von der falschen Seite kommen. Es lag eine absolute Stille über dem Haus. Nur gelegentlich knackte das Holz; der Fußboden und die Decke unter dem Dach bestanden aus alten Bohlen und Balken. Das Haus lebte. Wie jedes alte Haus.

Emily schloss die Augen. Und schlief ein.

Ein roter Mantel, der auf die Gleise fliegt.
Ein Versteck.
Weg. Ich muss hier weg.

Sie schreckte aus dem Schlaf hoch. Für einen Moment wusste sie nicht, wo sie war. Ihre Augen versuchten hektisch, in der Dunkelheit etwas Vertrautes zu finden. Dann fiel es ihr mit einem Schlag wieder ein: Sie war bei Fran und David im Gästezimmer.

Emily lehnte sich zur Seite und tastete mit den Händen nach der Nachttischlampe. Sekunden später durchflutete Licht den Raum.

Die Albträume waren zwar in den letzten Wochen seltener geworden, gehörten aber immer noch zu ihrem Leben. Sie saß einen Moment einfach nur da. Ihr Puls beruhigte sich.

Doch irgendetwas stimmte nicht. Das Gefühl in ihrem Inneren wurde immer stärker, beinahe, als baute sich ein Erdbeben unter ihrer Haut auf und wartete nur darauf, endlich aus den Tiefen ihres Unterbewusstseins durchzubrechen.

Sie wusste, dass in der ersten Nacht in einer ungewohnten Umgebung eine Gehirnhälfte während des Schlafs aktiv blieb, ein Schutzmechanismus vor Gefahren – vermutlich noch aus den Zeiten, als die Menschheit in Höhlen lebte. Wovor wollte ihr Gehirn sie warnen?

Sie ließ sich wieder nach hinten fallen. Zog die Bettdecke bis an ihr Kinn, dann über die Augen. Und mit einem Mal wusste sie, was sie geweckt hatte.

Der Traum! Was hatte sie …? Plötzlich tauchte in ihrem Kopf ein Erinnerungsfetzen auf.

Sie traute sich nicht, sich zu bewegen. Lag ganz still, nur ihre Finger fuhren über den weichen Baumwollstoff unter ihren Händen. Sie hielt den Atem an. Ein Detail. Da war ein neues Detail in dem Traum gewesen. Sie hatte es doch gerade noch gewusst.

Doch genau wie beim letzten Mal entglitt ihr die Erinnerung, und je stärker sie versuchte, sich zu erinnern, desto aussichtsloser wurde es.

Vielleicht kam der Traum zurück, wenn sie sich wieder entspannte? Emily konzentrierte sich auf ihre Atmung, lag ganz ruhig, spürte, wie ihr Brustkorb sich hob und senkte. Sie stellte sich ihr Zwerchfell vor, wie dieser Muskel unterhalb der Lunge sich in ihrem Oberkörper bewegte und gleichzeitig ihre Lungenflügel ausdehnte. Eine lebenswichtige Funktion.

Sie merkte, wie sie ruhiger wurde, kurz glaubte sie, tatsächlich einzuschlafen, doch der Moment verstrich. Sie döste jetzt. Hielt die Augen geschlossen.

Ein Versteck.

Emilys Herz machte einen Aussetzer. Sie sprang mit einem Satz aus dem Bett. Das war es! Sie hatte im Traum ein Versteck gebraucht? Wofür?

Und mit einem Schlag brach die ganze Erinnerung über sie herein.

Der Tag der Katastrophe

EMILY

Sie wartete mittlerweile schon fast eine Stunde auf Liv in der Lobby des Gilbert House.

»Ist etwas passiert?«, hatte sie ihre Freundin erschrocken gefragt, oben an der Wohnungstür, nachdem Alex mit einem Nicken an ihr vorbeigegangen war. Sie war sofort vom Schlimmsten ausgegangen, warum sonst sollte ihr Exfreund, ein Polizist, am frühen Morgen bei ihrer Freundin gewesen sein?

»Etwas passiert?« Liv hatte sie mit einem Lächeln im Gesicht angesehen. »Nein, es ist alles in Ordnung.«

»Ich dachte nur, weil Alex bei der Polizei arbeitet, und …« Sie zeigte auf einen Verband an Livs Hand, den sie in diesem Moment entdeckte. Ihre Freundin musste sich verletzt haben. Sie gab Liv die Tüte mit den Schuhen, die sie mitgebracht hatte.

»Ach, das ist nichts.« Liv schüttelte den Kopf. »Das erzähle ich dir später. Ich muss noch meine Sachen packen, komm rein.«

»Ich warte unten auf dich.« Emily wusste selbst nicht, warum sie das gesagt hatte. Vielleicht hatte sie gehofft, Alex ein weiteres Mal zu sehen. Er fehlte ihr. Immer noch. Doch ihr

Stolz ließ es nicht zu, ihn nach einem Treffen zu fragen. Was sollte das auch bringen? Ihre Beziehung war vorbei. Sie sollte gar nicht mehr an ihn denken.

Emily hatte sich auf den gemeinsamen Ausflug mit ihrer Freundin nach Surrey gefreut, doch jetzt, wo sie hier in der Lobby wartete, war sie plötzlich nicht mehr sicher, ob das so eine gute Idee war. *Warum hat Alex am frühen Morgen Livs Wohnung verlassen?*

Liv verhielt sich in der letzten Zeit irgendwie abweisend. Emily kannte sie lange genug, um zu wissen, dass irgendetwas zwischen ihnen nicht mehr in Ordnung war. Liv hatte sich kaum noch bei ihr gemeldet, hatte auf Anrufe und Nachrichten nicht reagiert.

»Wo bleibst du denn?«, fragte Emily verstimmt, als ihre Freundin endlich in der Lobby auftauchte. Liv trug ihren neuen dunkelroten Mantel und weiße Sneaker.

»Niemand hat dich gebeten, hier unten zu warten«, sagte Liv. »Warum bist du denn sofort wieder abgehauen?«

Sie standen einen Augenblick voreinander, ohne etwas zu sagen. »Was hat Alex bei dir gemacht?«, fragte Emily schließlich und hatte bereits in dem Moment, als sie die Worte aussprach, Angst vor der Antwort.

Liv lächelte. »Lass uns erst mal losgehen.« Schon war sie durch die Glastür getreten und lief Richtung Silk Street. »Wir können hier durchgehen, das ist eine Abkürzung.« Liv zeigte auf einen schmalen Fußweg, der auf eine Einbahnstraße führte.

Emilys Frage schwebte über ihnen wie eine dunkle Wolke, die mit jedem Schritt wuchs.

Sie waren bereits kurz vor der Barbican Station, Emily konnte das Zeichen der Londoner U-Bahn schon sehen, da blieb Liv plötzlich stehen. Ihre Freundin fasste sie am Arm. »Ich muss dir etwas sagen.«

Und genau in diesem Moment wusste Emily, was kommen würde. Sie brauchte es eigentlich gar nicht mehr zu hören. Sie hatte es die ganze Zeit schon gewusst.

»Alex und ich …«, fing Liv an. »Der Grund, warum er bei mir war …« Sie druckste, und das war wirklich ungewöhnlich, denn normalerweise war ihre Freundin ein Mensch der klaren Worte. »Er war die ganze Nacht bei mir.«

»Wieso?«, brachte Emily hervor.

Eine dumme Frage.

»Das mit euch ist ja vorbei.« Liv klang, als wäre es keine große Sache. »Komm, wir sind spät dran.«

Emily fühlte sich wie vor den Kopf geschlagen, war unfähig zu antworten. *Liv und Alex?*

»Aber«, fing sie an und wusste nicht, was sie sagen sollte.

Neben ihnen hielt ein Müllauto der Stadtreinigung, das einen ziemlich üblen Geruch verbreitete. Emily merkte, wie ihr Magen sich zusammenzog, doch es lag nicht am Müllauto.

»Weiß du, was?«, brach es aus ihr raus. »Ich fahre nach Hause. Das muss ich erst sacken lassen.« Ihre Stimme klang hohl, und sie hasste sich für den Tonfall, wie ein beleidigtes Kind.

Liv sah sie mit großen Augen an. »Du reagierst total über.« Ihre Freundin klang allerdings nicht besonderes verwundert, fast als hätte sie damit gerechnet und spielte ihre Überraschung nur vor. »Das Wetter ist toll heute! Lass uns das in Ruhe auf der Fahrt besprechen.«

Emily wusste überhaupt nicht mehr, was sie wollte. Vielleicht sollte sie sich einfach wie eine Erwachsene verhalten?

Also schön, dachte sie. In Waterloo, wo die Züge nach Surrey starteten, konnte sie immer noch entscheiden, ob sie Liv begleiten wollte. »Du weißt doch, wie schlecht es mir nach der Trennung von Alex ging.« Es war das Einzige, was ihr einfiel.

Sie sprachen wenig auf ihrem Weg nach Holborn, was auch der Lautstärke in der U-Bahn geschuldet war. In jeder Kurve quietschten die Bremsen, und gab der Fahrer Gas, dröhnte der Waggon so laut und durchdringend, dass ein Gespräch nicht möglich war.

In Holborn mussten sie auf Bahnsteig 3 wechseln. »*This is a Piccadilly Line Service to Heathrow Terminal 1, 2, 3 and 5.*« Die Stimme aus dem Lautsprecher tönte durch die Station.

Emily ging bis ans Ende des Bahnsteigs, ganz nach hinten durch. Sie war immer noch nicht bereit, mit Liv zu sprechen, doch ihre Freundin lief neben ihr, redete auf sie ein. Emily hörte gar nicht richtig hin.

Wollte Liv, dass Emily ihr die Absolution erteilte? Wollte sie hören, dass alles in Ordnung war? Nun, das würde nicht passieren. Ihre Enttäuschung war zu groß, und eigentlich müsste Liv das auch wissen. Sie kannten sich schließlich lange genug.

Als sich die U-Bahn näherte, traf Emily ihre Entscheidung. Sie wollte nach Hause. Ihr war die Stimmung für einen Ausflug vergangen.

Emily konnte die Luftbewegung der Piccadilly Line schon spüren, das dumpfe Grollen, das ihnen aus dem Tunnel entgegenschallte.

Sie bemerkte, dass ein Angestellter von TfL plötzlich in ihre Richtung gelaufen kam. Was wollte der? Sie beobachtete den Mann, und auch Liv warf ihm einen Blick zu. Standen sie zu weit am Ende des Bahnsteigs?

Doch der Mann sagte nichts, schenkte ihnen keine Beachtung.

»Deine Beziehung mit Alex ist vorbei«, sagte Liv jetzt.

Emily starrte Liv an. Sie hatte nicht die Kraft zu diskutieren. Dann sagte sie schlicht: »Ich dachte, du bist meine Freundin.«

»Das dachte ich auch.«

»Wie meinst du das?« Emily starrte Liv an.

»Alex war auf *meiner* Einweihungsparty.«

»Du bist seit über zwei Jahren sauer?« Emily konnte es nicht fassen. »Die Beziehung mit mir war ja wohl seine eigene Entscheidung.«

»Gut – und jetzt bin ich an der Reihe.«

Das Grollen der U-Bahn kam näher.

Plötzlich streckte Liv einen Arm aus. »Komm schon, Emily. Sei doch nicht so.« Ihre Freundin wollte sie umarmen. »Warum bist du immer so verklemmt?«

Das war typisch Liv, ihr die Schuld zu geben. Wut breitete sich in Emily aus. Sie wollte nicht in den Arm genommen werden. Nicht heute. Nicht jetzt. Sie musste das alles verarbeiten.

Emily stieß Liv weg.

Ihre Freundin taumelte. Und verlor das Gleichgewicht.

Emilys Herzschlag setzte aus.

Sie griff nach Liv, doch ihre Reaktion kam zu spät. Eine Sekunde. Sie kriegte nur noch den Kragen des Mantels zu fassen. Ein Knopf riss ab.

Ein roter Mantel, der auf die Gleise fliegt.

Ein Schrei.

Emily drehte sich um. Ein Mann mit einer schwarzen Baseballkappe auf dem Kopf schaute sie mit offenem Mund an.

Sie lief los. *Weg. Ich muss hier weg.*

EMILY

Sie hielt sich eine Hand vor den Mund, stand vollkommen starr vor dem Bett. Unfähig, sich zu bewegen. O Gott.

Sie hatte Liv gestoßen. *Ich war das.*

Sie hatte nicht Angst gehabt, weil sie eine Zeugin gewesen war. Nein, sie war die Täterin – genau wie sie es seit Monaten geahnt hatte. Tief in ihrem Unterbewusstsein war das Wissen die ganze Zeit da gewesen. Nein, dachte sie. Das darf nicht wahr sein. Nein. Nein. Nein.

Ein Ton, den sie noch nie von sich gehört hatte, kam jetzt aus ihrer Kehle. Ihr Brustkorb fühlte sich an, als würde sie ersticken.

Stopp, dachte sie dann. Sie flüsterte. »Bleib ruhig.«

War das wirklich eine echte Erinnerung? Was hatte ihr Arzt gesagt? *»Unser Gehirn kann unglaublich kreativ sein, wenn es um das Erfinden vermeintlicher Erinnerungen geht. Im Prinzip ist jede Erinnerung falsch. Die Frage ist nur, wie falsch.«*

Emilys Gedanken rasten. Wie falsch war diese Erinnerung? Welcher Teil stimmte nicht?

Und warum hatte sie heute Nacht von einem Versteck geträumt? Sie wusste es nicht. Aber das Versteck hatte diese Erinnerung ausgelöst.

Emily begann im Schlafzimmer auf und ab zu laufen, in diesem Haus, das fremden Leuten gehörte, die keine Ahnung hatten, dass sie ihr Eigentum womöglich einer Mörderin überlassen hatten. Sie spürte den weichen Teppich unter ihren nackten Füßen. Ihre Zehen krallten sich in die Fasern, als sie vor dem Fenster stehen blieb. Es war ganz still um sie herum. Als würde das Haus den Atem anhalten, warten, was sie jetzt tun würde. *Manchmal sieht man etwas, was man besser nicht gesehen hätte.*

Shakes hatte sie angelogen. Er war es also doch gewesen, der etwas gesehen hatte, was er besser nicht gesehen hätte. Er hatte *sie* gesehen.

Sie erinnerte sich an ihre Reaktion, als er den Satz sagte. Sie hatte sich übergeben und regelrecht Angst, ja Panik gehabt. Ihr Unterbewusstsein musste in dem Moment verstanden haben, was Shakes meinte. Doch ihr Gehirn hatte den Gedanken nicht zugelassen und eine andere Interpretation gesucht. Weil es einfach nicht wahr sein durfte.

Der Satz hallte nun in ihren Ohren wie ein Echo, wurde immer lauter und lauter, bis sie an nichts anderes mehr denken konnte.

Hatte Paul Graves die Wahrheit gesagt, als er ihr das Video im Pub gezeigt hatte? »Ich stand nur ein paar Meter entfernt. Und ich habe es nicht gesehen. Ich muss in dem Moment auf mein Handy oder auf das Mikrofon geschaut haben.«

Bleib ruhig, dachte sie wieder. Denk nach! Sie musste das Ganze logisch angehen.

Fakt war, dass Graves sie, Emily, gestoßen hatte – das hatte sie am eigenen Leib erfahren. Sie hatte ihm gedroht – er hatte gehandelt. Warum hätte er das tun sollen, wenn er nichts zu verbergen hatte? Das musste sie sich immer wieder sagen. Graves war schuldig.

Es musste dieses Haus sein. Dieses verdammte Haus von Fran und David, es tat ihr nicht gut. Bis vorhin, bis zu ihrer Ankunft, war doch alles in Ordnung gewesen.

Dann fiel ihr plötzlich etwas anderes auf. In ihrem Tagebuch hatte ihre Freundin geschrieben, dass sie Alex unter einem Vorwand erst am Morgen zu sich bestellt hatte, da ihr angeblich noch etwas zu der Anzeige eingefallen war. Alex hatte ihr diese Version bestätigt.

Warum also hatte Liv in ihrer Erinnerung behauptet, Alex hätte die Nacht bei ihr verbracht?

Dieser Teil der Erinnerung musste falsch sein! Stimmte dann auch der Rest nicht? Emily atmete erleichtert auf.

Doch dann fiel ihr eine weitere Möglichkeit ein: Hatte Liv an jenem Morgen gelogen?

Emily musste schlucken. Hatte Liv mit der Lüge, eine Nacht mit Alex verbracht zu haben, einen Streit provozieren wollen? Damit Emily sie künftig in Ruhe ließ und sie freie Bahn hatte? Liv musste klar gewesen sein, dass Emily ihr das mit Alex nicht verzeihen würde. Es hätte das Ende ihrer Freundschaft bedeutet.

Ihr fiel der letzte Satz aus dem Tagebuch ein. *Und dabei ahnt Emily nicht, was ich ihr gleich noch erzählen werde …*

Die Worte, mit denen ihre Freundin sich aus dem Leben verabschiedet hatte. Emily schloss die Augen.

Hatte Liv wegen einer Lüge ihr Leben verloren?

Plötzlich hatte Emily das Verlangen nach einer Zigarette, sie brauchte Nikotin. Es würde ihr helfen, die Panik, die sich in ihren Adern ausbreitete, zu bekämpfen. Sie konnte keinen klaren Gedanken mehr fassen. Die einzige Möglichkeit, ihre Nerven zu beruhigen, war der Tabak. Jetzt war genau so ein Notfall gekommen, für den sie die Zigarette in dem Innenfutter ihrer Handtasche versteckt hatte. Schlimmer als dies würde es nicht werden. Wo war die Handtasche? Unten an der Garderobe.

Emily lief durch das Schlafzimmer, öffnete die Tür und – ein Bruchstück einer weiteren Erinnerung blitzte in ihrem Kopf auf.

U-Bahn-Station Oxford Street.

Raus. Ich muss hier raus.

Ich brauche ein Versteck. Die Handtasche!

Emily stand auf der ersten Stufe der Treppe. Warum hatte sie ein Versteck gebraucht? Warum hatte sie genau in jenem Moment, als sie aus der U-Bahn rannte, nach der Handtasche gegriffen? *Weil ich etwas in das Innenfutter gesteckt habe.*

In ihren Ohren rauschte es.

Sie schaltete das Licht an und ging Schritt für Schritt die Treppenstufen hinunter. Statt Teppich spürte sie nun Holz unter ihren Füßen. Mit jedem Schritt verstärkte sich das Gefühl, keine Luft mehr zu bekommen.

Als sie schließlich im Hausflur bei der Garderobe ankam, keuchte sie vor Anstrengung. Ein ausgestopfter Hirschkopf mit einem beachtlichen Geweih thronte über der Eingangstür. Das tote Tier beobachtete jede ihrer Bewegungen.

Plötzlich fiel Emily eine Bemerkung von Alex ein, als sie ihn nach Livs Verletzungen gefragt hatte. *»Ihre Kleidung war fast unversehrt, nur ein Knopf am Mantel fehlte.«*

Emilys Finger, eisig und ferngesteuert, griffen nach ihrer Tasche. Mechanisch öffnete sie den Reißverschluss und tastete in dem eingerissenen Innenfutter. Sie wollte das Loch nicht größer machen. Vorsichtig zog sie die Zigarette aus dem Innenfutter, die sie seit über einem Jahr dort verwahrt hatte.

Die Zigarette hatte schon bessere Tage gesehen, sie war in der Mitte zerknickt, das dünne Papier eingerissen. An einer Stelle quoll etwas Tabak hervor. Emily legte die Zigarette auf einem Stuhl ab.

Und jetzt? Sie atmete tief ein und setzte sich auf den Boden, lehnte sich mit dem Rücken gegen die Wand. Kalte Bodenfliesen drückten von unten gegen ihre nackten Oberschenkel. *Was habe ich in der Handtasche versteckt?*

Die Tasche lag neben ihr auf dem Boden wie eine Anklage. Vielleicht sollte ich sie einfach wegschmeißen, dachte Emily. Niemand weiß von meiner Erinnerung. Niemand wird es je erfahren.

Einen Moment lang wog sie die Vor- und Nachteile ab. Nein, sie brauchte ein für alle Mal Gewissheit, musste überprüfen, ob diese Bilder in ihrem Kopf eine echte Erinnerung waren. Sie wollte nicht für den Rest ihres Lebens zur Geisel einer fixen Idee werden.

Mit dem Zeigefinger tastete sie in dem Innenfutter. Sie hielt den Atem an. Da war nichts. Das kleine Innenfach war leer!

Eine Welle von Erleichterung überkam sie. Sie sah Gespenster. So wie sie die ganze Zeit über schon Gespenster gesehen hatte. Doch sie wollte ganz sichergehen. Sie schüttete den gesamten Inhalt der Tasche aus; ihre Schlüssel, ihre Kreditkarte, eine Zwanzigpfundnote, der kleine Anstecker aus der Neuen Galerie in New York, wo sie vor Jahren eine Ausstellung gesehen hatte, Kopfschmerztabletten – alles fiel ihr entgegen. Sie tastete ein zweites Mal, beinahe manisch, steckte jetzt die ganze Hand in das Innenfutter, riss den Stoff auf.

Da war etwas.

Emily griff danach. Vorsichtig zog sie raus, was ihre Finger umklammerten. Sie schloss die Augen.

Und mit einem Schlag ergab alles einen Sinn.

Ihre Abwehr vor drei Monaten, das CCTV-Video anzuschauen, als die Polizei es ihr anbot. Das ständige Gefühl, sich von Menschen fernhalten zu müssen. Das Verlangen, in der Menge unterzugehen. Ihre Entscheidung, Graves zu bitten, ihr das Bildmaterial zu besorgen, und nicht die Polizei. Ihr Gefühl von Panik, wenn sie in der Gesellschaft von Shakes war. Ihre körperliche Reaktion bei ihrem ersten Treffen, Übelkeit. Ihre Alarmglocken hatten geschrillt, weil in ihrem Unterbewusstsein das Wissen vorhanden gewesen war: Er hatte sie gesehen. *Weg. Ich muss hier weg.*

Für alle diese Verhaltensweisen gab es einen guten Grund.

Dr. Ramzan, dachte sie wieder. Er hatte es ihr direkt im ersten Gespräch erklärt. »*Obwohl die vergessenen Informationen für das Bewusstsein nicht zugänglich sind, beeinflussen diese weiterhin Ihr Verhalten. Sie sind Teil Ihrer Existenz, genau wie jedes andere Ereignis in Ihrem Leben auch.*«

Die ganze Zeit hatte ihr Verstand versucht, die Wahrheit vor ihr zu verbergen. Seit ihrem Einzug bei Liv, seit Shakes jenen ersten Satz zu ihr gesagt hatte, der ihr Unterbewusstsein erschüttert hatte, waren jede einzelne Theorie, ihre Versuche, einen Schuldigen zu finden, nur der verzweifelte Versuch einer Frau gewesen, ihr Gedächtnis zu überlisten und einen Halt zu finden, wo keiner war. Und die einfachste Lösung ihres Verstands war gewesen, sich auf die Suche nach einem Täter zu begeben.

Sie hatte auf diese Weise einen neuen Sinn für ihre Existenz geschaffen. Es *musste* einen Täter geben. Irgendwo. Sie musste ihn nur finden!

Graves. Shakes. Alex. Jeder dieser Männer schien ein Geheimnis zu haben. Und jeder dieser Männer war ihr verdächtig vorgekommen. Verdammt, sie hatte sogar Alex' Sorge um ihr Wohlergehen falsch interpretiert.

Ihr Kopf hatte verzweifelt nach einem alternativen Szenario gesucht. Ein alternatives Szenario für das, was nicht wahr sein durfte. Damit sie irgendwie weiterleben konnte, ohne den Verstand zu verlieren. *Das Gehirn mag keine fehlenden Puzzleteile. Also erfindet es welche.*

Die Suche nach einem Täter hatte ihr tatsächlich einen Halt gegeben. Optimismus. Stabilität.

Emily öffnete die Augen.

In ihrer Hand lag ein roter Knopf.

Er wütete, er schrie, immer wieder stand er auf, konnte sich kaum beruhigen. Er spürte, wie seine Halsschlagader durch das Gebrüll unter seiner Haut hervortrat. »Ich war das nicht!« Er wusste, dass ihn niemand hörte. Kein Geräusch drang aus den Zellen nach draußen auf den Gang. Doch selbst wenn ihn jemand hören würde, machte es keinen Unterschied. Sie würden ihm nicht glauben. Es war ja auch nicht die ganze Wahrheit.

Man hatte ihm eine Einzelzelle gegeben, denn er galt als besonders gefährdeter Insasse. Selbstjustiz war im Gefängnis weit verbreitet, und jemand wie er war ein beliebtes Opfer. Niemand ließ sich die Gelegenheit entgehen, einem ehemaligen Angestellten einer Justizvollzugsanstalt zu zeigen, wer jetzt das Sagen hatte. Sollte er den Luxus dieser Einzelzelle irgendwann verlieren, würde es unschön werden – so viel stand fest.

Schuld an dieser Sache war Lydia. Er hatte von Anfang an gewusst, dass es ein Fehler war, zu der Therapeutin zu gehen. Sie hatte ihm überhaupt erst die Idee in den Kopf gesetzt. *U-Bahn-Schubser sind leider auch keine Seltenheit.*

Nein, dachte er, als seine Finger über die Tür strichen, als würde seine Berührung sie durch magische Weise öffnen können. Lydia trug nur eine Mitschuld. Sie war verantwortlich für die Art, wie er versucht hatte, die Frau loszuwerden. Die Therapeutin hatte ihm die Lösung präsentiert, denn er selbst war gar nicht auf die Idee gekommen, welche Möglichkeiten sein neuer Job brachte.

Lee Hill – *dem* hatte er das alles zu verdanken, denn der hatte ihm diese Frau auf den Hals gehetzt.

Die Frau hatte von Anfang an sein Interesse geweckt, ihr Gedächtnisverlust und die Tatsache, dass sie ihm sagte, sie sei am Bahnsteig gewesen, an jenem Tag des Sturzes ihrer Freundin.

Die Augen der Frau hatten neben Unsicherheit auch Entschlossenheit ausgestrahlt. Das hatte ihn sofort neugierig gemacht. Ihre Frage, ob er sich an sie erinnerte. Was er nicht getan hatte. Ihre Bitte, es war fast ein Flehen gewesen, ihr die CCTV-Aufnahme zu besorgen. Wie oft bekam man die Möglichkeit, den Lauf der Dinge zu beeinflussen, die Stimmung, ja die Existenz einer fremden Person nur durch eine Kleinigkeit für immer zu verändern?

Dank seiner Hilfe hatte die Frau sich und ihre Freundin kurz vor dem Sturz am Bahnsteig gesehen. Das waren Bilder, die sie nie wieder aus dem Kopf kriegen würde. Ihr Verstand würde sie bis zum Ende ihres Lebens mit den verwackelten Videoaufnahmen quälen. Diese Gelegenheit hatte er sich nicht durch die Lappen gehen lassen können.

Er hatte ihr auf eigenen Wunsch dieses Leid zugefügt.

Doch je mehr Nachforschungen er über sie angestellt hatte, desto mehr war ihm klar geworden, dass sie in seiner Vergangenheit schnüffeln würde. War ihre Freundin nur ein Vorwand? »Ich will die Wahrheit herausfinden.«

Was sollte das sein? Ihre Freundin war gestürzt – fertig.

Im Pub hielt die Frau ihm das Foto von Hill unter die Nase und bestätigte damit seine schlimmsten Befürchtungen. Das konnte kein Zufall sein. Die Frau und Hill steckten unter einer Decke. Hill musste sie dazu angestiftet haben, über ihn zu recherchieren. Genau wie er im Gefängnis die Leute gegen ihn aufgehetzt hatte. Hill musste ihr von den Toten auf der Krankenstation berichtet haben. Der Tod ihrer Freundin war tatsächlich nur ein Vorwand.

Den letzten Beweis hatte er bekommen, als er Hill dann auch noch vor dem The Coach & Horses in die Arme gelaufen war, direkt nachdem er der Frau die CCTV-Aufnahme gezeigt hatte. Mehr Beweise brauchte er nicht. Es war nur eine Frage der Zeit, bis diese dämliche Jurastudentin mit ihrem Podcast, die sich vermutlich für die neueste Investigativjournalistin hielt, seinen Fall in die Welt plärren würde.

Er hatte sie verfolgt auf dem Weg nach Hause, hatte ihr Angst einjagen wollen. Er hatte gedacht, der Angriff, ja pure körperliche Gewalt, würde sie einschüchtern. Doch dann hatte er einsehen müssen, dass man so einer Natter nicht beikommen konnte. Statt Ruhe zu geben, hatte sie ihm diese Nachrichten geschickt.

Ich weiß, was du getan hast.

Ich kann es beweisen.

Die Unverfrorenheit, ihm zu drohen, beeindruckte ihn fast. Was glaubte sie damit zu bewirken? Glaubte sie, er würde sich freiwillig den Behörden stellen?

Die Gelegenheit, sie auf dem Bahnsteig aus dem Weg zu räumen, war zu gut gewesen. Er hatte schlicht keine Wahl gehabt. Eine zweite Chance hätte er vielleicht nicht bekommen.

Wie hätte er ahnen sollen, dass Hill ihn bei dem Stoß filmte? Dass die Bahn in letzter Sekunde ein rotes Licht bekam? Irgendetwas stimmte an dieser ganzen Sache nicht.

Doch das half ihm jetzt nicht weiter.

Er würde hier irgendwann rauskommen, auch wenn es Jahre dauern konnte – falls er überlebte. Fünfzehn Jahre – bei guter Führung vielleicht nur die Hälfte. Sein Anwalt sah gute Chancen, denn man würde ihm nur einen Anschlag auf das Leben der Frau anhängen können. Niemand war gestorben. Insofern hatte er noch Glück gehabt.

Für Liv Wakefields Sturz würde man ihn nicht verantwortlich machen können. Verdammt, man durfte ihm das nicht anhängen! Auch wenn das natürlich die einfachste Lösung für die Staatsanwaltschaft wäre und eine schnelle Verurteilung versprach. Am Ende ging es immer um Wahrscheinlichkeiten. Er konnte die Argumentation schon hören: Der Beklagte hat Emily gestoßen. Also hat der Beklagte auch Liv gestoßen. *Wenn du Hufgetrappel hörst, denk an Pferde und nicht an Zebras.*

»Ich war das nicht.« Er brüllte.

Sobald er wieder einen Fuß in Freiheit setzte, würde er sich um Hill kümmern.

So, wie er sich von Anfang an um Hill hätte kümmern sollen.

HIS MAJESTY'S PRISON WANDSWORTH

Sechs Monate und drei Tage hatte er am Ende im HMP Wandsworth verbracht, und eine Weile hatte es tatsächlich so ausgesehen, ja, hatte er berechtigte Hoffnung gehabt, als würde er nach der Hälfte seiner Strafzeit entlassen werden – übliches Prozedere bei einer Strafe unter zwölf Monaten. Doch durch einen Fehler in der Bürokratie und eines Richters, der aufgrund von Krankheit mehrere Wochen nicht zu erreichen war, kam es zu einer Verzögerung. Die Leute draußen verstanden nicht, dass für die Leute drinnen jeder Tag zählte – aber er hatte aufgegeben, darüber nachzudenken.

Shakes atmete tief durch, als er aus der Tür des Gefängnisses trat, raus, zurück in die Freiheit, raus in ein Leben, in dem künftig nichts mehr so sein würde wie bisher, denn die letzten sechs Monate und drei Tage hatten ihn tief erschüttert.

Anmerkung: Namen und Justizvollzugsanstalt wurden geändert. Shakes wird an dieser Stelle in Zukunft als Gefängniskorrespondent für den *Observer* Bericht erstatten. Der Name ist ein Pseudonym, sein richtiger Name ist der Redaktion bekannt.

SHAKES

Er tippte die letzten Worte, bevor er auf »Speichern« klickte und endlich seinen Laptop zuklappen konnte. Sein erster Bericht war fast fertig. Es war ihm nicht leichtgefallen, über die Vorfälle im Gefängnis zu schreiben. Doch auf eine gewisse Weise hatte es gutgetan. Er musste nur noch ein paar Fakten kontrollieren, dann würde er das Ganze wegschicken.

Dieser Artikel, mit seiner persönlichen Geschichte, würde seine Einführung als neuer Gefängniskorrespondent beim *Observer* sein. Jedes Detail entsprach der Wahrheit. Er hatte nur die Namen geändert – bis auf Petes. Seinem Freund war die Reportage gewidmet, und eine Änderung des Namens hätte sich falsch angefühlt.

Natürlich könnte man durch eine gründliche Recherche herausfinden, wer die echten Menschen waren. Doch was würde das am Ende für ihn ändern? Man konnte ihm nichts anlasten.

Es gab nur ein Problem. Der *Observer* wusste noch nichts von seiner Entscheidung, den Job anzunehmen. Er hatte das Handy heute schon zweimal zur Seite gelegt. Jedes Mal verließ ihn der Mut.

Er hatte in den letzten Monaten insgesamt acht Anrufe und zwei Nachrichten auf der Mailbox von Nick Taylor ignoriert, jenem Journalisten, den er im Gefängnis kennengelernt hatte.

Sollte er den Mann wirklich zurückrufen? Nach der ganzen Zeit? Nach der Nummer, die er abgezogen hatte?

Er gab sich einen Ruck und griff nach seinem Handy, tippte auf den Kontakt. Bevor er überlegen konnte, ob er wieder auflegen sollte, rief eine Stimme: »Lee! Ich wusste, du würdest dich melden.«

Shakes verzog das Gesicht zu einer Grimasse. »Hi.«

»Ich hoffe, du hast gute Nachrichten für uns?« Die Stimme am anderen Ende der Leitung klang erwartungsvoll. Nick kam wie immer direkt zum Punkt.

»Also …« Shakes wusste nicht, wie er die Frage beantworten sollte. Doch jetzt war es zu spät.

»Also?«, fragte Nick.

Shakes nahm das Handy in die andere Hand, räusperte sich. »Ja.« Er schloss die Augen.

»Gute Entscheidung«, sagte Nick. »Wir besprechen das in Ruhe. Ich bin auf dem Sprung zu einem Termin.«

»Okay.« Es klang wie eine Frage.

»Du musst dich zu nichts verpflichten. Wenn du zu Beginn einen Artikel pro Monat lieferst, ist es perfekt. Lieferst du nur einen Artikel pro Quartal, ist das auch in Ordnung.«

»Das klingt gut.«

»Die einzige Bedingung, die wir haben, kennst du. Wird das ein Problem?«

Eine Sekunde Pause. Shakes kaute auf seiner Lippe, dann sagte er: »Nein.« *Vermutlich nicht.*

Auch wenn er zugeben musste, dass ihm diese Art von geregeltem Einkommen fehlen würde. Kriminalität zahlte einfach besser als legale Arbeit. Das war die traurige Realität.

»Großartig. Danke für deinen Anruf, Lee.« Schon hatte Nick aufgelegt.

Shakes starrte auf das Handy in seiner Hand. Irgendwie

hatte sich das Gespräch angefühlt, als hätte das alles gar nichts mit seinem Leben zu tun. Hatte er gerade wirklich eine Tätigkeit bei einer Zeitung angenommen?

Doch das Ganze war nicht nur ein Job – es war eine Chance. Der *Observer* würde ihn vor einer Karriere im Gefängnis bewahren. Keine Straftaten mehr, ab sofort.

Nur die Sache mit Paul Graves, die Gelegenheit, die sich ihm geboten hatte, die hatte er zu Ende bringen müssen. Für Terry. Der eigentlich Theo hieß und nicht aus Herne Hill stammte, sondern aus Walthamstow. Für Pete. Und für alle anderen.

Seiner Vorgehensweise mochte nicht jeder zustimmen, doch der Zweck heiligte die Mittel. Er hatte für Gerechtigkeit gesorgt. Paul Graves saß hinter Gittern.

Paul Graves: Stanley Goff.

Shakes war am Tag des Unfalls am Bahnsteig gewesen. Unfall – das war die richtige Bezeichnung für das, was an jenem Morgen in der Holborn Station passiert war. Emily hatte Liv nicht gestoßen, um sie zu töten. Nein, das Ganze war ein Versehen gewesen, denn wenn er sich mit einer Sache auskannte, dann waren es kriminelle Handlungen – und dies war definitiv keine gewesen.

Voller Wut über die Anzeige bei der Polizei hatte er Liv an jenem Morgen aufgelauert, genau wie er Emily erzählt hatte. Liv musste diese Anzeige zurückziehen. Und so war er Liv und Emily bis in die Holborn Station gefolgt. In jene U-Bahn-Station, die er aus gutem Grund nicht betrat, seit er vor einiger Zeit zufällig entdeckt hatte, dass Paul Graves mittlerweile dort arbeitete.

Es war genau so gekommen, wie er vorhergesehen hatte. Graves hatte den Job im Gefängnis aufgegeben, als es zu heiß für ihn wurde, und bei TfL, die immer auf der Suche nach Leuten waren, eine neue Beschäftigung gefunden.

Shakes hatte die Holborn Station nie wieder betreten, kein einziges Mal, er hatte sogar Umwege in Kauf genommen, bis zu jenem Tag, an dem er keine Wahl gehabt hatte, weil er wegen der verdammten Anzeige mit Liv sprechen musste. Er hatte sich beim Betreten des Bahnsteigs extra seine Baseballkappe aufgesetzt, damit Graves ihn nicht erkannte, er wollte keine Konfrontation, nein, er wollte nicht einmal einen Blick von dem Mann riskieren, der Pete auf dem Gewissen hatte. Und dann hatte er gesehen, was er besser nicht gesehen hätte. Liv, die nach einer – wie es aus der Ferne schien – Diskussion ihre Freundin in den Arm nehmen will. Die andere, die sie wegstößt, mit zu viel Kraft. Die ihren Fehler sofort bemerkt und in letzter Sekunde nach Liv greift, als diese das Gleichgewicht verliert. Und die doch nur noch den Mantelkragen zu fassen kriegt.

Seine Wut, der Hass auf Liv und auf ihre Lügen waren so groß gewesen, dass er noch an Ort und Stelle entschied, keine Aussage zu machen.

In den folgenden Monaten war sein schlechtes Gewissen immer größer geworden. Ein Mensch war gestorben. Und er hatte seine Beobachtung nicht gemeldet. Doch das Gute an der Sache war: Die Ermittlungen gegen ihn wurden eingestellt.

Je mehr Zeit verstrich, desto besser konnte er den Vorfall verdrängen.

Und dann zog plötzlich, Monate später, die Täterin, Emily, in Livs Wohnung ein. Die Wut auf Liv, der Hass, sein schlechtes Gewissen – alles war mit einem Mal zurück.

Er hatte sich mit Alkohol betäubt, war auf dem Broadway Market mitten auf der Straße einfach umgekippt. Sein gesamtes Denken hatte sich um eine Frage gedreht: Was machte diese Frau, die ihre Freundin gestoßen hatte, in der Wohnung des Opfers?

Und dann stellte sich raus: Sie konnte sich an den Unfall nicht einmal erinnern!

Das war der Moment gewesen, in dem eine Idee in seinem Kopf Gestalt angenommen hatte, die ihn nicht mehr losließ.

Man konnte sich auf das System nicht verlassen. Die Polizei, die Justiz, die Gesetzgebung – aus seiner Sicht ein einziges Versagen. Und er bekam die einmalige Gelegenheit, für Gerechtigkeit zu sorgen. Rache zu nehmen. Er konnte einen Mörder aus dem Verkehr ziehen. Niemand würde zu Schaden kommen – aber die Toten würden gerächt werden.

Natürlich hätte er der Polizei einfach eine Lüge auftischen können, behaupten, es war Graves. Doch man hätte ihm nicht geglaubt. Schon gar nicht, wenn jemand sich die Mühe machen sollte, in seiner Vergangenheit zu recherchieren, und auf die Verbindung zwischen ihm und Graves stieß. Ein Exinsasse, der einen ehemaligen Pfleger anzeigte und einer Straftat beschuldigte, die niemand sonst gesehen hatte? Das Opfer, eine Frau, die *ihn*, Shakes, einen Tag zuvor wegen Körperverletzung angezeigt hatte? Nein, er brauchte einen Beweis.

Er legte sein Handy auf die Anrichte in der Küche. Nahm es wieder und steckte es in seine Hosentasche. Er würde eine Runde rausgehen, brauchte frische Luft.

Shakes konnte immer noch nicht fassen, wie gut alles funktioniert hatte. Die größte Herausforderung war gewesen, Emilys Vertrauen zu gewinnen. Sie musste ihm glauben, dass Graves der Täter war. Doch sie hatte das überhaupt nicht in Frage gestellt. Sie wollte die Lücke in ihrem Kopf schließen und glaubte die erste Erklärung, die ihr jemand lieferte.

Ein weiteres Problem war gewesen, dass Graves eine Verbindung zwischen Emily und ihm ziehen musste – und damit auch zum Gefängnis. Nur so würde Graves glauben, dass Shakes Emily auf ihn angesetzt hatte und es nicht um Liv ging. Nur so würde Emilys Drohung per Textnachricht ihre Wirkung entfalten.

Ich weiß, was du getan hast.

Ich kann es beweisen.

Er hatte Emily genau gesagt, was sie schreiben sollte. Graves würde die Drohung auf das Gefängnis und seine Taten auf der Krankenstation beziehen. Während Emily von Livs Tod ausging. Ein »Missverständnis« mit einer verhängnisvollen Konsequenz. Und für Shakes ein letzter Beweis, dass Graves tatsächlich auf der Krankenstation im Gefängnis gemordet hatte.

Seine anfängliche Sorge, eine Verbindung herzustellen, war umsonst gewesen. Emily hatte von sich aus die Nähe zu Graves gesucht und sich sogar von ihm die CCTV-Aufnahmen besorgen lassen. Und dann hatte sie Graves im The Coaches & Horses noch das Foto von ihm auf Livs Sofa gezeigt. Das hatte er natürlich nicht ahnen können und auch erst später erfahren.

Er hatte sich Graves mit Absicht nach Emilys Besuch im Pub gezeigt – damit dem ehemaligen Krankenpfleger aus dem Gefängnis unmissverständlich klar wurde: Insasse Hill, der mehrere interne Untersuchungen gegen ihn angestrebt hatte, war ihm auf den Fersen. Zusammen mit Emily, die ihm erzählte, die Wahrheit herausfinden zu wollen.

Doch Shakes war auch noch aus einem anderen Grund in Soho dabei gewesen. Er hatte Emily bei ihrem Treffen mit Graves nicht aus den Augen lassen wollen, schließlich traf sie sich mit einem Mörder.

Aus diesem Grund machte ihn der Angriff auf Emily besonders betroffen. Selbst jetzt noch fiel es ihm schwer, an sein Versäumnis zu denken. Er hatte den Abstand zu Graves zu groß werden lassen, hatte den Angriff nicht einmal gesehen.

Ausgerechnet der Bulle hatte Emily gerettet. Der Bulle, dem er nicht traute, nicht trauen konnte, denn er hatte Livs Anzeige aufgenommen und hielt ihn für einen Gewalttäter.

Der einzige Wermutstropfen an seinem Plan war Emilys Sturz auf die Gleise gewesen, bei dem sie sich leicht hätte verletzen können. Leider war ihm keine Alternative eingefallen.

Doch natürlich durfte Emily nicht in Gefahr schweben, und die einzige Lösung war die Telefonnummer, die er im Gefängnis von Pete bekommen hatte.

Von Anfang an war der Mann, dessen Namen er nicht kannte, Teil seines Plans gewesen.

»In das System von TfL kommt jedes Kind rein.« Die Stimme am anderen Ende der Leitung war leise gewesen. Ruhig. Der Mann hatte sofort zugesagt, als er hörte, worum es ging: Petes Mörder hinter Gitter zu bringen.

Nach dem Testlauf am Morgen verabredeten sie die Uhrzeit und das Zeichen, das Shakes ihm geben würde, kurz bevor Emily den toten Winkel betrat. Das Timing war wichtig. Der Mann durfte das Signal weder zu früh noch zu spät auf Rot stellen.

Natürlich konnte man diese ganzen Plan als moralisch zweifelhaft bezeichnen. Aber er hatte seine eigene Definition von Moral, und was hatte er denn eigentlich getan? Er hatte einem Mörder eine Falle gestellt. Ohne zu wissen, ob der überhaupt anbeißen würde.

Paul Graves hatte sich selbst hinter Gitter gebracht für eine Tat, die er nicht begangen hatte, und eine andere Tat, zu der er provoziert worden war.

Die Wahrheit, dass Emily für Livs Tod verantwortlich war, hätte niemandem geholfen. Liv nicht, Emily nicht und dem nächsten Opfer von Graves auch nicht.

Shakes musste plötzlich an Graves denken. Der Mann hatte ihn nach der Tat am Bahnsteig natürlich sofort erkannt. Doch Graves hatte sich nichts anmerken lassen. Ob er ahnte, dass er in eine Falle getappt war?

Diese ganze Geschichte hatte ihn letztlich überzeugt, das Angebot des *Observer* anzunehmen. Als Gefängniskorrespondent würde er sich mit Papier und Worten wehren und auf diese Weise Ungerechtigkeiten öffentlich anprangern können.

Das größte Problem war, dass er Emily gegenüber nicht ehrlich gewesen war. Er hatte ihr eine Lüge aufgetischt und sich ihr Vertrauen zunutze gemacht. Dafür gab es keine Entschuldigung. Er mochte sie wirklich. Doch sie würden keine Zukunft haben – nicht mit der Lüge zwischen ihnen.

Sie spürten beide, dass etwas nicht stimmte.

Gerade als er im Flur seine Laufschuhe anziehen wollte, klingelte sein Handy. Er schaute auf das Display:

Emily.

Dank

Oft werde ich gefragt, wie ich auf die Idee für einen Roman gekommen bin. In den meisten Fällen ist die Antwort einfach: Ein einziges Detail kann ausreichen – und schon ist mein Interesse geweckt. So ist es mir auch mit *Haltlos* passiert: Ich war zufällig über einen wissenschaftlichen Artikel zu dem Thema Amnesie gestolpert und fing an zu recherchieren. Das menschliche Gehirn und der Verlust einer Erinnerung sind eine faszinierende Materie. Niemand von uns kann sich auf das eigene Gedächtnis verlassen, insbesondere aber Betroffene einer Amnesie können einer Erinnerung nicht unbedingt trauen.

Ehe ich mich's versah, hatte ich die Grundidee für meinen nächsten Psychothriller.

Einige Zeit später las ich einen Bericht im britischen *Guardian* über einen (den ersten) Gefängniskorrespondenten im Vereinigten Königreich. Die Meldung ließ mich nicht los, und schnell stand fest, dass dieser Roman unbedingt einen *Prison Correspondent* (in spe) brauchte.

Viele Menschen haben mir geholfen, dieses Buch zu schreiben, und ich möchte mich bei euch allen von Herzen bedanken:

Meiner (der weltbesten) Agentin Antje Hartmann und dem gesamten Team der Literarischen Agentur Kossack. Ich kann jederzeit auf eure Unterstützung zählen. Antje, ich wäre verloren ohne dich.

Meiner Lektorin Maren Arzt für die tolle Zusammenarbeit, deine Geduld und die guten Einfälle. Vielen Dank an alle bei btb und Penguin Random House.

Elsa Dix, du bist vom ersten Satz bis zur Druckfahne immer zur Stelle und sagst mir, was alles nicht funktioniert. Jeder, der schreibt, braucht eine Elsa.

Meiner Familie und meinen Freunden (ihr wisst, wer ihr seid), weil ihr Bücher so liebt wie ich: Eure Ideen finden immer einen Weg in meine Geschichten.

Weiterhin möchte ich danken: dem British Film Institute (BFI), das mich jederzeit seine Bibliothek nutzen lässt, wenn ich in Ruhe schreiben möchte (»Ruhe finden« ist in London manchmal eine Herausforderung).

Dem Barbican, in dem große Teile dieser Geschichte spielen und dessen Besichtigungstour ich gleich zweimal mitmachen durfte, weil ich gar nicht genug bekommen konnte.

Last, but not least – wie jedes Mal: Herzlichen Dank an alle Leserinnen und Leser!

Sarah Nisi

Ich bringe dich zum Schweigen

Psychothriller
352 Seiten, btb 71892

Deine Schwester kennt dich gut. Gefährlich gut …

Londoner West End. Die Schwestern Phoebe und Charlie sind seit einem tragischen Vorfall in abgrundtiefem Hass miteinander verbunden. Jetzt, mit Ende 20, zwingt sie ein Testament zur Zusammenarbeit. Was sich wie eine Aufforderung zur Versöhnung anhört, entwickelt sich für die beiden Schwestern zu einem fatalen Spiel um Leben und Tod.

Sarah Nisi zeigt die Abgründe der menschlichen Psyche und lässt die Grenzen von Wahrheit und Lüge, Macht und Ohnmacht verschwimmen.

»Nisi legt so viele falsche Fährten und überrascht mit Plottwists, dass einem der Kopf schwirrt.«
Katja Eßbach, NDR Kultur